Hannsdieter Loy war Jetpilot, Kommandeur in einem Kampfgeschwader und Direktor in der Industrieversicherung, bevor er sich ganz dem Schreiben widmete. HDL lebt und arbeitet dort, wo seine Romane spielen, und in Spanien. Er ist Autor des Hunderomans »Die Donisl-Bande« und des München-Thrillers »Der Lächler«. Im Emons Verlag erschien seine »ROSEN«-Trilogie »Rosen für eine Leiche«, »Rosenschmerz« und »Rosenmörder«.
HDL ist Mitglied in der Vereinigung deutschsprachiger Kriminalromanautoren »Das Syndikat«.

HANNSDIETER LOY

Spiel des Todes

OBERBAYERN KRIMI

emons:

MIX
Papier aus verantwortungsvollen Quellen
FSC® C083411
FSC
www.fsc.org

Umschlagzeichnung: Heribert Stragholz
Umschlaggestaltung: Tobias Doetsch
Druck und Bindung: CPI – Clausen & Bosse, Leck
Printed in Germany 2010
ISBN 978-3-89705-785-2
Oberbayern Krimi
Originalausgabe

Liebe ist im Grunde eine chemische Reaktion.
Aber es macht Spaß, nach der Formel zu suchen.
Hildegard Knef

Liebe ist eine tolle Krankheit.
Da müssen immer gleich zwei ins Bett.
Oberbayrische Volksweisheit

Teil 1
Clara

Herbst 2010, Justizvollzugsanstalt Stadelheim

»Sind Sie verheiratet?«, frage ich ihn.

»Nein.«

»Sind Sie geschieden?«

Schweigen.

»Also unverheiratet. Ledig.«

»Gewissermaßen, ja. Meine Frau wurde ermordet.«

Die Frau hieß Clara. Ein perfekter Name für ein Mordopfer.

Wieder einmal bin ich Kriminalrat Ottakrings Spuren gefolgt und auf Dr. Adrian Luger gestoßen, den international bekannten Banker. Ich habe mich über eine Stunde mit ihm unterhalten. Luger erwies sich als gescheit und gebildet. Er war ein Raubtier der internationalen Finanzwelt, rassig, arrogant, brillant – gewesen.

Seit letztem Jahr sitzt er im Gefängnis. Zu acht Jahren und sechs Monaten Haft verurteilt wegen Milliardenbetrugs. Die Richterin sprach Luger mildernde Umstände zu, denn er war geständig gewesen, hatte mit den Behörden kooperiert, Reue gezeigt und nicht zu fliehen versucht.

Die Richterin – eine einhundertneunundvierzig Zentimeter große Person mit Kurzhaarschnitt und leiser Piepsstimme – war mit mehr als hundert Briefen von Opfern überschüttet worden, die meisten geprägt von Fassungslosigkeit und Hass. Zu den Opfern zählten auch zahlreiche prominente Politiker, Filmstars, Sportler und Wirtschaftsgrößen, was für Medien und Öffentlichkeit ein gefundenes Fressen war. Schadenfreude leuchtete wie Vollmond in tiefschwarzer Nacht durch die Gazetten. Rund eine Milliarde Euro konnte aus Lugers Privatvermögen sichergestellt werden. Ein Großteil der Anlegersumme gilt jedoch als verloren.

Dass er geschieden war und seine einstige Ehefrau tot, erfuhr ich erst von Luger selbst. Ich war längere Zeit im Ausland gewesen und hatte die Meldungen nicht verfolgt. Mehr oder weniger ahnungslos war ich zu ihm in den Bau gekommen.

Luger starrt mich aus großen Augen an.

»Was ist?«, frage ich. »Hab ich ein Loch in der Stirn?«

»Diese Tränensäcke«, sagt er. »Und Ihre schiefe Nase. Unglaublich.«

Na klar. Wenn man so gut aussieht wie Luger, fällt einem so etwas auf. Ich erhebe mich und gehe.

Seine ermordete Exfrau hieß Clara Gray, und ihre Geschichte beginnt im Januar 2001.

EINS

An einem Tag ist alles leer, dann wieder kommen sie in Scharen. Die beiden leuchtend gelben Wagen der Zahnradbahn auf den Wendelstein waren voll. Kein Sitzplatz war mehr frei. Seltsamerweise wollte ausgerechnet an diesem frostigen, ereignislosen Tag alle Welt auf den Berg. Es schneite, und die Luft war eiskalt, obwohl das Thermometer an der Außenwand der Talstation nur drei Grad minus anzeigte. Wind trieb die Flocken gegen die vier hohen, schmalen Bogenfenster, deren Bleiglas viel bleiches Winterlicht in die Innenhalle ließ. Die Flocken schmolzen an den Scheiben und bildeten schmale Rinnsale.

Maria Schwarz warf die Haare nach hinten, schob die Tür der Führerkabine zurück und blickte über den Bahnsteig nach hinten.

»Hey, wann kommt der endlich?«, rief sie Roland, ihrem Kollegen, zu. Roland trug die Dienstkleidung der Wendelsteinbahn, einen blauen Anorak mit Aufdruck und dunkler Hose, und saß im Rollstuhl, in dem er nervös auf und ab fuhr. »Ich kann nicht ewig warten. Um zwölf ist Abfahrt.«

»Keine Ahnung. Mir wissen von nix. Aber so ein Herr ist halt gewohnt, dass alle strammstehen und warten, bis er da ist.«

Maria fuhr die Tür wieder zu, streifte die wollenen Diensthandschuhe über und schlang die Arme fröstelnd um den Leib. Elf Uhr fünfundfünfzig, sechsundfünfzig, siebenundfünfzig. Sie nahm den Blick nicht vom Rückspiegel.

Dann sah sie Roland mit den Armen fuchteln und etwas rufen. Sie schob die Tür wieder auf. »Kimmt er endlich, Roland?«

Die Frage beantwortete sich von selbst. Drei kindsgroße Figuren, bemalt, behängt und maskiert, trippelten auf den Bahnsteig. Caspar, Melchior und Balthasar, die Heiligen Drei Könige, rannten zum hinteren Wagen, jemand öffnete ihnen die Tür von innen, und sie sprangen hinein.

Als Kind hatte sich Maria auch als einer von ihnen verkleidet und Äpfel, Kuchen und kleinere Geldbeträge bei den Nachbarn eingesammelt. Die Sternsinger waren heute, am Heilig-Drei-Königstag, allgegenwärtig.

Ein großer, athletischer Mann – elegante dünne Lederjacke und ungeeignet dünne Schuhe – kam mit der Technik der Eingangssperre des Talbahnhofs nicht zurecht. Er hatte Mühe, sich in Hast hindurchzuzwängen. Kurzerhand hechtete er mit einer perfekten Flanke über die Sperre. Dann setzte er sich in Trab, riss den Arm hoch und checkte im Laufen seine Armbanduhr. Roland raste im Rollstuhl auf ihn zu, wendete blitzschnell und schob den Mann an glotzenden weißen Gesichtern hinter Panoramafenstern vorbei zum Führerstand.

Der ist nicht so spät dran, wie ich befürchtet hab, dachte Maria. Sie kannte sein Gesicht von tausend Fotos in der Presse und aus Hunderten Sportschausendungen.

»Kommen Sie, Herr Hummer«, rief sie und klopfte auf den Notsitz am Fenster. »Steigen Sie ein.« Dann besann sie sich und legte ein halbherziges »Willkommen in der Wendelsteinbahn« nach. »Servus, Roland«, rief sie hinaus, als der Herr sich in den engen Notsitz gequetscht hatte und sie die Tür wieder zuschob.

Maria hantierte an der Konsole, legte einen Schalter um, bewegte einen kleinen Hebel, schaltete die Außenlichter ein. Der Zug setzte sich unmerklich in Bewegung.

Hummer sprach kein Wort. Er lächelte sie nur an.

»Wendelsteinbahn«, sagte Maria, nur um etwas zu sagen. »Es gibt nur zwei Zahnradbahnen in Deutschland. Eine …«

Hummer nickte.

Maria nahm den Blick von der Strecke und musterte ihren Fahrgast. »War nicht leicht, diesen Platz hier vorn zu bekommen, oder?«

Hummer zuckte mit den Schultern und ließ zwei perfekte Zahnreihen im gebräunten Gesicht sehen.

Sie hatten die Bergauf-Geschwindigkeit von fünfzehn Stundenkilometern erreicht. Der Zug schwebte wie auf Wolken und rüttelte und ratterte nicht. Er machte keinen Mucks. Maria hatte die Hände in den Schoß gelegt.

»Kennen Sie Cary Grant?«, fragte sie.

Hummer sah nach vorn hinaus. Bäume flogen vorbei. Lautlos und unerbittlich senkte sich der Schnee auf die obersten Äste des Bergwalds.

»Klar. Engländer.« Das erste Wort, das er über die Lippen brachte. »Wurde grade fünfzig Jahre alt. ›Notting Hill‹. ›Bridget Jones‹. Und?«

»Falsch. Nicht *Hugh* Grant. *Cary* Grant. Eigentlich Alexander Archibald Leach. 1986 gestorben. ›Über den Dächern von Nizza‹. ›Charade‹. Sie sehen ihm ähnlich.«

»Da schau her.« Uly Hummers Blick blieb länger als nötig an Maria Schwarz hängen. »Woher wissen Sie das? Da waren Sie noch gar nicht auf der Welt.«

Maria antwortete nicht. Mittelstation Aipl. Sie ließ den Zug halten. Eine Handvoll Menschen stieg aus. Ein Mann und eine Frau mit geschulterten Skiern stiegen zu. Sie legte den Hebel wieder nach vorn.

Die Cary-Grant-Kopie hüllte sich in tiefes Schweigen. Maria konnte spüren, wie sein Blick an ihr herumvagabundierte. Sie fuhren gerade in die erste oder zweite der acht Galerien ein, als er sich zu einem offenen Wort entschloss.

»Sind Sie lesbisch?«, fragte er.

Maria spürte, wie ihr heiße Röte in den Kopf stieg. Sie warf einen blitzschnellen Blick zur Seite.

»Sind Sie narrisch?«, gab sie zurück, während der Zug die seitlich offene Galerie wieder verließ.

Diese Ablenkung kostete sie fünf oder zehn Meter Bremsweg. Nur zwei Meter weiter und sie hätte ein Rudel Gämsen überfahren. Die Tiere im dunkelgrauen Winterkleid standen reglos auf den Schienen und starrten dem heranschwebenden Führerhaus entgegen, als erwarteten sie die Schwiegermutter zu Besuch.

Signal geben wollte Maria nicht. Die empfindlichen Tiere wären zu Tode erschrocken. Sie beugte sich hinüber, fuhr die Schiebetür zurück und ließ sie wieder zufallen. Der kurze Knall verscheuchte die Gämsen. Drei sprangen nach rechts den Steilhang hinunter, zwei flüchteten nach links über die Hügelwiese.

»Die kommen zurück«, sprach Maria mehr zu sich selbst. Sie vermied es, Hummer anzusprechen oder ihn etwa versehentlich zu berühren. Behutsam setzte sie den Zug wieder in Bewegung.

Die zwei Chaos-Gämsen kamen in einem Höllentempo von ihrer Wiese zurück, machten Millimeter vor dem Führerhaus einen Riesensatz über die Geleise und stürzten sich den tief verschneiten Hang hinunter.

»Also?« Hummer sah sie herausfordernd an.

Maria hatte sich die Antwort überlegt. »Freili«, sagte sie. »A ganz a wuide Lesbe. Aber mir machen wenigstens keine Männer net unglücklich.« Sie zeigte ihm den Vogel. »Ist Ihnen die Kälte zu Kopf gstiegn? Ihr Hirn ist total eingfroren, gell?«

Als der Zug die Bergstation erreichte und sie ausgestiegen waren, machte er einen neuen Anlauf. »Hast du einen Augenblick Zeit?«, sprach er sie an.

Maria musste eh auf den nächsten Zug bergab warten. »Freili«, sagte sie. »Auf einen Kaffee immer. Bin i von dir eingladen?«

Hummer hatte es geschafft, sie neugierig zu machen. Ein ziemlich gut aussehender Mann, dachte sie, der Uly Hummer. So wie er sie ansah, konnte er sie unmöglich für lesbisch halten. Dieses ironische Lächeln, mit dem er sie bedachte, dieser gewollt jungenhafte und charmante Blick, das waren Werkzeuge, eine Frau zu erobern, nicht sie zu verschrecken. Obwohl Maria bisher nur einen einzigen Freund gehabt hatte, hatte sie ein tiefes Gespür dafür, was Männer wollten. Sie und lesbisch! Eher würde sie einem Fisch den Kopf abbeißen. Eher für immer auf den Bauernhof ihrer Eltern ziehen.

Als sie in die Bierstube kam, hatte er bereits an dem blank gewienerten Holztisch neben dem grünen Kachelofen von 1883 Platz genommen und telefonierte.

»... Nein, sie ist genau die Richtige, wenn ich dir's sag. Gut aussehend, Sex-Appeal, schlagfertig, bewegt sich gut.«

Sie bestellte Kaffee, er ein Weißbier. Beide schwiegen. Er zog einen kleinen Block aus der Innentasche der Jacke, befeuchtete den Zeigefinger und blätterte.

Sie beobachtete ihn, während er das Papier durchging. Alter Ende vierzig aufwärts. Durchtrainierter Körper, dienstagabends und samstagnachmittags Tennis. Braunes, viel zu dünnes Lederjäckchen mit einem Modelabel an der linken Brustseite, das sie nicht kannte. Designerjeans. Leichtes Grübchen am Kinn. Teures Rasierwasser. Gepflegte Hände. Graue, lebendige Augen.

Uly Hummer, Präsident des FC Bavaria München. Dass sie den einmal so aus der Nähe zu sehen bekam. Was wollte er von ihr? Nur flirten? Wo er sie doch für eine Lesbe hielt? Was wollte er überhaupt hier oben? Sie hatte nur die Nachricht erhalten, der große Uly Hummer wünsche im Führerhaus der Wendelsteinbahn mitzufahren.

Hummer hatte seinen Block fallen gelassen, den Blick gehoben und sah Maria in die Augen. Geschmolzene Schneeflocken glitzerten in ihrem Haar, ihre Augen blitzten nur so vor Gesundheit und guter Laune. Sie strahlte eine naive und urwüchsige Sinnlichkeit aus, die einen Mann durchaus in Schwindel versetzen konnte.

»Hast du ghört, was ich grad am Telefon gsagt hab?«, fragte er in gutem Münchnerisch.

Maria fiel auf, dass die grauen Augen hart wie Kieselsteine geworden waren. Es war ein Ausdruck, wie sie ihn noch nie in einem Gesicht gesehen hatte. Mal sehen, was kommt, dachte sie.

»›Gegen den Wind‹«, sagte er. »Schon mal gehört? Nein? Na ja, wie auch. Sie suchen die Hauptdarstellerin für diese Soap. Ein Mädel, das auf dem Reiterhof des Vaters aufwächst und seine Homosexualität entdeckt. Da würdest du genau reinpassen. Das hab ich dem Dieter auch gesagt. Klar, dass du nicht selber lesbisch bist, das merkt man auf den ersten Blick.« Er musterte sie ausführlich von oben bis unten. »Aber du könntest eine spielen.«

Maria errötete ein wenig. »Also ich soll die Hauptrolle in ›Gegen den Wind‹ spielen. Und was ist die Gegenleistung?«

Hummer entblößte seine beiden Zahnreihen. »Hahaha. Du kannst mit mir schlafen oder mit dem Dieter. Aber du musst nicht. Du musst nur beim Casting auftauchen. Und dann schaumermal.« Wieder zückte er sein Mobiltelefon und gab eine Nummer ein. Maria schielte hinüber und registrierte die Vorwahl 089 für München.

Die Bierstube um sie herum hatte sich mit Menschen mit winterblassen Gesichtern gefüllt. Es wurde laut. Die Sternsinger wanderten von Tisch zu Tisch. Genau wie sie selbst damals in Kindertagen zur Winterzeit. Sie aber mochte am liebsten den Frühling. Marias Gedanken wanderten für eine Minute zurück zum Hof ihrer Eltern.

Vor dem Haus und unter der Veranda blühen riesige Rhododendronbüsche. Eine Rasenfläche senkt sich abwärts zu dem Feld, auf dem die Obstbäume in früher Blüte stehen und ein paar Schafe weiden. Ihr Elternhaus ist wie eine Burg, erbaut aus dem Gestein der Gegend, das über Generationen hinweg durch Wind, Sonne, Regen und Schnee zu einer undefinierbaren Farbe zwischen Mausgrau und Maisgelb verwittert wäre, wenn Vater es nicht vor einem Jahr gestrichen hätte, sodass es nun in frischem Weiß erstrahlt. Der Hof steht in einer Mulde, den Bergwald im Rücken, über einen Kilometer entfernt von den anderen Häusern des kleinen Dorfs. Im Erdgeschoss ist eine kleine Holzkapelle an das Haus angebaut. Abgesehen von drei ausladenden Holzbänken und einem breiten Steinquader, der einst als Altar diente, ist die Kapelle leer. Manchmal stellt Maria einen frischen Strauß Blumen auf den Stein.

Gapperding ist der Name dieses Einödhofs, auf dem Maria Schwarz aufwächst.

Es ist Sonntag. Ihr Vater, in ledernen Kniebundhosen, Hosenträgern und einem warmen Wolljanker um die Schultern, ruft sie vom Balkon aus zurück. Er hat die Arme auf das geschnitzte Holzgeländer gestützt. »Maria, Maria!« Ihr Pap ist ein hagerer, knochiger Mann mit verblassendem rotblondem Haar, das der Wind über der Stirn aufstellt. Er hatte Krebs, und man hat ihm den Magen herausoperiert. Auch sein Augenlicht hat nachgelassen.

Das macht sich Maria zunutze, denn sie will hinunter zum Weiher, kaum hundert Meter vom Haus entfernt. Ihr Gang verändert sich, während sie durch die flache Mulde abwärtsgeht, an den Schafen vorbei. Sie hat die Strümpfe ausgezogen, trägt die Schuhe in der Hand und geht barfuß.

»Maria, Maria!«, hört sie verschwommen. Über die Schulter schaut sie zurück. Er hat die Hände um den Mund gelegt, aber der Wind verweht sein Rufen. Ihr Vater, alleinerziehend nach Mams Tod, ist ein aufbrausender, beherrschender Mann. Doch ihr gegenüber verhält er sich meist sanftmütig und untadelig. Auch wenn er meint, Herr über ihren Körper und ihre Seele und ihr ganzes Leben zu sein, als besäße er das Recht, Maria zu verwalten, zu verkaufen oder zu verschwenden. Er hütet sie wie seine Schafe und sein Vieh.

Sie lässt sich nicht aufhalten. Der Pap kann sie nicht sehen. Im Gehen pflückt sie die Gummis von den Zöpfen und lässt das Haar herunter. Ein Schaf ist ihr gefolgt und beschnüffelt die nackten Füße, noch bevor sie ins Wasser eintauchen. Sie fährt zärtlich durch den dichten Pelz des Tiers, während die Zehen beider Füße abwechselnd kleine Spritzer im Weiherwasser aufwirbeln. Sie saugt die Waldluft in tiefen Atemzügen ein, die den Kopf frei machen. Möglich, dass sie in dem Moment, als das Wasser ihre beiden Beine bis zum Knie umspielt, eine Ahnung davon bekommt, was Begierde sein kann.

Begierde, die den Atem stoppt oder die Lungen zum Platzen bringen kann. Begierde, die entsteht, wenn das Schaf die raue Zunge an ihren Waden reibt. Pure Lust, die sie zwingt, ihren Blick von den nackten Beinen im Wasser zu nehmen. Dieses erste schemenhafte Bewusstsein von Begierde – und davon, Objekt der Begierde zu sein – ist, als verdichte sich die Luft, die sie umgibt, und rufe ein erstes vages Vorgefühl des Erwachsenseins hervor.

Nur in der Schule, die sie mit dem Schulbus erreicht, kommt sie mit anderen Kindern zusammen. Mit den Mädchen und Buben des Dorfs und aus den umliegenden Dörfern. Vor Monaten noch hat sie die Buben nicht einmal bemerkt oder sich über ihre Frechheiten ärgern müssen. Seit wenigen Wochen aber ist da etwas, was die jungen Kerle interessant macht. Immer öfter ist's sie selbst, die neckt und über die blöden Witze kichert. Jeden Abend freut sie sich auf den Morgen in der Schule und die Schüler. Und sie hasst jedes Wochenende, das sie auf Gapperding im Gefängnis ihres Vaters zu verbringen hat. Kein Kindergeburtstag, keine Nikolausfeier, kein Sportverein, kein Zitherspielen, kein Schuhplattln wie bei den anderen. Immer der gleiche Trott. Der Pap, die Kühe, die Schafe und ich.

Auch möglich, dass Maria sich über die Erwartungsfreude, die sie an jenem Sonntag gepackt hat, ihre Gedanken gemacht hat. Dass sie – bis zu den Knien im Wasser, die Hände im Schafspelz verkrault – überrascht war über die Bereitwilligkeit, mit der sie sich bisher in ihr Schicksal ergab. In der Zeit nämlich, die sie benötigt hat, um dem Vater zu entfliehen und vom Haus zum Weiher zu gelangen, ist das Mädchen mit der unterdrückten und aufgestauten Sehnsucht des Kindes, die Spinnweben von den Fenstern der Vergangenheit zu wischen, zur Frau geworden.

Es ist ein Frühlingssonntag im Jahr 1995, und Maria ist vierzehn Jahre alt.

»Hey, wo bist du?« Hummers Stimme.

Es ist wie ein Erwachen. Unsicher sah sie den Mann an, der ihr gegenübersaß. Sie, das kleine Mädchen vom Land, und er, der Mächtige aus der großen Welt, der so Großes von ihr wollte. Ihr wurde ganz schwindlig.

»Der Didi ist einverstanden. Er vertraut mir halt. Du sollst dich am Mittwoch bei ihm vorstellen. Übermorgen. Gleich um neun Uhr in der Früh.«

Als er Marias fragenden Blick gedeutet hatte, setzte er nach. »Dr. Dieter Smissek. Produzent und Regisseur der Telenovela. Mein Spezl. In München. ›Gegen den Wind‹.«

ZWEI

So kam Maria Schwarz zum Film. Mit dem entschlossenen Gang zum Produzenten Dieter Smissek räumte sie auf einen Schlag siebenundzwanzig Konkurrentinnen aus dem Weg, die von den ursprünglich über hundert Bewerberinnen übrig geblieben waren. Auf dem besten Weg, das Casting zu gewinnen, war Zamira Bardhyl gewesen, eine bildschöne, dunkelhäutige Albanerin. Doch in dem Augenblick, als Maria Schwarz die Tür zu Smisseks Büro öffnete, hatte Zamira keine Chance mehr. Smissek war aufgesprungen, hatte Maria mit Blicken umfangen und gebellt: »O verdammt, der Uly hat recht. Du bist's!«

Um der Entscheidung einen korrekten Anstrich zu geben, musste auch Maria Schwarz vor die Jury. Chefin der Jury war die Programmdirektorin des Bayerischen Fernsehens. Sie sah gut aus und trug trendige Kleidung.

»Hallo, Maria! Ich bin Lola Herrenhaus. Dies sind meine Kolleginnen und Kollegen ...« Es waren zwei weitere Frauen und zwei Männer, deren Urteil bereits feststand. Maria musste sich in drei verschiedenen Kleidungsstücken zeigen, Kleid, Hosenanzug, Bikini, ein paar Fragen aus dem Lesebuch für Grundschüler der dritten Klasse beantworten und vier einfache Sätze nachsprechen. Als Siegerin verließ sie den Raum.

»Du brauchst einen Künstlernamen. ›Maria Schwarz‹, wie klingt das!«, riet ihr Lola Herrenhaus dringend. »Überleg und such dir einen aus!«

Maria schlief zwei Nächte darüber, besuchte den elterlichen Hof, redete mit den Kühen und den Schafen, mit ihrem Vater sprach sie kaum.

»Clara Gray!«, rief sie Dieter Smissek am folgenden Montag in seinem Büro entgegen.

»Okay, klingt gut. Wie bist du drauf gekommen?«

»Clara hieß meine verstorbene Mutter, und ›Gray‹ – na, Gray wie Schwarz!«

»Alles klar, Clara Gray.«

Dass sie sich für die amerikanische Schreibweise für »grau« entschieden hatte, war weder Smissek noch Maria bewusst. Beide waren des Englischen nicht mächtig.

Und dass sich die Albanerin Zamira Bardhyl mir nichts, dir nichts einer dahergelaufenen Deutschen geschlagen geben würde, entsprach weder ihrem Naturell noch dem ihrer Familie.

***

Die Strafe war auf Bewährung ausgesetzt worden. Gottfried Dandlberg war zum ersten Mal beim Grapschen erwischt worden. Grapschen hatten seine Verteidigerin und er es genannt. Einfach in der Disco ein bisschen hingelangt, oben und hinten. Mehr nicht. Das Gericht hatte es als sexuelle Nötigung ausgelegt. Eine Albanerin, Zamira, schöner Name, schönes Girl. Gut ausgesehen, das Chick. Dunkler Teint, langes schwarzes Haar, Augen wie leuchtender Bernstein. Gebaut wie eine Sanduhr. Mordshupen. Jedenfalls geile Schlampe, das Kind.

Die Verteidigerin hatte ihn über die Möglichkeiten informiert, möglichst gut wieder aus der Sache rauszukommen. Gottfried legte ein Geständnis ab, entschuldigte sich bei Zamira und ihrer Familie und spielte allen Beteiligten Reue vor. Ein Jahr Gefängnis auf Bewährung. Das Beste, was erzielt werden konnte.

Das zweite Treffen Gottfried Dandlbergs mit der Bewährungshelferin war angesetzt, verschoben und schließlich auf siebzehn Uhr am Mittwoch, dem 9. Februar, gelegt worden. Die Bewährungshelferin hieß Lisbeth Gruber. Sie wirkte, als hätte sie schon Feierabend gemacht, und roch nach frischem Bier. Sie winkte Gottfried herein und ließ ihn auf dem Besucherstuhl vor ihrem Schreibtisch Platz nehmen. Wie geistesabwesend blätterte sie in einem Ordner hin und her.

Warten war etwas, was Gottfried konnte. Es war für ihn kein Stress wie für viele andere. Tagsüber wartete er in seinem mobilen Hendlstand auf Kunden. Mittags zwischen halb zwölf und eins standen sie Schlange, am Nachmittag war er froh über sechs oder sieben Portionen in der Stunde. Wenn einer sein Hendl eingepackt hatte, vielleicht noch eine Semmel und einen Krautsalat dazu, wartete Gottfried auf den Nächsten. Und in dieser Zeit des Wartens gingen ihm allerlei Gedanken durch den Kopf. So auch hier vor der

Gruberin, während er mit übereinandergeschlagenen Beinen wartete.

Schnell wurde ihm klar, dass er es falsch angepackt hatte. Er durfte nicht passiv bleiben. Die Gruberin hatte den Ordner weggelegt und stellte ihm Fragen. Er blieb zunächst still sitzen und gab ausweichende Antworten. Vermutlich, dachte er sich, hat sie das so ausgelegt, als sei er schüchtern oder deppert oder als habe er etwas zu verbergen. Deshalb gab er sich einen Ruck. Sie würde nicht lockerlassen, bevor sie die Antworten auf ihre Fragen bekommen hatte. Er überlegte, was sie wohl gern von ihm hören wollte. Was höchstwahrscheinlich in das psychologische Profil passte, das sie von ihm hatte. Zunächst fing er an, knappe und harmlose Antworten zu geben. Dann setzte er sein Pferdegrinsen auf und erfand kleine Geschichten. Zum Beispiel die von Isabelle.

Isabelle, Verkäuferin in einem Rosenheimer Schuhgeschäft, folgte ihm regelmäßig zu seinen Standplätzen, wann immer sie Gelegenheit dazu hatte. Montags war er in Bad Aibling, dienstags in Brannenburg, mittwochs in Bad Feilnbach, donnerstags in Raubling, am Freitag in Pang. Überall dort, wo der Döner nicht vertreten war. Isabelle – er nannte sie Isa – war immer da. Ein Hendlgroupie. Noch nie hatte sie etwas bei ihm gekauft. Klar, sie war eine Vege und aß kein Fleisch. Sie kam nur, um zu tratschen. Manchmal ließ sie ihr Auto neben dem Standplatz stehen und fuhr in seinem Standlwagen mit zu ihm nach Hause. Sie gingen ins Kino und manchmal miteinander ins Bett.

Isabelle war reine Fiktion, er erfand sie, während er von ihr berichtete. Gottfried erzählte Lisbeth Gruber auch noch ein, zwei andere erfundene Geschichten, doch sie kam immer wieder auf die von Isabelle zurück. Sie nahm sie zum Anlass, innerhalb der nächsten halben Stunde – es war inzwischen halb sieben geworden – eingehend sein Sexleben auszuforschen.

»Sie wurden verurteilt. Ich muss wissen, was der Grund war, dass Sie der Frau an die Brust und in die Hose gefasst haben. So etwas darf nicht mehr vorkommen, und ich bin dafür verantwortlich, Herr Dandlberg.«

In tiefer Ergebenheit breitete er die Arme aus und verneigte sich.

»Wie oft haben Sie Sex?«, fragte sie.

»Ab und zu.«

»Wie oft ist das?«

»Weiß nicht …« Er erwischte sich wieder dabei, ihr auszuweichen. Doch sie wollte Konkretes hören. Also bot er ihr Konkretes.

»Eine Woche mal gar nicht. Und dann wieder vier, fünf Mal am Tag. Je nach Gelegenheit.«

»Und immer mit verschiedenen Frauen, oder?«

Freilich, wie sich's halt ergibt. Eine feste Freundin habe er nicht. Wenigstens diese Aussage stimmte.

»Verwenden Sie Kondome?«

Klar, er habe schließlich schon mal was von Aids gehört.

»Und was ist Ihre liebste Stellung?«

»Äääh, Moment. Wieso … Warum fragen Sie … Gehört das denn … Ist das denn …?«

Die ganze Zeit über hatte er den Unscheinbaren, in sich Versunkenen, ein wenig Dämlichen gespielt. Doch nun hatte er die Signale erkannt.

»Da könnt ich Sie ja auch fragen, ob Sie einen BH über ihren Titten tragen.« Dabei sah er ihr tief in die Augen.

Das hätte er nicht tun müssen.

Lisbeth Gruber war aufgestanden und zog langsam ihren gelben Wollpulli nach oben. »Soll ich?«, fragte sie.

Gottfried fiel die Kinnlade nach unten. »Kein BH«, stieß er voll Hochachtung aus.

»Sie sind mir eine Antwort schuldig geblieben, Herr Dandlberg.«

»Welche?«

»Welche Stellung Sie am liebsten haben. Komm her, Gottfried. Zeig mir's.«

Eine Hand hielt den Pulli über den Brüsten fest. Die andere griff in die Handtasche und warf ein rosafarbenes Kondom mit grünen Noppen auf den Schreibtisch.

Und Gottfried Dandlberg tauchte wieder ein in die Freuden des realen Lebens.

DREI

»Hallo, Olli! Hallo, Paris! Grüß dich, Verona!«

Im Münchener P1 war der Teufel los. Die halbe Mannschaft des 1. FC Bavaria München hing herum. Das durften sie heute, denn sie hatten gestern gegen den Tabellenzweiten Leverkusen 3:3 gespielt. Die Bavaria stand auf dem fünften Tabellenplatz, und das musste dringend gefeiert werden. Viele der Gesichter, die Hausfrauen so gern in Zahnarzt- und Friseurzeitschriften anhimmeln, sah man in dieser Nacht. Nicht nur den beißenden Oliver Kahn und die flockige Paris Hilton.

Für Maria Schwarz, die sich nun Clara Gray nannte, war heute Premiere im P1. Sie war zum ersten Mal hier. An ihrer Seite Franzi Weesmüller, der Tierpfleger mit eigener Fernsehshow im Bayerischen Fernsehen. Endlich hatte das Fernsehen nach all den Gerichts-, Psychologie-, Koch-, Supertalent-, Supermodel-, Superstar-, Dschungel-, Schwangeren- und Auswanderershows auch eine Tiershow. DARWIN, immer freitagabends. In DARWIN war es bisher um Gorillas, Robben, Warzenschweine und Ameisenbären gegangen. Nun waren die Warane dran, Komodowarane. Die letzten Drachen.

Franzi – schmales wettergegerbtes Gesicht, schulterlange, schmuddelige Kachelmannfrisur, muskulöse Hände, sonores Münchnerisch, feines schwarzes Lederjäckchen – alle Merkmale also, auf die kleine Mädchen fliegen. Er war sofort Feuer und Flamme für die Hauptdarstellerin aus »Gegen den Wind« gewesen, als er sie im Studio kennengelernt hatte.

»Wieso kannstn du so guat schauspuin?«, fragte der Franzi. »Du warst doch a Busfahrerin oder so was?«

Sie hatten sich ans Ende der ewig langen Bar verdrückt und genossen dadurch ein wenig – nein, Ruhe wär das falsche Wort, Alleinsein auch – ein wenig Zweisamkeit. Im golden-gedämpften Licht eines riesigen Kronleuchters sahen sie sich in die Augen. Clara ahnte bereits, dass sie diese Nacht nicht allein verbringen würde.

Um sie herum streunten hungrig wirkende, suchende Frauen und Männer zwischen Bar, Eingang und Tanzfläche hin und her wie

Hund und Katz zwischen den Beinen eines gedeckten Tischs. In ihr Stimmengewirr und ihr Lachen und in die DJ-Musik im Hintergrund mischten sich das Klingen der Gläser und der Duft frisch gepresster Orangen und Limetten.

»Ich nehm halt Schauspielunterricht«, gab Clara zurück. »Falckenbergschule, kennst du doch, oder?«

Der Franzi zuckte mit den Schultern und grinste locker. »Wenn die dort Affen, Warane oder Giraffen ausbilden täten, tät ich's bestimmt wissen. Aber so – keine Ahnung.«

Clara Gray lehnte sich auf ihrem Barstuhl zurück und ließ ein paar Sekunden verstreichen. Aus den Augenwinkeln musterte sie den Franzi. Er hatte eine sexy Ausstrahlung, ohne Zweifel. Zumindest auf seine Krokodile und Warzenschweine – ob sie das auch so empfand, darüber war sie sich nicht im Klaren. Sicher war sie nur, dass sie noch in dieser Nacht mit ihm schlafen würde. Es war kalt und leer in ihrem Bett.

Eine Hand legte sich von hinten leicht auf ihre Schulter.

»Du bist Clara Gray, nicht?«

Clara schwang im Drehstuhl herum und hob die Schulterblätter an. Der hauchzarte Flaum entlang der Einbuchtung ihres Rückgrats und die Rundung ihres straffen, schmalen Hinterteils wiesen zu Franzi hin.

Der schluckte. Dann schlug er sich die Faust in die Handfläche.

Vor Clara stand ein halbwüchsiges Pferdegesicht, dessen Besitzer offensichtlich den Versuch unternahm, seine Visage mittels eines rostbraunen Unterlippenbärtchens und sein Styling mittels einer Krawatte zu veredeln. Auf dicken roten, sorgfältig zerzausten Haaren saß eine signalrote Baseballkappe.

»Kennen wir uns?«, blaffte Clara ihm entgegen. Sie hatte gelernt, sich in der Welt der Männer und des Fernsehens zu behaupten.

»Ich kenn dich vom Fernsehen. Ich glaub, ich hab mich in dich verliebt.« Seine Augen spuckten Feuer. Seine Lippen zitterten. »Ich heiße Gottfried.« Er hielt ihr beide Hände hin.

»Gaaanz langsam«, wollte Clara sagen, aber dazu kam es nicht.

Grad, dass der Franzi sie nicht mitsamt dem Hocker umwarf.

Er stürzte sich auf Gottfried, packte ihn an der Schulter und schüttelte ihn, wie ein Silberrücken einen untergebenen Gorilla schüttelt. Eine Faust landete krachend in Gottfrieds Gesicht. Der

Franzi schien abzuwarten, was passiert, und als der andere nicht umfiel, fuhr er ihm mit dem Handrücken und aller Kraft über den Mund. Im nächsten Moment kriegte Gottfried einen scharfen Kantenschlag in die Rippen, der ihn zusammensacken ließ. Dann knallte der Franzi ihm die Handfläche ins Gesicht, sodass Gottfried wieder hochkam. Als sein bärtiges Gesicht so nahe war, dass er Franzis Atem spüren konnte, zog der an der Krawatte, bis das Gesicht vom Hals aufwärts blau anlief. Dann verpasste Franzi ihm abwechselnd links und rechts eine Ohrfeige, als müsse er mit den Schlägen einen Zwetschgenbaum dazu kriegen, seine Früchte abzuwerfen. Schließlich ließ er ihn los, und Gottfried sackte heulend zu Boden und hielt sich die Hände über den Schädel. Das Feuer in seinen Augen war erloschen, das Pferdegesicht eingefallen, die rote Kappe lag am Boden.

Danach hob der Franzi den Kopf und sah Clara triumphierend an.

Clara spürte im Bauch ein deutliches Ziehen oder eher ein Reißen, wie es die Liebe in den Eingeweiden verursacht, als sie bemerkte, dass der Franzi für sie gekämpft hatte. Das hatte sie noch nie erlebt.

»Wie bei deinen Waranen«, sagte sie. »Die Männchen kämpfen um die Weibchen. Du bist toll.«

»Intelligent eben. Wie ein Waran.«

Noch im Jahr 2001 heirateten Clara Gray und der Weesmüller Franzi. Clara war zwanzig Jahre alt, der Franzi neunundzwanzig. Clara behielt ihren Künstlernamen.

Uly Hummer hatte zugesagt, zu kommen, Dieter Smissek, der Produzent, ebenfalls. Beide ließen sich aber entschuldigen und kamen dann doch nicht. Ihrem Vater hatte Clara gar nicht erst erzählt, dass sie heiraten würde. Er hätte es nicht verstanden und wäre eh nicht erschienen. Trotzdem wurde es ein rauschendes Fest. Ein buntes Gemisch von Menschen war da, alle locker gekleidet und entspannt. Ein paar vom Studio in München waren erschienen, auch der, der den Nachtigal in »Gegen den Wind« darstellte. Clara selbst spielte in dieser Telenovela Wendy Gothe, das lesbische Mädchen, das auf dem Reiterhof ihres Vaters aufwächst, und Nachtigal war ihr Filmpartner, der mit vielen Tricks versuchte, sie umzustimmen und auf die richtige Seite zu ziehen.

Auch ihre früheren Kollegen und Kolleginnen von der Wendelsteinbahn saßen in fröhlicher Runde zusammen. Für die Wendelsteinler war es ein Katzensprung, denn die Feier fand im Schmiedwirt in Brannenburg statt, einen Steinwurf entfernt von Claras früherem Arbeitsplatz. Zusammen mit Stimmengewirr und Lachen wehte der Duft von deftigem Schweinsbraten mit Knödeln und Kraut durchs ganze Lokal.

Brannenburg war eine oberbayerische Bilderbuchgemeinde im Inntal, die aus zwei eingemeindeten Dörfern bestand. Drei Kirchen, die doppelte Zahl an Wirtshäusern, zwei Italiener, ein Chinese, ein Bahnhof auf der Strecke nach Rosenheim im Norden und Innsbruck im Süden. Hier gab es keinen Fasching, und es gab kein Taxi. Der Wind trug den Geruch der Misthaufen herbei, die da und dort noch in den Ställen dampften. Die Pionierkaserne war vor Kurzem aufgelöst worden, nicht nur die Geschäftsleute weinten den Soldaten nach. Rauschende und plätschernde Bäche, golden und rot gefärbte Wälder an den Hügeln und Bergen ringsum. An besseren Tagen hatte man eine herrliche Sicht auf den Wendelstein – die liegende Jungfrau –, auf die schweigsamen Berge, die das breite Tal säumten, und den laut jodelnden Wilden Kaiser mit seinen schroffen, graphitgrauen Zacken unter einem Postkartenhimmel mit umherirrenden Wolkenschäfchen. Dazwischen zerflossen Kondensstreifen, ein Airway führte genau darüber. Eine Staatsstraße mit schneeweißem Mittelstreifen durchzog den Ort in voller Länge und bescherte den Einheimischen sommers wie winters Ausweichstaus von der Autobahn. In der Mitte des Dorfes gabelte sich die Straße, dort wies ein Schild nach Bad Feilnbach, neun Kilometer, eines nach Bad Aibling, neunzehn Kilometer, nach Großholzhausen, vier Kilometer, und zur Wendelsteinhalle. Heute glänzte die Straße nass, von den Bergketten waren nur verschwommene Umrisse zu sehen. Eine tief hängende Wolkendecke ließ nur andeutungsweise die steilen Bergwaldhänge dahinter erahnen.

Der Schmiedwirt lag neben der Kirche und dem Friedhof im oberen Ortsteil. Nicht weit weg, hundertfünfzig Meter Luftlinie vielleicht nordwestlich, stand ein riesiger Kasten, in dem ein Internat untergebracht war und der sich selbst als Schloss bezeichnete. Das Schloss sah aus wie eine missratene Drachenburg, die sich eine Dornenkrone aus hundert Luken und Zinnen aufgesetzt hatte.

Alle Viertelstunden dröhnte der Klang der Kirchenglocke durch das Wirtshaus. Innen und außen waren die Räume geschmückt wie drüben die Friedhofskapelle, wenn ein Großbauer stirbt. Der Eingang zum Schmiedwirt wurde von einem graubärtigen Sicherheitsmann bewacht. In den Räumen des Gasthofs herrschte großes Gedränge. An der Garderobe hingen Loden- und elegante Stadtmäntel sowie Trachtenjanker. Auf der Hutablage konkurrierten Baseballcaps mit Jägerhüten. Franzi, der Bräutigam, schlängelte sich mit einem Weißbier in der Hand lächelnd und nickend und händeschüttelnd zwischen den Hochzeitsgästen hindurch.

Clara stand – mit einem Glas Prosecco in der Hand – neben dem Büfett und stieß mit Programmdirektorin Lola Herrenhaus an. Lola sah aus, als hätte sie in den letzten Nächten wenig geschlafen. Sie trug einen cremefarbenen Blazer und eine schwarze Glitzerhose, ihr Haar war nach hinten gesteckt, ihre Augen glänzten. Endlose Sekunden lang hielt sie Claras Hand in der ihren. Clara war durch den ganzen Trubel so aufgewühlt, dass ihr die Tränen kamen. Ihr wurde ganz heiß.

»Clara«, murmelte Lola Herrenhaus in freundschaftlichem Ton und beugte sich zu ihr. »Du bist eine erwachsene Frau, aber du bist noch jung. Nun bist du verheiratet. Denk bitte dran, dass in unsrer Branche die Halbwertzeiten von Ehen sehr gering sind. Ich wünsch dir viel Glück. Die Ehe ist eine wunderbare Sache, solange sie nicht zur Gewohnheit wird.«

Clara, die Wangen gerötet vor Glück, himmelte ihre Chefin an. »Erzählen Sie doch von Ihrem Mann.« Sie prostete der Frau zu. Vage hatte sie gehört, dass Lola Herrenhaus mit einem Polizisten liiert sei.

Lola Herrenhaus nahm ihren Arm und führte sie an der Theke vorbei über den Flur ins Künstlerzimmer des Gasthofs. Berühmte Literaten und Maler wie Wilhelm Busch hatten dem Haus schon die Ehre gegeben.

»Mein Mann und ich sind nicht verheiratet«, sagte Lola Herrenhaus beinahe andächtig. »Wir sind zwar ein Paar, leben aber getrennt. Notgedrungen, aus beruflichen Gründen. Ich in München, er zuerst in Neubeuern und jetzt in Rosenheim«

»Ihr Mann ist Polizist?«, fragte Clara voll Eifer.

Lola Herrenhaus nickte lächelnd. »Er leitet die Rosenheimer

Mordkommission, ja. Früher hat er die in München geleitet. Kriminalrat Joe Ottakring.«

»Hörst du das?«, rief Clara ihrem Franzi entgegen, der gerade um die Ecke geschlendert kam.

Sein Kinn schimmerte blau, sein Magen knurrte. Eine Hand steckte in der Hosentasche, die andere umklammerte das fast leere Weißbierglas. Er betrachtete seine Schuhspitzen.

»Der Mann von Frau Herrenhaus ist Chef der Mordkommission in Rosenheim! Hast du das gewusst?«

Lola Herrenhaus sah Clara Grays frisch angetrauten Ehemann prüfend an. Es musste ihr auffallen, dass der Weesmüller Franzi an der Frage seiner frisch angetrauten Ehefrau etwa so viel Interesse zeigte wie Joe Ottakring am Abwasch nach dem Abendessen.

Die Warnung, die Ehe nicht zur Gewohnheit werden zu lassen, war gut gemeint gewesen. Clara hätte ihrer allerdings nicht bedurft, denn an Abwechslungen mangelte es nicht.

Am Tag nach der Hochzeit bezog das Paar eine gemeinsame Wohnung in einem Vierfamilienhaus am südlichen Stadtrand von München. Flitterwochen entfielen. Beide hatten Dreharbeiten.

Clara musste die ihren im Dezember für einige Tage unterbrechen. Ein Springerstiefel hatte sich auf der Flugstrecke vom Schlaf- ins Wohnzimmer verirrt und sie am Kinn getroffen. Der Franzi fuhr sie persönlich in die Klinik. Die Verfärbung hätten die Maskenbildner für den Dreh wegbekommen, die Schwellung nicht.

»Dumm glaffa!« war sein Kommentar.

An einem eisigen Samstag im Januar 2002 überschlug sich ihr X5 auf dem Weg nach Garmisch zum Skifahren. Dass der Franzi am Steuer gesessen hatte, war nicht das Problem gewesen. Doch dass er der Polizei gegenüber behauptete, Clara sei gefahren, brachte sie vorübergehend in Schwierigkeiten. Erst als sie beide ins Röhrchen blasen mussten und der Franzi als Promillesieger hervorging, legte sich ihre Erregung etwas. Clara war ohnehin eine Frau von außerordentlicher Selbstbeherrschung. Sie weinte und tobte nicht. Sie brachte nur ihren Atemrhythmus wieder in Ordnung.

»Dumm glaffa«, sagte er wieder.

»Ach, leck mich doch am Arsch«, sagte sie leise mit Engelsmund.

An einem lauen Märzabend rief der Franzi sie an, cool wie immer. Sie hatte einen drehfreien Tag gehabt, und sie hatten sich zum Essen verabredet. Sie plauderten ein wenig am Telefon. Er meinte, einer seiner Komodos habe sich im Kampf ein Bein verstaucht.

»Der Fritz. Der Luigi gewinnt dadurch natürlich ständig. Das macht das Publikum auf Dauer nicht mit.«

»Dann mach ihm doch einen Verband ums Bein. Dann sieht's ja jeder.«

Der Franzi war begeistert. Am selben Abend noch wollte er das mit dem Verband checken.

»Und – was ist mit unserem Essen?«, fragte Clara.

»Tja, daraus wird dann halt nix.«

Sie erwiderte etwas, hatte aber das Gefühl, dass er gar nicht mehr zuhörte. Ein paar Sätze lang ließ er noch ein »Mhm« oder »Jaja« vernehmen. Dann schwieg er komplett. Irgendwann merkte sie, dass er einfach aufgelegt hatte. Einfach so. Als ob er vergessen hätte, dass er mit ihr telefonierte.

Nachts wachte sie auf. Er stand vor ihrem Bett. Sie hatte Mühe gehabt, ihre Augen in Zaum zu halten, während sie ihn im gedimmten Licht beobachtete. Was ist mit deinem Komodo, wollte sie sagen. Doch sie behielt die Frage für sich und stellte sich schlafend.

Als sie die Augen öffnete, war er weg.

»Franzi?«

Keine Antwort. Sie machte die Nachttischlampe an und zog sich den Seidenkimono über. Durch den Türspalt drang Licht herein. Seine Kleider lagen hingeworfen auf dem Sessel neben dem elektrischen Kamin. Der flackerte. Hatte sie vergessen, ihn auszuschalten? Die Tür zum Badezimmer war angelehnt. Sie hörte das Rauschen der Dusche.

Ein vertrauter, nicht hierher gehörender Geruch lag im Raum. Sie schnüffelte hinterher, so wie man versucht, Aasgeruch aufzuspüren. Sie kannte den Duft. Gardenia von Vespuccini. Er hatte ihr dieses Parfüm einst geschenkt. Sie hatte das Fläschchen irgendwann im Zorn in den Müll geworfen. In diesem verdammten Haushalt gab es kein verdammtes Gardenia mehr.

Die Duschlaute verstummten. Leise zog Clara sich zurück und ging an den Kühlschrank. Sie öffnete einen Piccolo Moët Chandon. Dann verhörte sie den Franzi und zwang ihn, sich hoffnungslos in ein Netz sensationeller Lügen zu verstricken. Bis sie ihm ihr halb leeres Glas entgegenschleuderte. Die Narbe an der Oberlippe blieb ihm lebenslänglich.

Wochen nächtelanger Diskussionen folgten. Clara war jung, es war ihre erste Ehe. Sie musste an die Worte von Lola Herrenhaus denken. Selbstmorddrohungen, Versöhnungen, Einigungen, Trennungen, Wiedervereinigungen. Ein Alptraum. Als er vorbei war, war nichts mehr so, wie es begonnen hatte.

Sie wurde unsanft von einem Crash auf der Straße und den darauf folgenden Sirenen geweckt. Das Bett neben ihr war leer. Sie stand auf und ließ sich viel Zeit im Bad. Cremes, Eigenmassagen, Spiegelblicke.

Dann betrat sie die Küche.

Auf der Bar stand ein Glas frisch gepresster Orangensaft, daneben ein Schluck Campari im Henkelkrügerl. Daran klebte ein Haftzettel: »Musste früher weg. Mach dir nichts draus.«

Es war der Anfang vom Ende. Von da an schliefen sie nicht mehr miteinander.

Beruflich war Clara Gray – mit Anfang zwanzig – zum Star herangewachsen. Die Telenovela war außergewöhnlich gut angenommen worden, die Quote übertraf die Erwartungen weit. Clara gab Autogrammstunden, sie füllte Säle mit ihrer bloßen Anwesenheit. Hauptsächlich trat Clara vor dichtbewimperten, blassen, pubertierenden Mädchen auf, die sich einmal eine ähnliche Karriere erhofften. Locker hatte sie die Aufnahmeprüfung an der Falckenberg-Schauspielschule geschafft, was sich in ihrer weiteren Laufbahn bemerkbar machen sollte.

Die Zahnradbahnfahrerin Maria Schwarz hatte sich in atemberaubendem Tempo zu einer begehrten, berauschenden Schönheit entwickelt, die von einer schier unstillbaren Neugierde besessen war. Ihr Kontostand klickte im Minutentakt. Anderen wären der Ruhm und das Geld zu Kopf gestiegen, ihr Selbstwertgefühl wäre vollkommen übersteigert in den Himmel gewachsen. Clara jedoch blieb am Boden, und jeden Abend flüsterte sie ein Vaterunser und ein Dankgebet, wenn der Franzi da war. Wenn er nicht da war, sprach sie es laut.

Versuchungen hätte es genug gegeben. Doch sie begegnete ihnen mit Selbstbewusstsein, innerer Ruhe und Stolz. Sie war verheiratet. Wenn jemand versuchte, sich an ihren Lippen festzusaugen, hatte sie ihre Standardantwort: »Ich stelle Ihnen gern meinen Mann vor.« Am liebsten wich sie allen Anfechtungen aus.

Franz Weesmüller wächst in Hölzlbruck auf. Seine Mutter ist Krankenschwester in der Kreisstadt und wird mit siebzehn als Auszubildende schwanger. Es wird gemunkelt, dass das Kind von einem Arzt stammen soll, aber gelöst wird dieses Rätsel nie werden. Der Franzi – so heißt er von Geburt an – ist ein lebhaftes Kind. So lebhaft, dass seine Mutter, als sie achtzehn ist, allein wegzieht. Den Franzi lässt sie beim Großvater. Der Großvater nennt sich Silvio Coltello und hat, als er den Franzi übernimmt, gerade seinen vierzigsten Geburtstag gefeiert. Coltello ist sein Künstlername. Er arbeitet als Messerwerfer in einem kleinen Zirkus und sammelt Postkarten, die er aus der ganzen Welt zugeschickt bekommt. Ursprünglich kommt der Zirkus aus dem österreichischen Montafon und heißt Varrani. Seit neun oder zehn Jahren schlägt Varrani sein Winterquartier – mit dem Zutun von Coltello – auf einer Waldwiese am Rand von Hölzlbruck auf. Er gehört dann mit seinen Tieren fast zum Dorfbild. Da gibt es Kamele, Lamas, zwei Elefanten, eine Pferdegruppe, Seelöwen, dressierte Falken, Streichelponys und das eine oder andere Mal ein Rudel kleiner weißer Hunde. Jung-Franzi freut sich schon den ganzen Sommer auf den Winter. Er darf die Hölzlbrucker Schule besuchen und verbringt jede freie Minute mit den Tieren.

Er will, als es darum geht, sich Gedanken über einen Beruf zu machen, beim Zirkus bleiben. Trapezkünstler, Clown, Zauberer, am liebsten Tierdresseur. Doch Coltello drängt auf eine bürgerliche Ausbildung. »Zum Zirkus kannst du später immer noch. Außerdem ist die ganze Berufswelt ein Zirkus.« Ein weises Lächeln überzieht sein Gesicht, als er dem Franzi eine zweite Begründung liefert: »Im Zirkus schauen die Pferde, Seelöwen und Elefanten zu, wie sich die Menschen wie Narren benehmen.«

So wird der Franzi Physiotherapeut. Drei Jahre Ausbildung, zwei Männer bei achtunddreißig Frauen in der Klasse. Sich da zu behaupten fällt ihm nicht allzu schwer, er hat von Kindesbeinen an einen Hang zum weiblichen Personal. Nach zwei Anfangsjahren in einer Gemeinschaftspraxis, finanziell unterstützt vom Großvater, stellt er fest, dass es ihm immer mehr widerstrebt, menschliche Haut zu berühren. Den Ausschlag gibt schließlich die Begegnung mit einem Mann, der vor ihm auf dem Bauch liegt und einen behaarten Rücken hat wie ein Affe. Der Franzi schafft es nicht, Körperkontakt mit diesem Gorilla herzustellen oder ihn gar zu behandeln. Blitzschnell schult er auf Tierpfleger um. Tiere jeder Art zu berühren, daran ist er gewöhnt. Eine Ausbildung zum Outdoortrainer schließt sich an. Der afrikanische Busch, Südamerika, Borneo, das sind seine Stationen, bevor ihn ein Zufallstrip nach Komodo führt, wo er mit den Waranen in Berührung kommt und sich in die großen, tödlichen Tiere verliebt.

Franzi Weesmüller – er heißt auch in der Show tatsächlich »der Franzi« – kann mit seinen Tieren umgehen wie kein Zweiter – und zwar mit allen, nicht nur mit Tigern, Pferden oder Elefanten. Franzis Komodowarane sind über zwei Meter lang – die in der letzten Sendung heißen Fritz und Luigi –, haben eine lange gespaltene Zunge und bekommen als Belohnung für einen gelungenen Kampf eine lebende Ziege oder zwei tote Rehe, die sie vor der Kamera zerfetzen dürfen.

Vor der Belohnung aber kommt der Kampf. Fritz und Luigi stützen sich auf ihren Schwanz, wedeln furchterregend mit dem Kopf, fletschen die Zähne und umklammern das andere Reptil am Schultergürtel. Wie beim Wrestling ringt der Fritz den Luigi nieder und breitet sich auf ihm aus, bis der Luigi zehnmal mit dem Schwanz auf die Matte klopft. Ja, es stimmt: Warane können zählen. Nicht von Natur aus, aber der Franzi hat es ihnen beigebracht.

Die Zuschauerquote beträgt über dreißig Prozent, mehr als dreimal so viel wie bei »Wetten, dass..?«. Er ist gut im Geschäft, der Franzi. Bald wird er etwas mit Maden bringen. Weiße, fette Maden, die in Tierleichen wühlen, fressen und atmen, während sie kopfüber in den Nährstoffen stecken, später vielleicht einmal in Menschenleichen. Das würde die Quote noch einmal um zehn Prozent steigern, sagt die Redaktion. DARWIN.

Die eigene Show – Franzi hatte sein berufliches Glück und eine Frau gefunden, mit der er sich schmücken konnte.

Doch mit der gleichen unaufhaltbaren Zielstrebigkeit, wie Herbst und Winter jedem Frühling folgen, war die Ehe zwischen Clara Gray und Franzi Weesmüller zum Zerbrechen verurteilt. Da half sein ständiges »Samma wieda guad!« auch nichts mehr.

Als er ausgezogen war, blieb sie noch eine Weile in der Münchener Wohnung. Dort erwischte sie sich plötzlich dabei, dass sie Pudding kochte, Vanillepudding – für Emil. Die Liebe war weg, der Franzi war weg, das Auto und viel Geld waren weg. Emil, die Tannenzapfenechse, war das Einzige, was ihr geblieben war. Es war sein Geschenk für sie zu Weihnachten gewesen. Ganze zehn Monate war das nun her.

Später sollte sie Lola Herrenhaus erklären, dass sie gar nicht wisse, ob sie den Franzi je geliebt hatte. Wahrscheinlich sei es nur die kindliche Sehnsucht nach Geborgenheit gewesen.

»Und die wurde bitter enttäuscht«, offenbarte sie sich. »Ich glaube sogar, dass wir uns nie richtig vertraut waren. Wir waren im Bett miteinander, im Kino, in der Disco, bei euch im Sender. Er hatte so viel mit sich selbst und seiner Selbstdarstellung zu tun, erst recht mit seiner Sendung, dass er solch ein Leben nur mit einer Fremden führen konnte. Ihm, glaube ich, war es so sogar lieber.«

Lola Herrenhaus verstand. »Ja, die Liebe. Das Licht des Lebens«, sagte sie. »In der Ehe kommt die Stromrechnung.« Ein Glück, dass Ottakring das nicht hörte. Hier auf dem Land galten sie beide als ordentliches Ehepaar.

»Das war die Zeit, in der ich ab und zu allein und mit einem Kater aufgewacht bin«, meinte Clara ehrlich. »Mit trockenem Mund, dumpfen Kopfschmerzen, unbeweglichen Gliedern und fehlenden Erinnerungen. Mir war der Film gerissen.«

Bevor ein Jahr um war, waren Clara Gray und Franz Weesmüller geschieden.

Clara gab die Wohnung auf und zog nach Brannenburg. Lola Herrenhaus, ihre Chefin, hatte ihr viel über den Ort erzählt, und Clara hatte ihn sich angesehen.

»Dort hat nicht mal jeder einen Fernseher«, meinte Lola. »Dort wirst du noch in Ruhe gelassen.«

VIER

An dem Platz zwischen Schmiedwirt und Friedhof stand ein großes weißes Haus im älplerischen Stil. »Lassiters Kolonialwarenladen. »Seit 1862«, prangte in verspielter Schrift über dem Eingang mit den zwei seitlichen Schaufenstern. »Der Lassiter« war der einzige Lebensmittelhändler, der sich in Brannenburg neben den großen Supermärkten halten konnte.

Der Lassiter war ein Muster an Sauberkeit und ein Wunder an familiengerechter Bedarfsdeckung. Der Laden war nicht groß, doch zwischen seinen vier Wänden konnte man alles finden, was der Mensch zum Glück und zum Leben braucht: Nahrungs- und Reinigungsmittel, Zigaretten, Tabak und Schnaps, Geräuchertes, Semmeln und Kuchen, Obst, Bier und warme Mützen, Milch und Käse, verpackt und offen, Hirschgeweih und Glühbirnen, Rasierapparate, CDs und Gießkannen. Wenn man einen Außenborder brauchte, würde der Lassiter den besorgen, er führte kleinere Reparaturen an allem durch, und es wurde gemunkelt, dass er unterm Ladentisch sogar einen kleinen Vorrat an Schrotpatronen halte.

Neben ihm, dem Lassiter selbst, gab es nur eine weitere Angestellte mit Zopf und Buckel, die ihm hauptsächlich beim Kassieren half. Heute war zusätzlich ein junger Mann an der Kasse, der sich beworben hatte, im Ostergeschäft für ein Butterbrot den Einkauf der Kunden einzupacken. Er selbst, der Lassiter, bewegte sich in seinem Laden zwischen dem Getränkelager, der Käsetheke und dem Schnapsausschank unablässig und mit sparsamen Bewegungen hin und her. Er war rund von Gesicht, hatte eine Wampe und benutzte das Oberbayrische wie eine Fremdsprache. Nur Einheimische konnten ihn verstehen. In seinen Augen lag ein leichter Obstlerglanz.

An diesem Ostersamstag des Jahres 2003 stand er wieder einmal vor dem Schnapsregal auf einem dicken Abstreifer, der ihm die Füße warm hielt, und passte auf seine Schätze auf. Am letzten Einkaufstag vor Ostern war der Laden gerammelt voll, und an solchen Tagen traute er niemandem. Ruhelos wanderten seine fetten, weichen Hände durchs Regal, und die würstchengleichen Finger zählten die Flaschen. Ein breiter Ehering an der Rechten war das Einzige an ihm, was wertvoll war. Jedes Mal, wenn die Türglocke schellte, legte sich ein warmes, behäbiges Lächeln auf sein Gesicht.

Lola Herrenhaus drückte die Tür auf und ließ Clara den Vortritt. Die Glocke über ihnen raste wie ein Schwarm verschreckter Krähen. Clara sah den Rundgesichtigen am Regal stehen. Amüsiert beugte sie sich nach hinten.

»Ja, das ist er. Lassiter«, flüsterte Lola mit todernster Miene. Sie hatte Clara den Lassiter als wahren Spaßvogel beschrieben. Als Typ. Als Filmfigur.

Mit ernster Entschlossenheit steuerte Clara an Lassiter und dem Schnaps vorbei auf die Obst- und Gemüseecke zu.

Lassiter nickte freundlich und begrüßte Lola Herrenhaus mit einem überschwänglichen »Grüß Gott, Frau Kriminalrat«.

Die bezopfte Bucklige saß hinter der Kasse.

Clara hatte für Emil Katzenfutter besorgt, Bananen, Milch und zwei Äpfel. Sie stellte den mitgebrachten Korb auf die Theke und wollte ihren Einkauf einpacken. Aber ein Arm mit einer behaarten Hand ließ es nicht zu.

»Darf ich das für dich machen, Clara Gray?«

Die Hand und der Arm gehörten zu einem Typ mit Pferdegesicht und rostbraunem Bärtchen am Kinn.

Clara sah ihn sich genauer an.

Er hatte dickes, rotes Haar, das in gegelten Strähnen in alle Richtungen wegstand. Blaue Schürze mit der Aufschrift »Lassiter«, gestreifte Krawatte.

Clara versuchte die Hand wegzuwischen, doch die war stärker. »Sagen Sie mal«, rief sie verärgert aus. Den Kerl kannte sie.

Gottfried Dandlberg griff sich Claras Milch und den Käse, Zahnbürste und Zahnpasta und das Katzenfutter und begann, alles in eine Tüte aus festem braunem Papier zu stopfen.

»Du hast eine Katze? Ich liebe Katzen. Ich hab auch einen Kater.« Er lehnte an ihrem rechten Arm und sah ihr direkt ins Gesicht. »Wollen wir nicht einmal mit ihnen spazierengehen?«

»Er hat sich erst heute bei ihm beworben, hat der Lassiter gesagt«, erklärte Lola Herrenhaus nachher im Auto. »Er empfand das Angebot des jungen Mannes als Geschenk des Himmels. An so einem Einkaufstag.« Nein, er habe ihn noch nie vorher gesehen und der Typ habe einen guten Eindruck gemacht. Freundlich, intelligent, schnell, habe er gesagt, der Lassiter.

Lola setzte sie an ihrer Wohnung ab, nachdem ihr Clara während der Fahrt den Vorfall damals im P1 erklärt hatte, als der Franzi genau diesen Typ verprügelt hatte.

»Du bist jetzt berühmt, Clara. Daran musst du dich gewöhnen. Es wird immer wieder solche Kerle geben, die nicht nur ein Autogramm von dir haben wollen.«

Sie öffnete den Kofferraum. Clara nahm ihren bis oben hin gefüllten Korb heraus.

Lola reichte ihr die Hand. Die Linke führte sie zum Ohr und spreizte Daumen und kleinen Finger ab. »Wenn was ist, einfach anrufen. Kein Problem, Clara. Wir sehen uns am Dienstag im Sender.« Im Weggehen drehte sie sich noch einmal um. »Hältst du den Mann denn für gefährlich?«

»Gefährlich? Nein, für gefährlich halte ich ihn nicht. Ein bisschen verrückt vielleicht.«

Emil stand auf kurzen, krummen Beinen in der Diele, als sie eintrat. Hast du mir was mitgebracht?, schienen seine pechschwarzen Puppenaugen zu fragen.

»Ja, hab ich«, sagte Clara leise und drehte den Schlüssel zweimal um. Längst hatte sich Angst in ihr breitgemacht.

FÜNF

»Ich glaub, ich bin wieder schwanger«, flüsterte Mariele Hummer, als sie aufwachte. Sie schlief immer mit dem Rücken zu ihrem Mann, während er sie in den Armen hielt.

»Du spinnst«, flüsterte Uly schlaftrunken. »Es reicht.« Sie hatten schon zwei.

Selbst jetzt, kurz nach dem Erwachen, gab er nichts auf ihre Äußerung. Sein Blick saugte sich am Fenster fest. Der Himmel über Kitzbühel war von einem transparenten, milchigen Ocker. Es sah aus, als würde es ein schöner Tag werden, wie vorhergesagt. Er zog die Gardine zur Seite und öffnete das Fenster.

»Notfalls lassen wir's wegmachen«, sagte er. »Hauptsach, unsere Society heut Abend passt.« Er warf einen Blick über die Schulter.

Mariele blätterte im Tyroler Journal.

***

Ein paar Marmorstufen führten zum Eingang des Kitzbichl. Als sie die drittoberste erreicht hatte, glitt die breite Glastür auseinander. Clara Gray betrat die mächtige Empfangshalle. Roter Spannteppich, schwere Kronleuchter, Rezeption mit vier Personen besetzt, Säulen, wulstige Treppengeländer. Holz und Silber und ein warmer Duft nach teurem Parfüm. Sonnenstrahl von rechts.

»Clara!«

Im Trichter des Sonnenstrahls stand Cary Grant!

Sie musste über sich selbst lachen. Sie hatte Uly Hummer nicht mehr gesehen, seit er bei ihr in der Wendelsteinbahn mitgefahren war. Wie hatte die Welt sich seither für sie verändert!

Sie hielt ihm die Einladung hin. »Wie komme ich zu der Ehre?«

Hummer zerfloss vor Charme. »Ehre? Ganz meinerseits. Ich fühle mich geehrt, dass ein berühmter Fernsehstar wie Clara Gray meiner Einladung folgt.« Er sah sich um und zog die Stirn in Falten. »Ich bin ja nur ein einfacher Fußballer. Bist du ohne Begleitung da?«

Bevor sie noch antworten konnte, fasste er sie an der Hand und zog sie mit. »Mei, ich darf doch Du zu dir sagen?« Die Falten auf der Stirn verschwanden. »Ach geh, machmers net so kompliziert. I bin der Uly!«

Musik schallte durch die Halle von der Terrasse des Hotels herüber. Hummer griff sich den auffällig dunkelblau Beanzugten, der mit breiter Brust und Knopf im Ohr in kurzer Entfernung wartete. »Pit, führ die Dame zur Terrasse.«

Als Clara dem Pit schon gefolgt war, rief Hummer noch hinterher: »Und mach sie mit Heinrich von Stahl bekannt.«

Heinrich von Stahl ist Wirtschaftsjurist. Nicht irgendein Jurist, er ist der einflussreiche Justiziar des großen FC Bavaria München, ohne den der Verein in allen Vertrags- und Finanzdingen verloren wäre. Von Stahl hat eine klangvolle Stimme, schwere Augenlider und eine Geiernase. Man möchte ihn für einen Fünfziger halten, doch im Februar hat er seinen sechzigsten Geburtstag gefeiert. Krawatte trägt er nur, wenn es sich absolut nicht vermeiden lässt. Die Einladung bei Hummer hält er nicht für solch einen Anlass.

Sein Sohn Rico, mit dem er sich – jeder ein Glas in der Hand – auf der Terrasse des Kitzbichl unterhält, weiß um diese Eigenheiten seines Vaters. Seit Vaters Scheidung vor x Jahren unternehmen sie im Sommer gemeinsame Bergtouren und führen vertraute Gespräche.

Die Terrasse und ein Teil der angrenzenden Wiese waren voll mit Menschen. Man stand an einer langen Bar und an den Stehtischen. Weiß gekleidete Kellner boten gefüllte Tacos an, spanische Tapas und Satayspießchen, von denen Erdnusssauce tropfte, und es wurde geraucht. Für die Swing-Combo – *piano, guitar, bass, drums, vocals* – war eigens eine kleine Bühne errichtet worden. Man begrüßte es, nicht wieder die Rosi, den Luggi oder das Kitzsteintrio über sich ergehen lassen zu müssen.

»Nein, nein«, beantwortete von Stahl die Frage seines Sohnes. »Hummer ist okay. Sein Selbstbewusstsein ist zwar oft übertrieben unerschütterlich. Aber in diesem Job muss man wohl so unverletzlich sein.«

Rico sah seinen Vater erstaunt an. Genau dieses Etikett hätte er seinem Vater auch angeheftet. Er wollte etwas darauf erwidern, wurde aber abgelenkt. »Da schau hin!«, sagte er stattdessen und deutete mit dem Kinn zur Terrassentür.

Pit Vogel, Uly Hummers Assistent, kam mit einer auffallend gut aussehenden jungen Frau im Schlepptau auf sie zugesteuert. Sie sah aus, als käme sie direkt aus der teuersten Boutique in der Vorderstadt, und hatte den Gang von Frauen, die wissen, wie attraktiv sie sind.

Vater Stahl nickte. »Clara Gray«, sagte er bestimmt. »Die hat der Uly entdeckt und an den Didi Smissek weitergereicht. Sie spielt die Hauptrolle in ›Gegen den Wind‹. Eine Telenovela. Top-Einschaltquoten von Anfang an.«

Rico hatte kaum Gelegenheit, diese Informationen zu verarbeiten, da stand Clara schon vor ihnen. Sie hatte Pit auf der Vierzigmeterstrecke überholt und deutete vor Heinrich von Stahl einen Knicks an, während ihre Augen am Sohn klebten.

Die Klänge der Combo – »She's funny that way« – mischten sich mit dem Klangteppich des Stimmengewirrs der Partygäste und des Geklirrs von Gläsern und Geschirr.

»Die Kitz-Society«, warf Clara dem Senior entgegen. Wie nach einem Kameraschwenk war ihr Blick nun direkt auf ihn gerichtet. »Sie sind Heinrich von Stahl, nicht? Der Background-Man. Ich kenn mich aus mit dem FC Bavaria, bin selber ein Fan.« Was ihr als Erstes auffallen musste, war der spöttische Zug um seinen Mund.

Rico Stahl war einen Schritt vorgetreten. »Rico Stahl«, stellte er sich selbst mit leiser Stimme vor. »Haben Sie schon Pläne für heute Abend?«

Das Gespräch wurde durch einen Höllenlärm unterbrochen, der von Süden her nahte. Die Luft hallte und vibrierte, als wäre ein Riesenrudel Ducatis unterwegs. Über abgearbeitete Blumenbeete hinweg, an einem Springbrunnen vorbei, den 7,5-Tonner des Partyservice umrundend, jagte ein Luftkissenfahrzeug heran. Drei Meter vor der Bar, wie ein Skifahrer nach dem Schuss aus dem Zielhang, bäumte sich das knallrote Ding auf und kam mit einem wilden Seitwärtsschwung zum Stopp.

Alle Gespräche verstummten. Die Combo erstarrte, nur der Schlagzeuger rührte die Trommel. Wer immer dem Gefährt mit überdimensionalem rotem Sturzhelm entstieg, musste ein Mensch sein, der große Auftritte liebte. Insider wussten es, andere waren beeindruckt.

Clara hatte keine Ahnung. Sie ließ ein verlegenes Lachen aufperlen.

»Luger«, erklärte Vater von Stahl.

»Dr. Adrian Luger«, ergänzte Rico Stahl. »Der stellt alle hier in den Schatten.« Er warf Clara einen unbestimmten Blick zu. Außer mir, war aus seiner Miene zu lesen. Als sie den Blick erwiderte, lächelte er und blieb stumm.

»Außer Hummer vielleicht«, sagte der Vater.

Manchmal sehnt sich Maria Schwarz – die sie geblieben ist – nach der Einsamkeit ihrer Zahnradbahn zurück. Andererseits mag Clara Gray – die sie geworden ist – auch derartige Auftritte, ja sie bewundert, was Aufsehen erregt. Vielleicht der Ausgleich für meine tote Kindheit, muss sie oft denken. Damals hätte es etwas mehr sein können ... und jetzt etwas weniger ... aber *that's life*.

Gerade jetzt, an diesem Samstag im Mai, wünscht sie sich, ihr Vater wäre hier und könnte erleben, wie und in welchen Kreisen sich seine Tochter heute bewegt. Wahrscheinlich würde er sie beschimpfen. Kaum je war er aus seinem Gapperding herausgekommen. Südtirol, einmal in fünf Jahren, war für ihn immer ein Fernziel gewesen. In solchen Momenten spürt Clara eine seltsam vertraute Zärtlichkeit für ihn. Und die Sehnsucht, mehr über ihre Mutter, die lang Verstorbene, zu erfahren, wird immer stärker.

»Luger!«, stellte er sich Clara vor. Den Helm hatte er auf einem Bistrotisch abgelegt, nachdem er die leeren Gläser mit souveräner Bewegung zu Boden gewischt hatte. Der Erfolg drang ihm aus allen Poren. Er sprach kurz mit den Stahls, wendete den Blick jedoch nicht von Clara ab.

Als Clara den Mund zum ersten »Ähm« öffnete, wurde sie geblitzt. Das war sie gewohnt. An jeder Ecke lauerten irgendwelche Fotografen, die ein Bild von dem gefeierten TV-Star haben wollten. Sie hatte gewöhnlich nichts dagegen.

Doch dann sah sie den dicken roten Haarschopf hinter der Kamera unter der roten Baseballmütze.

Unwillkürlich langte ihre Hand hinüber und packte Lugers Unterarm.

»Ist was? Geht's Ihnen nicht gut?«, fragte Luger.

Sie schüttelte den Kopf. »Der Mann da. Der lauert mir überall auf. Jetzt schon zum dritten Mal.«

Hummer war unbemerkt und bester Laune zu der Gruppe getreten, sein Assistent zwei Meter hinter ihm.

»Ist der Herr hier eingeladen?«, fragte Luger und wies auf den Rotschopf.

Hummer antwortete mit einem Schulterzucken.

Schutz suchend war Clara nahe an Adrian Luger herangerückt. Sie musste sich zurückhalten, nicht den Arm um ihn zu legen.

Mit einer energischen Geste griff sich Luger seinen roten Helm, holte aus und schmetterte ihn auf den Kopf des Fotografen.

Der schrie auf und ging zu Boden. Die rote Mütze kullerte beschwingt über die Granitplatten der Terrasse.

Hummer gab Pit einen Wink.

Rico Stahl trat auf den am Boden Liegenden zu.

»Halt!«, befahl Clara. Sie richtete einen Zeigefinger auf den Rotschopf. »Was wollen Sie von mir?«

Aus der Art, wie der Mann an ihr hinaufsah und sie anstarrte, musste Clara glauben, sie sei nackt. Sie sah an sich herunter. Alles war in Ordnung.

»Warum stellen Sie mir nach?«

»Ich liebe dich, Clara!«

Rico und Pit sahen sich an. Gemeinsam traten sie hin, rissen den Mann hoch und schleiften ihn unsanft durch die Terrassentür.

»Wenn ich dich noch einmal in meiner Nähe sehe, trete ich dir in die Eier!«, schrie Clara befreit hinter ihm her.

»Und? Was ist? Haben Sie schon Pläne für heute Abend?«, rief Rico Stahl zurück. Er sah verdammt gut aus, fand Clara.

Luger warf Clara einen verstörten Blick zu und legte einen Schalter am Luftkissenfahrzeug um.

Mit einem entnervten »Pfffffffffff« entwich die Luft.

»Tatütütütataaa«, spielte die Combo.

Wenn der Berg rief, stellte Dr. Adrian Luger gewöhnlich seine Ohren auf Durchzug. Das lag nicht etwa daran, dass er Berge generell nicht mochte. Er besaß selbst einige davon, mit reichen Wild- und Fischbeständen. Nein, es war das Wandern selbst, was ihn vom Aufstieg abhielt. Er war einfach nicht bereit für praktische Windjacken im signalroten Partnerlook, für Multifunktionsunterwäsche, Globetrotter-Hosen mit Oberschenkelreißverschluss. Und war ganz sicher noch nicht betriebsklar für Geh- und Wanderstöcke. An die Heimtücke der Berge wollte er gar nicht erst denken, er konnte ein Lied davon singen. An Steinschläge und Gerölllawinen, Blitzschlag und plötzliche Wetterstürze, herunterfallende Wanderer und Kletterer. An schlaflose Nächte, wenn sich seine roten Blutkörperchen in der Höhe in kleinen Explosionen vermehrten.

Seine Einstellung änderte sich schlagartig, als Clara Gray ihn anrief und fragte, ob er nicht am nächsten Tag zu einer Tour in den Wilden Kaiser mit anschließendem Frühstück auf der Gruttenhüttn mitkommen wolle.

»Es gibt nichts, was ich lieber tun würde«, gab er zurück. »Und schon gleich bei diesem Wetter.« – »Und schon gleich mit dir« unterdrückte er.

In der Früh sattelte er den Maserati. Die Sonne tunkte die Wolkenfetzen über dem Kaisergebirge in berauschendes Gold. Er wollte Clara abholen, und sie würden gemeinsam über Ellmau zur Wochenbrunner Alm fahren und dort den Anstieg beginnen, hatte Clara Gray gesagt. Auf der Fahrt über die Autobahn nach Brannenburg stellte er einige Überlegungen an. Er wusste nicht, wie alt Clara war, er schätzte sie auf fünfundzwanzig. Dass er selbst die fünfzig überschritten hatte, wollte er nicht abstreiten. Und diese Frau rief ihn, Luger, an! Er war reich und berühmt. Doch er fühlte sich geschmeichelt. Erfolg, das gefährlichste aller Rauschgifte, begann wieder einmal seine Wirkung zu entfalten.

Es heißt, dass er, Dr. Adrian Luger, Nummer einundsiebzig im Ranking der reichsten Deutschen, Erbe der Privatbank Luger in der Nürnberger City, ohne Zweifel zur deutschen – wenn nicht gar europäischen – Geld- und Bildungselite gehört. Als »Raubtier der internationalen Finanzwelt« hat der »Spiegel« ihn kürzlich bezeichnet, als »rassig, arrogant, brillant und respektiert«. Luger legt den linken Arm lässig auf die Lederpolsterung, lenkt einhändig und lächelt stumm vor sich hin.

Nur er selbst weiß, dass das weltumspannende Schneeballsystem, das er in den vergangenen Jahren installiert hat, ein einziger Mega-Betrug ist. Mit der einen Hand wirbt er um frisches Geld bei neuen Investoren, mit der anderen gibt er es als vermeintlichen Gewinn wieder an die vorhandenen Anleger aus. Alles, was es an gesellschaftlicher Prominenz in Deutschland gibt, hat seinen letzten Fonds »Investment High Return«, den er von Genf aus leitet, mit gewaltigen Summen ausgestattet. Andere Fondsgesellschaften, europäische Großbanken und DAX-Gesellschaften zählen zu seinen Kunden. »Minimum fünfzehn Prozent« ist sein Renditeversprechen, und »Mister fünfzehn Prozent« heißt er in der Branche. Es ist nicht nur ein Versprechen, das er gegeben und bisher auch immer eingehalten hat. Nein, nicht nur er selbst hält sich für einen Zahlenzauberer und ein Finanzgenie an sämtlichen wichtigen Weltbörsen. Doch nur er allein weiß um seine Fähigkeit, selbst die Börsenaufsicht immer wieder einzuwickeln, auszutricksen und zu narren.

An der Ausfahrt 57 bog Luger von der A 93 ab. Bei der Ortseinfahrt nach Brannenburg wurde er von einem Polizisten mit seitlich weggestreckter Kelle an den Straßenrand gewinkt. Er musste warten, bis eine der drei Ambulanzen, die auf dem Gehsteig parkten, weggefahren war.

»Ich werde hier angehalten«, erklärte er Clara die Situation am Handy. (Phantastisch, sie hatte ihm ihre Handynummer gegeben.) »Keine Ahnung, wie lange das dauern wird.«

»Kein Problem! Der Berg rennt uns schon nicht weg«, trällerte sie fröhlich.

Vor dem Anwesen, in dem sie wohnte, parkte ein Kastenwagen. »Steiner«, stand auf einer Seite. »Obst und Gemüse.« Aha, Vegetarierin, dachte Luger, als er den Wagenschlag weit öffnete und ausstieg.

Zur Haustür, an der Clara ihn erwartete, führte ein Steinplattenweg durch grünen Rasen. Sie sah entzückend aus, sportlich, sexy und hielt etwas Undefinierbares im Arm.

Er sah an sich hinunter. Er hatte keine Ahnung gehabt, was er anziehen sollte. Nun fand er sich total unzeitgemäß. Kniebundhose, Wollstrümpfe, schwere Bergstiefel, die er sich für diesen Anlass angeschafft hatte. Kariertes Bergsteigerhemd.

Sie jedoch flott im hellen Hilfiger-T-Shirt, in Bermuda-Jeans und edlen Laufschuhen.

Luger entschloss sich, die Stöcke, den Janker und den Rucksack mit der Emergency-Ausrüstung im Kofferraum zu lassen.

»Hi! Ich hab's grad gehört.«

»Was? Was haben Sie grad gehört?«

»Na, das mit der Ambulanz. Da hat in dem Seniorenheim ein Mann eine Frau erstochen. Aus Eifersucht, haben sie gesagt. Schrecklich, nicht?«

Luger hatte schon Schrecklicheres erlebt. Doch jetzt wusste er Bescheid.

»Das ist Emil. Keine Angst, Emil bleibt hier. Gell, Emil?«

Ein etwas klein geratener Drache entrollte sich in ihren Armen. So etwas hatte Luger in Australien schon erlebt.

»Ein Waran«, rief er zögernd.

»Ähnlich. Eine Tannenzapfenechse. Mein Haustier. Emil.«

Sie strahlte ihn an. Ein offenes, gewinnendes Lächeln. War er schon dabei, sich zu verlieben?

Die Maut, um die drei Kilometer geteerte Straße von unten bis zur Wochenbrunner Alm zu fahren, war wieder einmal erhöht worden. Für den Preis hätte man eine komplette Wagenwäsche samt Reifenwechsel durchführen lassen können.

Ein Mann, der einem Heimatfilm entstiegen schien, kassierte das Geld mit schwieliger Holzfällerhand. Hinter ihm lehnte ein zweiter Mann am Mauthäusl, der nicht sehr alpenländisch aussah. Eher wie aus Lugano, Neapel oder aus dem Land der Skipetaren stammend. Es fiel Clara nur auf. Es kümmerte sie nicht weiter.

»Ach, heut ist's aber leer«, meinte sie mit sanftem Augenaufschlag, als sie nach wenigen Minuten oben waren.

Aus Lugers Miene konnte sie lesen, was er von ihrer Einschätzung hielt. Heute parkten nur rund vierhundert statt der sonst üblichen tausend Autos neben dem Hirschgeläuf der Alm.

Oberhalb der Föhrenspitzen konnte man die Gipfel ahnen, die sich gegen den fahlen Himmel abhoben. Senkrecht über ihnen die Ellmauer Halt, darunter wie ein Wespennest die Gruttenhütte, weiter im Osten die Goinger Halt, dahinter breitete sich verschwommen der Rest der Bergkette aus.

»Also, packmers«, gab Clara den Anstoß und sah Luger an.

Luger schwitzte. Die Ärmel seines Karohemds hatte er hochgekrempelt.

»Ja. Packmers«, sagte er und schaute hoch zum Wanderziel.

»Eineinhalb Stunden«, sagte Clara und nahm ihm damit die Frage ab.

Sie ging schnell und war schon bald außer Atem. Wieder einmal musste sie feststellen, dass sie in ihrem neuen Leben jede Kondition verloren hatte. Als sie noch Zahnradbahnfahrerin war, hatte es zum Beruf gehört, in Form zu sein. Nun, als Schauspielerin, trainierte sie regelmäßig in einem Club. Doch es war langweilig dort, und zunehmend wurde sie von allen möglichen Menschen angesprochen, hauptsächlich von Männern, die sich nicht nur ein Autogramm erhofften. So hatte sie auch Matthias kennengelernt, ihren ersten Freund nach der Ehe mit Franzi. Als sie mit ihm Schluss machte, war ihr Leben immer weniger langweilig geworden. Und immer weniger gesund.

Es ging weiter steil bergauf. Luger folgte ihr die ganze Strecke über Schotter, Wurzeln, Felsen, durch Schatten, pralle Sonne und steile Anstiege wie ein Schüler, der's seiner Lehrerin recht machen will. Sie sprachen kaum. Als sie oberhalb der Baumgrenze ein Schotterfeld überquerten, spürte sie seine Blicke ihren Bewegungen folgen. Sie ließ sich zurückfallen und gab ihm den Vortritt. Ihm rann der Schweiß in die Augen. An einem unglaublich schmalen Geröllweg ging es fünfhundert Meter senkrecht in die Tiefe.

Clara konnte die dpa-Meldung förmlich riechen: »Ungeübter Wanderer im Wilden Kaiser abgestürzt. Er war ohne Wanderstöcke unterwegs.«

»Na?«, rief sie nach vorn.

Luger wandte sich um und grinste mutig. »Wahnsinnig aufregend«, sagte er. »Passt exakt zu dir.«

Das Du musste ihm unabsichtlich entschlüpft sein. Denn als er den Nachhall hörte, blieb er stehen und erklärte: »Über siebentausend Meter Höhe muss man sich duzen, sagt man.« Er kam auf sie zu, packte sie an den Schultern, zog sie ein wenig zu sich heran und küsste sie auf die Nasenspitze. »Ich bin der Adrian«, sagte er.

»Fein. Meinen Vornamen kannst du im Fernsehprogramm nachlesen.«

Am Ziel, dort, wo die Bergdohlen die Gruttenhütte kühn umschwebten, besiegelten sie ihr Du mit einem Schnaps und zwei flüchtigen Küssen auf den Mund.

»Warum starrst du mich an?«, fragte er mit weit geöffneten Augen.

»Einen Moment«, sagte sie, hob die Hand, stand auf und suchte die Toilette auf. Dort betrachtete sie ihr Spiegelbild. Diesen Leberfleck hatte sie schon, seit sie denken konnte. Nur wusste sie ohne Spiegel nie, ob er sich oberhalb des linken oder rechten Mundwinkels befand. Es war kein Leberfleck, den man fühlen konnte, der aus den umgebenden Sommersprossen herausragte wie ein Nagelkopf oder eine Eiterpustel. Es war einfach ein schwarzbrauner runder Farbfleck von eineinhalb Millimetern Durchmesser. Sie musste sich endlich merken, dass er sich oberhalb des linken Mundwinkels befand. Männer hielten ihn für sexy. Sie berührte ihn mit der Zeigefingerspitze, dann ging sie wieder nach draußen.

Sie setzte sich Luger gegenüber, stützte die Ellenbogen auf den Tisch, legte das Kinn in die gefalteten Hände und starrte den eineinhalb Millimeter großen runden Leberfleck oberhalb von Lugers linkem Mundwinkel an.

»Ist dir das noch nicht aufgefallen?«, fragte sie.

»Was soll mir aufgefallen sein?«

»Dass wir beide den gleichen Leberfleck an der gleichen Stelle haben.«

Er lachte und fuhr mit der Fingerspitze darüber »Ein Nävus, ja.« Dann langte er über den Tisch und berührte ihren Fleck. »Fühlt sich gut an.« Wie zufällig berührte er auch ihre Wangen. Die Spitze seines Zeigefingers blieb an ihrer Nasenspitze hängen. »Noch nie hab ich Sommersprossen aus solcher Nähe gesehen. Sie stehen dir außerordentlich gut. Hast du sie am ganzen Körper?«

Das Blut schoss ihr ins Gesicht. »Nur auf den Schultern und an den Armen«, sagte sie. Und wechselte rasch das Thema.

Die »Leberfleck-Connection« sollte fortan zum stehenden Begriff zwischen ihnen werden.

Beim Abstieg passierten sie hin und wieder eine Gruppe hübscher blonder Haflinger, dann und wann eine Gruppe hübscher Berliner mit Gamsbart und Stöckelsandalen.

Einen Berg hinaufzukommen, ist eine Sache. Ihn abwärts zu bezwingen, eine andere. Schließlich landeten Clara Gray und Dr. Adrian Luger auf einer kinderwagentauglichen Seniorenalm, der Gaudeamushütte. Es sah aus, als hätte man ringsherum eine grüne Tischdecke ausgebreitet und vergessen, sie glatt zu streichen. Dort, im Schatten einer Latschengruppe, ließ sich Luger widerspruchslos die Schnürsenkel von einer Haflingerstute zerbeißen.

»Super, diese Natur«, rief er begeistert. Und »Woran denkst du?« fragte er, als sie auf der überfüllten Terrasse saßen, über der in dichten Schwaden Tabaksqualm und Bierdunst hingen. Er trank einen Almdudler, sie eine Buttermilch.

»An Emil denk ich grad«, sagte Clara und stand auf.

»Wie kommst du denn überhaupt an eine Tannenzapfenechse?«, fragte Luger, während sie beim Verlassen der Alm über einen Weidezaun kletterten.

Clara schilderte, wie sie Emil von ihrem Ex zu Weihnachten geschenkt bekommen hatte, und erzählte auch ein bisschen vom Franzi. DARWIN, das TV-Spektakel, war Luger vom Hörensagen bekannt. Bei ihrer Geschichte um den Franzi hörte er interessiert zu, und als sie erzählte, wie oft ihr der Rotschopf schon aufgelauert hatte, schüttelte er den Kopf.

»Gut, dass ich ihm das Ding auf den Kopf geschlagen habe. Hätte ich das vorher gewusst, hätte ich ihm den Kopf vom Hals aufwärts abgerissen.« Er zögerte kurz und wischte sich den Schweiß von der Stirn. »Wenn noch einmal etwas mit dem passiert, dann sag mir Bescheid. Das ist Stalking in reinster Form.«

Richtig aufgeräumt war er, der Adrian Luger, fand Clara, und er wirkte überhaupt nicht alt. Sie fand ihn interessanter als die Männer um sie herum in ihrem eigenen Alter.

Sie tauchten in einen Bergwald mit hohen Fichten und Buchen ein. Es war schattig und kühl. Er erzählte ein wenig aus seiner Jugend, wie er in Nürnberg-Erlenstegen in einer prächtigen Villa aufwuchs. Dass die Privatbank seines Vaters einmal kurz vor dem Bankrott gestanden hatte – »sie hatte eine Durststrecke zu durchlaufen«, nannte er es –, als er gerade in London studierte. Dass sich die Bank jedoch auf wundersame Weise wieder fing und in der Blüte stand, als er ins Geschäft eintrat und schließlich die Luger-Bank komplett vom Vater übernahm.

»Uly Hummer und Heinrich von Stahl, was sind das für Typen?«, fragte Clara, als sie sich für ein paar Augenblicke auf einem moosbewachsenen Felsen niedergelassen hatten. Seit der Kitzbühel-Einladung war sie neugierig gewesen. »Und Stahls Sohn, der Rico?«

Täuschte sie sich, oder huschte da ein Schatten über Lugers Gesicht, als sie Rico erwähnte? Auch in seine Augen war ein eigentümlicher Ausdruck getreten, den sie nicht zu deuten wusste.

Doch als er sie ansah, hatte er sich wieder im Griff.

»Der Uly war früher selbst ein begnadeter Fußballspieler gewesen. FC Bavaria, Europapokal, wie es damals noch hieß, Nationalmannschaft, er soll in seinem jetzigen Haus einen eigenen Raum haben für die Pokale, die er gewonnen und verliehen bekommen hat. Seit x Jahren ist er Präsident des FC Bavaria und ein sehr erfolgreicher. Sieht gut aus, der Uly, hat keine Affären, Skandale kennt man von ihm nicht. Obwohl ...«, er verzog kurz das Gesicht, »... ins Feuer würde ich meine Hand bei keinem legen. So lang die Medien dichthalten, ist alles okay.«

Erwartung lag in Claras Miene. »Ich weiß, wie erfolgreich Hummer ist«, sagte sie. »Ist er denn verheiratet? Hat er Familie?«

Luger grinste breit. »Der Uly ist ein richtiger Familienmensch. Ja, er hat eine reizende Frau, die Mariele, und zwei Töchter. Was die machen, entzieht sich meiner Kenntnis.« Er hob eine Augenbraue, stand auf und staubte seine Hose ab. »Wer mir absolut nicht gefällt, ist sein Bodyguard, der Pit. Etwas ist an dem dran. Was Falsches. Ich weiß auch nicht, wo er den herhat.«

Der Weg führte in ausladenden Kurven sanft durch Hochwald nach unten. Kaum eine Vogelstimme, kein Knacken, kein Rascheln. Spreu, Moos, Flechten und niedrige Sträucher zwischen grauen und braunen Stämmen. Es roch nach feuchter Erde und Pilzen. Dazwischen kleine Lichtungen, deren Gras wie junger Spinat leuchtete. Ein Bächlein folgte ihnen zur Rechten.

»Der Baron von Stahl, Heinrich von Stahl, ist der Macher fürs Rechtliche und Finanzielle hinter den Kulissen. Dass der FC Bavaria finanziell besser dasteht als die meisten europäischen Fußballclubs ist ausschließlich sein Verdienst. Er und der Uly sind ein Herz und eine Seele. Geschäftlich wie privat.«

Nach dem Ausdruck auf seinem Gesicht von vorhin scheute sich Clara ein wenig, ihn noch einmal nach Rico zu fragen. »Und der Rico, was macht der? Folgt der seinem Vater nach, oder was?«

Luger blieb stehen. Er verzog das Gesicht und griff nach ihrem Arm. Er holte einmal tief Luft und ließ sie wieder entweichen.

»Das hätte Heinrich gern gehabt. Der Rico hat auch Jura studiert und meines Wissens sogar promoviert. Ist aber dann einen anderen Weg gegangen. Zur Polizei.«

»Was? Zur Polizei? Rico Stahl ist Polizist?«

»Nicht ein gewöhnlicher Polizist. Er gilt als einer der Top-Agenten im BKA.«

Clara hatte diese Abkürzung schon irgendwo gelesen oder gehört. BKA. Bundeskrankenagentur?

»Mehr weiß ich nicht über ihn. Nur, dass er sich beharrlich weigert, das ›von‹ in seinem Namen zu führen. Sein Titel ist Baron Heinrich von Stahl junior. Aber er nennt sich Rico Stahl. Kleidet sich stets korrekt, wie man es von einem Baron erwartet.« Er verzog den Mund und fügte hinzu: »Oder von James Bond.« Es sah aus, als hätte er in einen bayerischen Krapfen mit Düsseldorfer Senf gebissen.

Sie näherten sich dem Parkplatz. Die Landschaft war wie ausgestorben. Ein ausgetrocknetes Bachbett, aufgehäuftes Geröll, zwei entwurzelte Bäume, ein Weidezaun – dann waren sie da. Der Maserati glänzte goldfarben wie im Schaufenster eines Händlers. Es fehlte nur die blaue Schleife um den Bauch.

Und dann – erstarrte Clara Gray das Blut in den Adern. Von einem Moment auf den anderen war sie umringt von drei riesigen Hunden, zähnefletschend und knurrend, Zentimeter von ihrem Körper entfernt. Schwarze Hunde, die aussahen wie Labradore.

»Nehmen Sie die Hunde weg!«, hörte sie Luger bellen. Sehen konnte sie ihn nicht, denn er war hinter ihr geblieben, und sie konnte die Augen nicht von den Bestien nehmen.

Die Hunde waren angeleint. Am anderen Ende der Leine hatte ein Mann seine Beine in den Boden gerammt, um die wild ziehenden Tiere zu bändigen. Es war die dunkle Visage desjenigen, der sich im Mauthäuschen aufgehalten hatte. Er hatte merkwürdig flache, ovale Gesichtszüge mit weit auseinanderliegenden Augen, schwarzes Haar. Er trug Jeans und eine Jacke, die ihm viel zu weit um den hageren Körper hing.

Clara würgte. Sie bekam keine Luft mehr. Vor Schreck ging sie in die Hocke und schnappte krampfhaft nach Atem. Doch damit erreichte sie nur, dass die drei Hunde wieder zu knurren und zu bellen anfingen und nach ihrem Knie und ihren Händen schnappten.

»Verdammt, nehmen Sie die verdammten Hunde weg!«, brüllte

Luger. Er umlief die Kampfhunde und griff den Mann von hinten an.

Clara sah sich um. Der Parkplatz war leer. Kein Mensch weit und breit. Sie waren den Hunden ausgeliefert.

Mit einem unvorbereiteten Schwinger nach hinten hatte der Dunkle Adrian Luger außer Gefecht gesetzt.

»Ist diesmal nur eine Warnung«, zischte er. »Mit Grüßen von Zamira.«

Er pfiff scharf durch die Zähne. Sofort ließen die Hunde von Clara ab und folgten ihrem Herrn zu einem dunkelgrünen Vierrad-Japaner. Seiten, Rückwand und Nummernschild waren komplett verdreckt. Die Hunde sprangen nebeneinander ins geöffnete Heck, die Klappe ging zu, und der Wagen nahm quietschend die nächste Kurve bergab.

Luger war wieder auf die Beine gekommen.

»Mastino Napoletano«, sagte er versonnen. »Eine Kampfhundrasse.«

»Zamira«, sagte Clara verwundert. »Meine Konkurrentin beim Casting zu ›Gegen den Wind‹. Soll das eine späte Rache sein?«

Sie spürte immer noch ein leichtes Zittern am Körper, als sie schon Kufstein hinter sich gelassen hatten und auf der Autobahn die Grenze querten. Zehn Minuten waren es noch bis zu Claras Wohnung.

»Wie fandest du den Tag heute?«, fragte Luger und streifte ihren Oberschenkel sanft mit dem Handrücken. »Wie fühlst du dich?«

Was für ein Unterschied zwischen diesem Mann und dem Franzi, war es Clara schon den ganzen Tag durch den Kopf gegangen. Aber man sollte auch nicht gleich übertreiben. Nicht gleich am ersten Tag.

»Der Tag war okay«, sagte sie und ergötzte sich an dem enttäuschten Blick, den er zum Autohimmel warf. »Trotz der Hunde.«

Sie verließen die Autobahn, und Clara bat Luger, einen Kilometer und ein paar Kurven bergauf gegen die Sonne zu einem Haus an der Schrofenstraße zu fahren. Das Haus hatte einen steilen Giebel, grüne Fensterläden und keine richtige Einfahrt. Es gab nur einen kurzen kiesbestreuten Weg zwischen der Straße und der Garage. Der Garten war eine einzige Pracht blühender Blumen der verschiedensten Art, die Haustür stand offen, um frische Luft hereinzulassen, und aus einem Fenster im ersten Stock flatterte ein blauer Baumwollvorhang im Wind, als stünde dort jemand, der freudig zur Begrüßung winkte.

»Dieses Haus habe ich meiner Freundin Lola Herrenhaus gezeigt«, erklärte Clara. »Lola kennst du ja. Das Haus steht zum Verkauf. Zurzeit wohnt sie in München. Aber sie ist oft bei ihrem Freund hier im Rosenheimer Land.«

Luger hielt einen Augenblick an, um das Haus zu betrachten. Dann sah er Clara an und sagte: »Hab ich dir eigentlich schon gesagt, was für eine samtweiche Stimme du hast? Selbst wenn du sprichst, klingt es, als würde ein Chor singen.«

SECHS

Jeden Mittwoch stand Gottfrieds fahrbarer Hendlstand in Bad Feilnbach am Ortsende in der Kurve, die Richtung Brannenburg führt. »Echt bayerische Hendl«, verkündete ein weißblaues Banner entlang dem Dach. Die Mittagszeit mit dem großen Andrang war vorüber, und Gottfried Dandlberg stand mit hinter dem Rücken verschränkten Armen vor den rotierenden Hendln am Tresen und dachte nach. Vor ihm waren weißblaue Servietten millimetergenau übereinandergelegt. Die Plastikbehälter mit dem Krautsalat waren exakt gestapelt. Das Besteck lag säuberlich geordnet in einem Holzkasten. Die Semmeln lugten verlockend frisch aus ihrem gläsernen Versteck hervor. Das Innere des Wagens sah aus, als lebte der Betreiber darin.

Draußen wischte der Schatten schneller Wolken über die Felder wie vom Himmel hängende Netze über ein grünes Tennisfeld. Der Wind hatte die Nässe der vergangenen Tage von der Straße gesaugt. Im Osten ein paar weißbraune, locker über die Wiesen gestreute Wohngebäude und Ferienhäuser. Südlich davon, malerisch hingestellt, eine Ansammlung von Höfen mit einer aufragenden Kuppelkirche mittendrin. Ab und zu kam ein Hund schwanzwedelnd vorbei und blickte mit hungrigen Augen zu Gottfried auf. Ein leichter Geruch von Pferdedung lag in der Luft.

Doch Gottfried roch nur seine Hendl und sah das alles nicht. Sein Blick ging nach innen. Es war zwar schon eine Weile her, aber noch immer sah er den roten Helm auf seinen Kopf niedersausen. Als ob man einem Ochsen mit dem Prügel einen überzieht. Im Fallen hatte er Claras Gesicht gesehen. Sie hatte gelacht, als ob sie sich freute. Er kniff die Augen zusammen und ließ seinen Gedanken freien Lauf. Die Erinnerungen stellten sich nach einem offenbar ganz und gar willkürlichen System ein. Es gab Bilder und Erinnerungen aus den frühesten Kindheitsjahren, mit Rennen und Jagen in der Gruppe durch die Bergwälder, er wusste nicht, durch welche. Zahnarztbesuche, um eine Spange zu bekommen. Sein erstes Computerspiel. Ausflüge mit dem Bruder zum Schlittschuhlaufen am zugefrorenen See. Mit den Eltern im Tierpark Hellabrunn. Und schließlich die bestandene Lehre zum Nachrichtentechniker.

Gottfried schüttelte seine Gedanken ab, schob den Rechnungsblock heran und zog einen Stift aus dem Ärmelverschluss. Er notierte und überlegte zwischendurch, welche weiteren Möglichkeiten er hatte, an Clara heranzukommen.

SMS, AB, E-Mail. »Briefe« strich er wieder durch. Blumen schicken, Warensendungen in ihrem Namen bestellen, Gerüchte streuen (»Wie?«, schrieb er dahinter), Leute ausfragen (als Journalist ausgeben), wieder auf einer Party auftauchen und sie verehren. Die GEZ kündigen.

Lauter liebenswerte Aktivitäten, dachte er. Ich tu ihr nicht weh. Ich bedrohe sie nicht, ich nötige sie nicht. Ich will sie nur ein bisschen auf mich aufmerksam machen und unter Kontrolle halten. Von Kind auf war er von der Neigung besessen, in anderer Leute Leben herumzuschnüffeln. Gottfried war das zwar bewusst, aber es war ihm wurscht.

Mit seinen Kunden war das anders. Er wusste über jeden einzelnen seiner Stammkunden – Männer wie Frauen – hundert Prozent Bescheid. Die Bauer Rosi betrügt ihren Mann, der Bürgermeister ist hinter seiner Vorzimmer her, die bigotten Osterlohers rennen jeden Sonntag in die Kirche, die jungen Inöglüs mit ihren vier Kindern schicken jeden Monat Geld nach Hause ... Nicht weil er seinen Kunden nachspionierte, kannte er ihre Gewohnheiten und Eigenarten. Nein, er brauchte sie nur ein bisserl auszufragen, Fangfragen stellen, die Leut aufeinanderhetzen, die Ohren aufstellen, wenn sie in Zweier- und Dreierreihen vor ihm standen.

Er ließ den Stift sinken, um die Frau Eberharter aus dem Dorf zu bedienen.

»Bittschön, sehr gern, Frau Eberharter. Zwei halbe, zwei Krautsalat, drei Semmeln. I packl Eahna ois ein und leg die Servietten dazu, gell? An guatn! Pfüa God!«

Die Eberhartin war unbemannt, führte das Lebensmittelgeschäft in der Dorfstraße und pflegte ihren schwer zuckerkranken Vater. Es wurde gemunkelt, sie habe was mit dem Schankkellner vom Brunnerwirt.

Gottfried seufzte. Er musste an die Lisbeth denken, die Gruberin, seine Bewährungshelferin. Wär das doch schön, wenn das

Märchen, das er ihr aufgetischt hatte, das von Isabelle, wahr wäre. Er hatte sie mehrfach im Glauben gelassen, seine Sexkenntnisse stammten vom Umgang mit Isabelle. In Wirklichkeit ging er, sooft er es sich leisten konnte, ins Bordell nach Rosenheim. Meistens ins Pik As drunten am Inn. Von dorther war er Spezialist in Kondomen.

Gottfried Dandlberg löste sich von seinen Träumen. Die Glocken vom nahen Kirchturm schlugen zwei Uhr. Nach Feierabend würde er als Erstes an den Chiemsee fahren und sich das Haus in Rimsting ansehen, in dem Clara ein und aus ging. Er wunderte sich, warum sie nicht ganz einzog in diesen Prachtbau, sie hätte es gewiss gedurft.

Stattdessen schien sie ihre eigene Wohnung in Brannenburg behalten zu wollen. Die Rimsting-Villa gehörte dem Mann, der ihm den Helm über den Schädel gezogen hatte. Luger hieß der, Adrian Luger. Ein ziemlich hohes Tier, bei dem es notfalls was zu holen gab.

Um sechzehn Uhr würde er den Stand abbauen. Dann blieb noch genügend Zeit, mit der Hundertfünfundzwanziger nach Rimsting zu düsen und seinen selbst gestellten Auftrag zu erledigen.

Seine Augen blitzten auf, und ein lustvolles Grinsen flog über sein Gesicht. Er zupfte sich am Bart. Na, klar, das wär was! Er lachte laut. Die Idee, die ihm soeben durch den Kopf geschossen war, war genial Er brauchte sie nicht aufzuschreiben. Die konnte er sich auch so merken.

Das Haus in Rimsting entpuppte sich als wahrer Herrensitz. Das Anwesen lag in einem mehr als einen Hektar großen parkähnlichen Garten und war im Schweizer Chalet-Stil erbaut. Viel Holz, trotzdem elegant. Es lag, abgeschirmt durch ein hohes ferngesteuertes Stahltor, weit zurück von der Durchgangsstraße auf einer Anhöhe. Jedoch nicht so weit entfernt, dass man nicht mit dem Fernglas jedes Detail hätte erkennen können. Zudem führte ein schmaler Pfad an der Südseite am Grundstück vorbei. Die Anlage erstreckte sich über mehrere Terrassen. Sicher bot sich von dort oben ein weiter Ausblick über den See und auf blau schimmernde Gebirgszüge, die abends im Dunst verschwammen.

Nach wenigen Tagen wusste Gottfried genau, dass Clara Gray,

wenn sie über Nacht blieb, ein eigenes Bad benutzte, er hatte sich notiert, wann der Hausherr zu Hause war und wann nicht, und kannte den Rhythmus der Lichtanlagen. Und er hatte einen Weg gefunden, wie er unbemerkt in das Haus eindringen konnte.

Zunächst aber würde er sich Claras Brannenburger Wohnung vorknöpfen.

Montagmittag stand Gottfried Dandlbergs Hendlstand in Bad Aibling. Deshalb wollte er schon in aller Herrgottsfrüh nach Brannenburg. Monoton knatterte seine Hundertfünfundzwanziger über die Straße. Die wenigen Autos, die ihn überholten, waren Berufstätige, die zur Arbeit fuhren.

Claras Wohnung lag in einem herrschaftlichen Haus aus den neunzehnhundertzwanziger Jahren auf einem Hügel am südwestlichen Dorfrand. Das Haus war von einem einfachen Jägerzaun umgeben. Von der Gartentür führte ein schmaler Weg aus Steinplatten zum überdachten Hauseingang. Es gab zwei Klingelknöpfe. Der untere war lapidar mit CG beschriftet. Clara schien demnach das gesamte Erdgeschoss zu bewohnen, dessen Fenster sich auf einen gepflegten Rasen öffneten, auf dem eine knallrote Holzbank stand. Von dort aus konnte man den Ort und das Inntal überblicken. Im Hintergrund, auf österreichischer Seite, grüßten der Zahme und der Wilde Kaiser herüber.

Gottfried hatte das Motorrad seitlich unter einer Kastanie abgestellt. Er ließ den Blick über diese Idylle schweifen, bevor er sich wieder dem Haus zuwandte. Wie unbewohnt stand der große Kasten da.

Clara schien nicht daheim zu sein.

Die Gartentür war angelehnt.

Gottfried sah sich um. Außer einer vorbeifahrenden Radlerin war niemand zu sehen. Auch im Obergeschoss herrschte Ruhe.

Betont unauffällig betrat er das Grundstück und schritt wie selbstverständlich auf das Haus zu. Mit den Fingerspitzen fuhr er suchend durch die Rille am Klappdeckel des Briefkastens, dann reckte er sich und strich mit der Hand über den Holzbalken über der Eingangstür. Er schüttelte den Kopf. Sein Blick fiel auf eine von Kies eingefasste quadratische Kellerfensterabdeckung. Im Kies ruhte ein handtellergroßer Bachkiesel, der da nicht hingehörte Er zog ein Papiertaschentuch aus der Tasche und hob damit den Stein vorsichtig an. Ein Leuchten ging über sein Gesicht. Er hatte es gewusst! Er wickelte Claras Schlüssel ein und steckte ihn in die Jackentasche. Dann sprang er auf seine Hundertfünfundzwanziger und machte sich auf den Weg zu Roccos Schuh- und Schlüsselservice.

Rocco musterte ihn eindringlich – »Sicherheit-Schlussel wie dies sinde verbotten kopieren« –, doch zwei Minuten später besaß Gottfried einen Zweitschlüssel, und das Original ruhte in Papier gewickelt wieder in seiner Jackentasche. Er knatterte zurück zum Haus und legte Claras Schlüssel an seinen Platz. Dann sah er sich suchend um.

Zwei Punkte lösten sich vom Hellgrau der Wolken und wurden rasch größer. Sie kamen genau auf ihn zu. Als wolle der liebe Gott ihn bestrafen. Es waren zwei Kampfjets. Bevor sie das Haus erreichten, drehten sie ruckartig nach Norden ab. Sekunden später dröhnte ihr Lärm über die stille Villa.

Gottfried Dandlberg schüttelte sich. Er ermittelte noch die Koordinaten des Hauses über GPS. Danach ließ er Clara und Brannenburg vorerst in Ruhe.

SIEBEN

Die Tage flossen ineinander. Meist waren es Tage, an denen das Alpenvorland mit seinen Hügeln, Bilderbuchdörfern und Seen unter bleiernen Schleiern lag. Ende Oktober rissen sie fast eine Woche lang nicht auf, und dazwischen regnete es beinahe unablässig in dünnen silbergrauen Schnüren. Missmutig strömten die Menschen zur Arbeit, und diejenigen, die zu Hause blieben, verfielen nicht selten in Schwermut.

Clara Gray spazierte an drehfreien Tagen auf der Veranda des Rimstinger Hauses umher, unternahm Bergwanderungen, von denen sie durchnässt heimkehrte. Doch jeder Moment ihres Lebens war Adrian Luger gewidmet. Nein, falsch: Jeder Moment wurde von ihm mit Beschlag belegt, jeder bewusste und unbewusste Gedanke drehte sich um ihn. Clara liebte Adrian tief und innig. Mehr noch: Sie brauchte ihn. Adrian führte sie an der Hand, wenn sie in ihrer neuen Welt nicht zurechtkam. Er bot ihr Schutz, wenn sie sich angegriffen fühlte. Sie konnte sich anlehnen, wenn ihr Stolz und ihre Selbstbeherrschung zu schwinden begannen. Und sie wusste: Adrian wollte sich nicht nur mit ihr schmücken. Er liebte sie.

Dennoch, wenn sie frühstückten oder am Essenstisch saßen, wirkte sie zerstreut. Immer weniger vermochte sie sich zu verstellen oder ihre Gefühle zu verbergen. Einige Male war sie gefährlich nahe daran, den wahren Grund ihrer Nervosität zu enthüllen. Adrian, das spürte sie, nahm es mit der ihm eigenen gelassenen Großzügigkeit, er sah darüber hinweg. Er wartete, bis sie sich ihm von sich aus offenbarte.

»Ich habe Angst«, sagte sie dann eines Abends.

Er stand gegen die Wand gelehnt, neigte ein wenig den Kopf zur Seite und sah sie lange zärtlich an. Es kam ihr vor, als sehe er nur Linien und Flächen und wolle gleich ein Porträt von ihr malen.

»Clara. Wovor willst du Angst haben? Gebe ich dir nicht alles?«

»Nein, nicht solche Angst. Keine Existenzangst. Keine Angst vor der Zukunft, da fühle ich mich geborgen bei dir. Ich habe Angst vor einer Person.«

Er öffnete die Arme und schritt auf sie zu. Beide Handflächen legten sich federleicht unter ihr Kinn und bogen ihren Kopf behutsam zu sich. Mit einem Gefühl ungeheurer Erleichterung und Beschütztheit ließ sie sich dankbar gegen ihn fallen.

»Du meinst diesen Stalker, diesen Nachtigal, wie er sich nennt?«

Stumm nickte sie.

Er strich mit den Fingern sanft über ihre nackten Schultern. Ein wenig zaghaft griff sie nach vorn und schlang die Arme um ihn. Was sie in diesem Augenblick empfand, war eine Art Dahinschmelzen, ein Versinken in ihren Mann, als wäre ihr Körper in einen ätherischen Zustand übergewechselt. Sie hob die Arme und presste beide Handflächen gegen seine Brust.

Sein Atem ging schneller.

»Du musst keine Angst haben, Liebes. Ich werde mich darum kümmern.« Bedächtig beugte er sich hinab und küsste jedes der drei winzigen Muttermale an ihrer linken Halsseite einzeln. »Ich kümmere mich drum. Du musst keine Angst haben. Die Leberfleck-Connection hält.«

***

Gottfried Dandlberg kochte, wenn er an die Beleidigung dachte, die Clara Gray ihm in Gegenwart ihres Alten zugefügt hatte. Er hatte in der Einfahrt vor der Rimstinger Villa gewartet, bis sie endlich im Maserati angerauscht kam. Sie ließ die Beifahrerscheibe herunter und lächelte ihn hochmütig an. Er hielt ihr den Herbststrauß hin, den er für sie selbst gepflückt hatte. Einen Augenblick lang schien es, als würde sie ihn annehmen. Doch dann rief sie eiskalt: »Lassen Sie mich endlich in Ruhe!« Sie drückte die Fernbedienung, das Tor fuhr auf, sie warf Gottfried zum Abschied einen triumphierenden Blick zu. An der Tür wartete ihr Mann. Eng umschlungen waren sie ins Haus gegangen.

Vorgestern war das gewesen.

Deshalb knatterte er heute mit der Hundertfünfundzwanziger wieder nach Brannenburg. Er stellte die Maschine in der Nähe des Friedhofs ab und ging den Rest zu Fuß. Nach wenigen Metern blinkte das weiße Kircherl von Sankt Margarethen vom Berg vor dem Wendelsteinmassiv herunter. Der Weg schlängelte sich durch grüne Wiesen vorbei an herbstgefärbten Ahornbäumen empor zu dem eleganten Haus, in dem Claras Wohnung lag. So früh am Morgen war die Temperatur noch frisch, und er begegnete keinem Menschen. Er stellte die prall gefüllte Einkaufstasche kurz ab, um einer Kuh, die ihm den Kopf über den Zaun entgegenreckte, gut gelaunt die Stirn zu kraulen.

Er löste den Riegel am Gartentürchen und schritt entschlossen den Plattenweg entlang. Mit der Schlüsselkopie schloss er die Haustür auf und machte vor ihrem Wohnungseingang halt. Die Tasche stellte er wieder ab. Eine kunstvoll geschmiedete Metalltreppe führte in die erste Etage. Nichts rührte sich. Die obere Wohnung schien unbewohnt. Er hatte noch nie jemanden kommen oder gehen sehen. Dass Clara in München im Sender war, hatte er dort erfragt.

Er atmete langsam aus und stellte die an den Seiten ausgebeulte Tasche behutsam vor ihre Tür auf den Abstreifer. Zärtlich strich er darüber und heftete einen Zettel an. »Für Clara«, stand darauf.

Er hörte ein Geräusch in seinem Rücken. Ein Schlüssel drehte sich im Schloss. Langsam schwang die Haustür auf. Mit eingezogenen Schultern huschte er unter den Treppenaufgang und machte sich flach.

War es Clara? Sie hätte mehr Schwung gehabt.

Er hörte ein heiseres Keuchen. Zwei Möpse hechelten durch die Tür und führten eine alte Dame an der Leine, die sich von ihnen langsam vorwärtsziehen ließ, bis die Hundeschnauzen an der Tasche klebten. Für den Fall der Entdeckung hatte Gottfried mehr Respekt vor den Hunden als vor der Frau. Er ließ sich augenblicklich einen Notfallplan einfallen: Nach einer kleinen Plauderei würde die Frau garantiert denken: Was für ein höflicher, charmanter junger Mann!

***

Ein markantes Gesicht, dachte Clara Gray auf der Fahrt von Rimsting vorbei am Chiemsee über die A8 nach Brannenburg. Es zeugt von Charakterstärke. Charakter, davon war Clara felsenfest überzeugt, besaß Adrian Luger in hohem Maß. Er hatte ihr angeboten, den Maserati zu nehmen. Er hätte sich dann mit dem Porsche begnügt. Doch sie wollte in ihrem Heimatort kein Aufsehen erregen – »Schaug dir's o, die Schnepfn. Kaum a bisserl wos bein Fernsehn gworn, scho dreht's durch, die kloane Schlampn« – und wollte ihren eigenen Golf nehmen. Er aber hatte darauf bestanden, dass sie in den Nobelitaliener stieg.

Sie fühlte sich wohl in seinem Haus. Doch sie sah sich noch nicht in der Lage, zu ihm zu ziehen. Nicht allein der Altersunterschied war der Grund, weshalb sie zögerte. Sie hätte auch ihre Freiheit aufgeben müssen. Erst wollte sie ihre Karriere festigen, das war die Priorität Nummer eins in ihrem Leben. In ein, zwei Jahren vielleicht wäre sie dann bereit zu mehr. Er wollte sie heiraten, hatte ihr einen förmlichen Antrag gemacht. Romantisch bei Kerzenlicht im Restaurant Winslet in Aschbach. »Kleines, willst du meine Frau werden? Ich werde dich auf Händen tragen.«

Ja, sie glaubte ihm. Er war ihr Held.

Sein Haus besaß drei große Gesellschaftsräume. Wohn- und Esszimmer waren auf beide Bewohner gleichermaßen zugeschnitten, das Musikzimmer mit dem Flügel und der Hi-Fi-Anlage war Claras Reich, die Bibliothek mit all seinen Fachbüchern das von Adrian. Jeder besaß ein eigenes Schlafzimmer mit integriertem Bad, er zusätzlich einen Whirlpool. Grundbedingungen für das Zusammenleben zweier erwachsener Menschen, war seine Meinung, die Clara recht bald rückhaltlos teilte.

Es gab im Haus eine hypermoderne Küche mit Vorratsraum, dazu etliche technische Räume wie Bügelzimmer, Putzraum, Nähzimmer, Waschküche, ein mittelgroßes Fitnesscenter und die Orangerie. Die kleine Personalwohnung an der Westseite war seit zweieinhalb Jahren unbewohnt. Die Haushälterin hatte die Reißleine gezogen, wie es Adrian ausdrückte. Seither beschäftigte er keine Hausangestellten mehr. Nur eine Putzfrau kam mehrfach während der Woche für einige Stunden. Eine andere Frau kümmerte sich um die Wäsche und bügelte. Bei größeren Einladungen ließen sie eine Köchin oder einen Caterer kommen, und ein entfernter Nachbar kümmerte sich um die Garagen und die Fahrzeuge.

Selbstverständlich genoss Clara dieses Leben in großem Stil. Doch nun war sie froh, wieder nach Haus zu kommen in ihre schnuckelige kleine Wohnung, in der immerhin eine vielköpfige Hartz-IV-Familie samt Hund und Katz bequem Platz gefunden hätte.

Eine knappe Woche war sie nun in Rimsting gewesen, nur unterbrochen von einem Drehtag in München. Als sie jetzt Richtung Süden von der A8 abbog und den Bergen entgegensteuerte, überkam sie ein wohliges Gefühl. Dies war ihr Zuhause, ihre Heimat. In Reischenhart bog sie von der Autobahn ab und legte hinterm Ortsschild den Leerlauf ein, um auf der leicht abfallenden Straße Sprit zu sparen. Acht Minuten später stellte sie in dem Sträßchen in der Nähe des Hauses auf dem Hügel den Motor ab. Sie war da.

Hätte sie gewusst, was vor ihrer Wohnungstür auf sie lauerte, hätte sie sich laut schreiend abgewendet und die Flucht ergriffen. Doch ihre Ahnungslosigkeit verzögerte den Schock nur unwesentlich. Das Geräusch aus ihrem Mund entwickelte sich von einem schrillen, lang gezogenen Schrei über ein heiseres, tierisches Krächzen zu einem würgenden Gurgeln ähnlich dem, das entsteht, kurz bevor ein Mensch sich übergibt. Der abgeschnittene, blutige Schweinekopf vor ihrer Tür war alles, was blieb. Er ruhte mit der offenen Halsseite nach unten auf dem Abstreifer und schien Clara mit leicht geöffnetem Maul hinterherzugrinsen.

***

»Unglaublich«, murmelte Adrian Luger einen Tag später. Er stand kurz davor, in Panik zu geraten. Das Wenige, was Clara ihm über diesen Nachtigal anvertraut hatte, hatte er auf die leichte Schulter genommen. Er hatte die Sache für die Spinnerei eines Verehrers gehalten, von denen seine berühmte Partnerin nicht wenige hatte.

In einer ruhigen Ecke der Stadtbibliothek im Münchener Gasteig hatte er einen Stapel Bücher und Zeitschriften um sich versammelt. Bevor er etwas unternahm, wollte er sich intensiv mit dem Phänomen einer gar nicht so seltenen zwanghaften Verhaltensstörung mancher Zeitgenossen vertraut machen. Als Nichtmünchener konnte er nur auf dem Umweg über seine Beziehungen Zugang zur Bibliothek erlangen.

Nachtigal hatte Clara mehrfach seine Liebe beteuert. Er bete sie an, könne nicht mehr ohne sie leben. Hatte ihr Blumen in ihre Wohnung nach Brannenburg geschickt, ihr den Einkauf eingepackt und die Autotür aufgehalten. Hatte sie in München vor dem Eingang zum Sender mit einem Kniefall begrüßt. Danach hatte er es irgendwie geschafft, die Kontrolle zu überlisten und ihr in ihrem Büro ein Geschenkpaket zu überreichen. Clara hatte es der Putzfrau überlassen.

Das alles roch nicht nach intensiver Belästigung, eher nach einer harmlos-übertriebenen Schwärmerei. Luger hatte Clara nicht wirklich ernst genommen, wenn sie ihm von Nachtigal berichtete. Ihre Ängste hatte er nie verstanden. Doch was er nun während dieser zwei Stunden in der Bücherei zu wissen bekam, entsetzte ihn und veränderte seine Einstellung von einer Minute auf die andere. Was er las, war ein Horrortrip, ein spiritueller Ausflug in den Tod.

Luger griff sich ein Buch nach dem nächsten, durchblätterte einen Bericht nach dem anderen. Eine Lebens- und Leidensgeschichte jagte die nächste, eine Tragödie überholte die vorhergehende. Der Titel des Ganzen: Stalking, definiert als »beharrliches Nachstellen«.

Psychoterror wäre der korrekte Begriff für dieses ungezügelt obsessive Verhalten, befand Luger sehr schnell. Alle Täter hatten vorher von Liebe gesprochen. Nachher hatten sie die angebetete Person gedemütigt, vergewaltigt, erstochen, erschlagen, erschossen. Es machte keinen Unterschied, ob sie alt waren oder jung, Studentinnen oder Pensionäre, arm oder reich, egal aus welcher Gesellschaftsschicht sie kamen, es spielte keine Rolle. Die meisten Fälle hatten sich zwar im Ausland abgespielt, doch das Tätermuster des Stalkers war überall identisch und musste auch auf den harmlos wirkenden Nachtigal angewendet werden. Angebliche Liebe war der gemeinsame Nenner. Luger hielt die Bezeichnung Liebeswahn für passender.

Ihn schauderte unter dieser Flut der Informationen. Er bekam Kopfschmerzen, wenn er daran dachte, in welcher Falle Clara möglicherweise saß. Er musste dafür sorgen, dass sie nicht zuschnappte.

Die Justizbehörden konnten allenfalls mit einstweiligen Verfügungen reagieren, nicht aber ein mögliches Verbrechen verhindern. Denn solche Schutzanordnungen sind einem Typ wie Nachtigal egal, vollkommen egal. Es war beängstigend! Stalker fürchten Sanktionen nicht, das hatte er aus dem Lesestoff gelernt, sie sind immun dagegen. Blamage, finanzieller Ruin, Prozess, Gefängnis, ja der Tod – das alles schreckt sie nicht ab.

»Das Einzige, was Nachtigal fürchtet, ist, Clara aus den Augen zu verlieren«, murmelte er halblaut.

Die Nachbarin in der Büchernische sah ihn verwundert an.

»Das ist für ihn zum einzigen Lebenssinn geworden.«

Als er mit dem Aktenstudium fertig war, saß der starke Adrian Luger zittrig und schweißgebadet auf dem wackeligen Bibliotheksstuhl und wartete darauf, dass sein Herzschlag sich wieder beruhigte. Hatte er Angst? Nein, Angst hatte er nicht. Doch er musste unmittelbar dafür sorgen, dass Clara keine Angst mehr hatte. Er verließ die Stadtbibliothek in großer Eile.

***

Gottfried wusste, dass er sie liebte. Er fühlte es tief drinnen. Seine Liebe zu Clara Gray hatte vollkommen Besitz von ihm ergriffen. »Liebe lässt sich nicht erklären«, hatte er irgendwo gelesen, »sie ist Chemie. Sie passiert einfach.« Genau das traf auf ihn und seine Liebe zu Clara zu.

Er igelte sich ein, genügsam wie ein Zeck, hatte nur mehr Augen und Ohren für sie. Doch immer beobachtete er sie unerkannt aus sicherer Entfernung.

Wenn sie lachte, seine Clara, wenn sie übermütig den Kopf zurückwarf und ihr das Haar um die Schultern wirbelte ... wenn ihr beim Lachen die kleinen Pünktchen um die Nase flogen ... wenn sie sich neugierig vorbeugte, um jemandem zuzuhören ... wenn sie mit einer Freundin oder einem Bekannten wie ein Model vor ihm herschritt und die Arme pendeln ließ ... dann stand er Qualen aus. Wenn sie im Scherz oder aus einer Laune heraus jemand anderem die Hand auf den Arm legte oder ihn oder sie zufällig streifte, glaubte er, die Brust müsse ihm zerspringen. Er versteckte sich dann in einer Ecke oder verdrückte sich hinter eine Buche, um es nicht mit ansehen zu müssen. Oder verdeckte wie ein Kind einfach die Augen, weil es zu weh tat, zuzuschauen. Doch ebenso rasch hörte er mit den Kindereien wieder auf, weil es noch weniger auszuhalten war, *nicht* hinzusehen.

Gottfried Dandlberg hatte Augen wie ein Luchs. Und er besaß die Fähigkeit, wie ein Waran in der Wüste mit seiner Umgebung zu verschmelzen. Er war praktisch unsichtbar, wenn man ihn nicht direkt ins Visier nahm, was aber praktisch nicht vorkam, denn er war von außergewöhnlicher Unauffälligkeit. Er konnte sich darauf verlassen, dass die Menschen um ihn herum sich nicht eine einzige Sekunde Zeit nahmen, ihn länger als einen flüchtigen Augenblick zur Kenntnis zu nehmen.

Wenn er dann beobachtete, wie sie mit ihm, diesem Luger, Händchen hielt, wirkte das auf ihn mehr wie etwas, was sie zuließ, als etwas, was sie suchte. Immer, wenn er sie mit *ihm* sah, blieb ihm die Luft weg. Er starrte sie an und hatte ein Gefühl wie beim Tauchen unter Wasser. Als hätte er minutenlang nicht mehr geatmet. Die Frau schnürte ihm die Luft ab. Besonders in *seiner* Gegenwart.

Als er nun aus seinem Versteck beobachtete, wie Luger die Stadtbibliothek verließ und den Weg zur Tiefgarage einschlug, folgte er ihm umsichtig, umschlungen von der Menge, die in Richtung U-Bahn strömte. Er griff in seine Hosentasche und fühlte nach dem Schlagring, den er vor zwei Jahren in Namibia einem Farbigen abgeluchst hatte. Ursprünglich hatte er einmal ein Klappmesser für solche Zwecke besessen, das er in München in einem Geschäft für Abenteuerausrüstungen hatte mitgehen lassen. Der Schlagring hatte sich als handlicher erwiesen. Er liebte es, sich von dieser Waffe mit den spitzen Zacken die Knöchel umschlingen zu lassen. Es verlieh ihm ein Gefühl von Macht, Großartigkeit und Gefährlichkeit.

***

Dem einflussreichen Adrian Luger hatte es keine große Mühe gekostet, die persönlichen Daten dieses Nachtigal herauszufinden. Am Abend nach dem Bibliotheksbesuch lagen Gottfried Dandlbergs Personalangaben offen wie ein Buch vor ihm.

»Du darfst die Gefahr nicht unterschätzen, Liebes! Dieser Nachtigal ist ein ernsthafter Stalker. Einer, der dir zwanghaft nachstellt. Der dich in ein immer engeres Korsett pressen wird. Wir werden etwas unternehmen.«

Und so kam es, dass am folgenden Dienstag gegen vier Uhr nachmittags ein abgerissen aussehender älterer Mann, eine angebrochene Flasche Bier in der Hand, unruhig vor dem Hendlstand in Brannenburg stand. Er hatte einen unregelmäßigen Sechstagebart, trug einen abgenutzten Trenchcoat und verbeulte Hosen, die Haare standen ihm zu Berge. Kurz, er sah aus wie Inspector Columbo kurz vor dem Rauswurf wegen eines Alkoholproblems.

»Zwei halbe Hendl«, krächzte er schwer atmend und schwer verständlich. »Eins für mich und eins für Clara.«

Gottfried, der gerade die letzten beiden Hendln vom Spieß genommen hatte und abbauen wollte, fuhr herum. Jeden anderen hätte sein Blick getötet, doch Luger hielt ihm stand.

»Welche Claaaraa?«, quetschte Nachtigal hervor. »Ich hab schon geschlossen.«

»Na gut. Geschhhloossen«, lallte der Mann. »Dann gehen wir eben ssum Schmiedwirt, damit Clara wasssum Essen bekommt.« Er warf einen vorwurfsvollen Blick zurück. »Ssum Schmiedwirt ... sssum Essen. Mit Clara.«

Von ihrem Platz am Fenster aus konnte Clara ihn kommen sehen. Unruhig rutschte sie auf der Holzbank hin und her und versuchte gleichzeitig, den Ankömmling und den Mann in der entgegengesetzten Ecke im Auge zu behalten. Der Trachtler dort hatte keinerlei Ähnlichkeit mit dem abgewrackten Columbo vom Hendlstand vorhin. Das schwarze Haar quoll unter einem grünen Filzhut mit Feder hervor, seine Schladminger Lodenjoppe war aufgeknöpft. Die Rechte umschloss eine kalte Pfeife.

Die Bedienung räumte klappernd die Spülmaschine aus. Um diese Zeit war die Wirtschaft leer. Bayern 3 schlug sich mit einem geistlosen Rapper herum. Bobby, der Wirtshauslabrador, atmete voller Entzücken die Gerüche aus der Küche ein. Clara sandte einen letzten zärtlichen Blick in die hintere Ecke und lächelte verliebt über die perfekte Verkleidung.

»Hallo, Clara«, hauchte er im Flüsterton schon, als er durch die Tür trat. »Ich bin's. Nachtigal.«

Eine Eröffnung genau so, wie es in Adrians Drehbuch für dieses Treffen stand. Sie musste nur die richtige Antwort bringen.

»Setz dich doch, Gottfried.«

Ein Strahlen huschte über sein Gesicht. Wenn der alberne Kinnbart nicht gewesen wäre, hätte sie ihn vielleicht sogar für gut aussehend befunden. Trotz oder sogar auch wegen des roten Schopfs auf seinem Kopf.

Umständlich nahm er neben ihr Platz, mit dem Rücken zur Tür.

Verstohlen äugte sie zu Adrian hinüber. Der nickte unmerklich und deutete einen Kussmund an.

»Was trinkst du?«, fragte sie Nachtigal. »Ich hab mir ein kleines Bier bestellt.«

Er ging nicht auf ihre Frage ein. »Ich liebe dich«, sagte er und himmelte sie an. Sein Blick hatte etwas Außerirdisches. »Und du liebst mich. Du hast es nur noch nicht realisiert. Das wird noch kommen. Dafür werde ich sorgen.«

Zentimeter für Zentimeter bewegte sich Clara von ihm fort. Angst kroch ihr wie mit Krallen über den Rücken. Sie fröstelte und schielte hilflos hinüber in die Ecke.

Sein Blick folgte dem ihren, blieb uninteressiert an dem Trachtler hängen und heftete sich wieder an ihr pünktchenübersätes Gesicht.

»Warum lässt du mich nicht einfach in Ruhe?«, sagte sie. »Bitte!«

Er zögerte mit ausdrucksloser Miene. Dann verzogen sich seine Mundwinkel zu einem Lächeln.

Er genießt die Situation, überlegte Clara. Ein schrecklicher Gedanke.

»Sagte ich doch. Weil ich dich liebe. Und Liebe ist eine unheilbare Krankheit. Eine Krankheit, die gepflegt, nicht geheilt werden will. Du musst mich pflegen, Clara!« Sein schmales Lächeln ging in ein unverschämtes Grinsen über. »Aber allein! Nur von dir will ich mich pflegen lassen! Du betrügst mich, Clara! Welches Spiel spielst du mit mir?« Er nahm den Blick nicht von ihr.

Doch Clara sah durch ihn hindurch. Dieser Nachtigal war ein kräftig gebauter Mann, viel jünger als Adrian. Langsam drehte sie sich weg, um die entfernte Ecke wieder ins Visier zu nehmen. Sie fühlte, dass es höchste Zeit war, die nächste Szene ihres Drehbuchs in Angriff zu nehmen.

Aus dem Augenwinkel heraus sah sie, wie Nachtigal blitzschnell von seinem Stuhl hochsprang und mit vier, fünf ausladenden Schritten in der Ecke stand und mit seinem Rücken den Trachtler verdeckte.

Gelähmt vor Schreck sah Clara hinüber.

Langsam wandte sich Nachtigal zu ihr um.

»Du steckst voller Überraschungen«, sagte er. »Du hast dir also Hilfe mitgebracht? Ihr habt mich in eine Falle locken wollen!«

Clara sah das Weiß in seinen Augen. Es waren erbarmungslose Augen.

Ruckartig wandte er sich wieder dem Trachtler zu. Plötzlich hielt er etwas Glänzendes in der Hand.

»Hallo, Herr Luger«, sagte er laut. »Wollen Sie mir bitte folgen?« Es war keine Frage. Es war ein Befehl. »Und du bleibst hier!«, zischte er über die Schulter, an Clara gewandt.

»Eine Pistole«, sagte er, als sie draußen waren. »Ja, das ist eine Pistole. Damit hätten Sie nicht gerechnet, was, Sie Scheißkerl?«

Er dirigierte Luger um das Wirtshaus herum zu dem alten Kühlhaus, in dem früher das Bier noch mit Eisstangen kalt gehalten worden war. Er ließ Luger die Klinke herunterdrücken, der Schuppen war offen. Alte Holzfässer standen herum, das Ziegeldach war nur notdürftig geflickt.

Gottfried drückte mit dem Hinterteil die Tür zu. »Weitergehen«, befahl er. »Da hinten. In die Ecke.«

Luger zögerte. »Was wollen Sie eigentlich?«, fragte er. Furcht stand nicht in seinen Augen, eher belustigte Neugier. »Ich denke, es wird höchste Zeit, dass Sie Clara in Ruhe lassen. Lassen Sie sie ihr Leben führen und kümmern Sie sich um Ihre Hendln …«

Mit Augen voller Hass war Nachtigal an ihn herangetreten und zog ihm mit Wucht die Pistole über den Schädel. Er wartete darauf, dass Luger fiel. Doch Luger fiel nicht. Beide Arme hingen am Körper herab, als gehörten sie nicht zu ihm. Blut sickerte aus der Wunde.

Nachtigal überlegte. Falls er sich zur Wehr setzt, wird er es hier tun.

»Zieh deine Klamotten aus«, herrschte er Luger an.

»Was?«

»Ausziehen!«

»Sie sind ja verrückt«, flüsterte Luger.

»Genau! Ich bin verrückt. Zieh die Klamotten aus, verdammt.«

Luger zögerte. Stocksteif stand er da.

Nachtigal gab einen Schuss ab. Er schlug fünf Zentimeter vor Lugers Schuhen in den Holzboden ein. Er spannte den Hahn erneut.

Luger begann sich auszuziehen. Hut, Janker, Cordhose, Flanellhemd.

Im Geist sah Gottfried Clara ihr Handy ziehen und die Polizei alarmieren. Das nahm er in Kauf. Er wollte hier für Ordnung sorgen.

»Ich liebe Clara«, sagte er. »Ich. Du hast kein Recht auf sie, Scheißkerl. Lass die Finger von ihr. Schneller!«, befahl er.

Luger stand in Unterwäsche da.

»Alles«, sagte Nachtigal.

Luger zögerte. Nachtigal senkte die Waffe abermals.

Luger zog sein Unterhemd aus, dann den Slip.

Ich sollte ihm die Eier wegschießen. Warum tu ich's nicht? Er zielte mit der Waffe auf den Unterleib.

Luger bedeckte seine Genitalien mit den Händen.

»Das wird dir nichts helfen«, sagte Nachtigal. Dann entschied er sich anders.

»Umdrehen«, zischte er.

Luger kehrte ihm den Rücken zu.

»Hinlegen! Leg dich auf den Boden, Gesicht nach unten.«

Luger gehorchte.

»Ich sag's dir noch einmal. Lass deine verdammten Hände weg von Clara!« Nachtigal stampfte mit einem Fuß auf den Boden. »Nächstes Mal ist Clara dran mit Ausziehen. Ich warne dich, Luger! Liebe ist zu allem fähig.«

Er verschnürte Lugers Kleidung zu einem Bündel und hängte es sich über den Arm.

»Keine Bewegung! Rühr dich nicht!«, fuhr er Luger an.

Draußen schob er die Kleider unter einen Busch und setzte sich, ohne einen Blick zurück oder ins Gasthaus zu werfen, in seinen fahrbaren Hendlstand.

An der Einbiegung zur Wendelsteinstraße kamen ihm zwei Polizeifahrzeuge entgegen. Er verzog den Mund zu einem garstigen Lächeln. Das war nur eine kleine Vorwarnung, dachte er. Noch heute Abend würde er Clara einen Besuch abstatten, schoss es ihm durch den Kopf. Da war er sich sicher.

Doch dazu kam es nicht mehr. Als er zu Hause ankam, wartete eine kleine Armee auf ihn.

»Herr Dandlberg, Sie sind vorläufig festgenommen. Alles, was Sie aussagen …«

Dass an diesem Dienstag, dem 22. November 2005, Angela Merkel zur ersten Kanzlerin der Bundesrepublik Deutschland gewählt wurde, konnte er in der Tagesschau am Abend nicht mehr verfolgen.

ACHT

Im Juni des Jahres 2006 heirateten Clara Gray und Adrian Luger. Sie war fünfundzwanzig Jahre alt, er einundfünfzig. Der 30. Juni 2006 war ein Freitag. Es war der Tag, an dem Deutschland im Viertelfinale der Weltmeisterschaft in Berlin mit 4:2 gegen Argentinien gewann. Es war ein bescheidener Rahmen, den die beiden sich gönnten, und Lola Herrenhaus und Joe Ottakring waren dabei.

Sie heirateten in einem Ort am Mittelmeer, weit genug entfernt vom Brannenburger Schmiedwirt, wo Clara den Franzi geehelicht hatte, und fern ihrer Erinnerungen an diese Veranstaltung und deren Konsequenzen. Vormittags kreuzten sie in ruhigem Gewässer vor der Küste, die Steilküste von Ibiza im Rücken. Der Rumpf von Lugers ansehnlicher Yacht war weiß gestrichen, am Bug waren zwei Augen aufgemalt, eines auf jeder Bordseite.

»Ein Brauch, den ich von den alten Ägyptern übernommen habe«, erklärte er. »Zu Ehren ihres Sonnengottes Ra.«

Eine sanfte Brise war aufgekommen, und Luger vollführte seine Segelmanöver ruhig und ohne Pomp. Als würde er sich auf dem Fahrrad durch Rosenheims Prinzregentenstraße bewegen. Clara sah mit strahlenden Augen zu ihm auf. Wäre er wie ein Pfau unter Klatschen und Singen über die Planken gewirbelt oder hätte er nackt mit sich selbst einen Tango getanzt, sie hätte ihn ebenso geliebt. Er zog das Großsegel auf, danach das Stagsegel. Es war keine Sache kühler Berechnung, für ihn war es eine Sache der Intuition.

Clara hatte das Gefühl, dass der Wind durch seinen Körper fuhr, noch bevor er die Segel erreichte. Sie saß zu seinen Füßen und schlang zärtlich die Arme um seine nackten Beine.

Das Geräusch der Wellen unter dem Kiel und des Windes in den Segeln, das Vibrieren der Leinen und das leichte Knarren der Planken im Verein mit dem Rauschen der Kielspur, die das Ruderblatt hinterließ – alles war geschaffen für das vollkommene Glück. Der sonnige Morgen lag sanft über dem Meer, und Clara fühlte die Harmonie der Natur, schmeckte den salzigen Wind mit dem Aroma von Algen und Seeigeln.

Die Umrisse des Festlands waren deutlich zu erkennen. Hinter der Küstenlinie sah man Bergketten in blauem Dunst, nach Norden erstreckten sich Badestrände, und nach Süden reihten sich unberührte Buchten und steile Klippen sowie mit Pinien und weißen Villen bestandene Hügel in den rötlichen Tönen des für diese Gegend einzigartigen Tosca-Sandsteins aneinander. Fast widerwillig steuerten Luger und Clara den Hafen an, um sich auf die Hochzeitszeremonie vorzubereiten.

Nach der Hochzeit blieben sie nicht untätig. Luger ließ eine Flugreise für sie beide First Class nach San Francisco buchen. Während ganz Deutschland dem Halbfinale gegen Italien am 4. Juli entgegenfieberte, zog Clara ihren Adrian aus dem Taxi an der Hand hinter sich her, bis sie zu einem fünfstöckigen Haus kamen, dessen Fenster sämtlich mit Geranien geschmückt waren. Sie traten durch einen pompösen Eingang und überwanden alle Hürden, die sich ihnen in den Weg stellten: den altmodischen Aufzug, das gedämpfte Licht in den Gängen, den schwarzen Kater, der beim Anblick des Pärchens einen Buckel machte und feindselig miaute, eine abenteuerlich aufgeputzte Blondine, von der man nicht wusste, ob sie Frau war oder Mann, eine blau übermalte Eingangstür zur Wohnung mit geschnitztem Rahmen.

Die Wohnung war eine von Hunderten, die dem Niederlassungsleiter der Luger Bank in den USA gehörten. Wenn es nach Adrian Luger gegangen wäre, hätten sie selbstverständlich in einem der mondänen Hotels in der Stadt eingecheckt, dem Mandarin Oriental zum Beispiel. Doch Clara hatte auf Selbstständigkeit und möglichst wenig Trubel bestanden.

Die Wohnung befand sich am westlichen Ende der Chestnut Street, gleich unterhalb der Lombard Street. Man hatte einen herrlichen Blick hinunter zur Fisherman's Wharf und zum Pier Thirtynine.

Doch dieser Blick interessierte keinen. Bei offener Balkontür mit all den Straßengeräuschen und dem Hupen der Schiffssirenen warfen sich Luger und Clara eng umschlungen aufs Bett, rissen sich die Kleider vom Leib, und je mehr vom Körper des anderen zu sehen war, desto wilder wurde ihre Leidenschaft, die sich für Augenblicke nach innen kehrte, um gleich darauf wie ein Orkan umso heftiger wieder hervorzubrechen. Claras Lustschreie hätte man bis auf die Straße hören können, wäre es draußen plötzlich stiller gewesen. »Was ist da oben los?«, hätte vielleicht ein Fahrgast gefragt. »Ach nichts«, hätte dann der Taxifahrer geantwortet. »Nur ein Paar, das Spaß am Leben hat. Selten genug heutzutage.«

Luger suchte und fand mit der Zunge die drei Muttermale an Claras linker Halsseite, während sie einen rötlichen Leberfleck unter seiner rechten Brustwarze entdeckte. Doch Clara fand nicht einmal die Zeit, sich darüber zu freuen, weil Luger sie zum x-ten Mal mit überwältigender Macht und Leidenschaft nahm. Es war wie ein Tsunami, der die beiden überflutete und ihr ganzes Denken fortspülte.

Sie nannten die Reise nach San Francisco keine Hochzeitsreise, aber selbstverständlich war sie eine. Clara hatte nicht lange nach einem Betreuer für Emil suchen müssen. Lola hatte sich sofort bereit erklärt, sich um den niedlichen kleinen Kerl mit den schwarzen Knopfaugen zu kümmern. Ein paar Salatblätter am Tag, eine eingeweichte Semmel, zwei Kalktabletten, ab und zu die winzigen Kotkügelchen vom Parkett entfernen, mehr braucht eine Tannenzapfenechse nicht, um glücklich zu sein. Emil konnte sich frei in der Wohnung bewegen, hatte Lola sofort akzeptiert und schleppte sich kriechend hinter ihr her. Lola ihrerseits fand Emil »zum Anbeißen«.

Der nächtliche Glanz der großen Stadt leuchtete, als Clara und Luger sich aufmachten, ein Lokal zu suchen. Sie aßen in einem ziemlich vornehmen chinesischen Restaurant am Union Square. Der Laden war voll, aber niemand konzentrierte sich auf das Essen. Alle Augen waren auf Clara gerichtet, Lugers Augen eingeschlossen. Kleider mit tiefem Ausschnitt waren an sich schon eine gewagte Sache, doch Adrian zuliebe nahm sie dieses Wagnis, ohne mit der Wimper zu zucken, auf sich und betonte es noch zusätzlich. Sie hatten das Stück bunten Stoff tags zuvor in einem der sündteuren Designer-Shops in der City erstanden, und Luger hatte sie gebeten, es an diesem Abend erstmalig zu tragen. Clara war umwerfend schön, und die Sommersprossen machten sie noch charmanter. »Deine besondere Art von Gesichtspunkten«, nannte Luger es.

Ihr neues Kleid rundete das Bild geradezu perfekt ab. Und Clara wusste das. Sie konnte sich selbst kaum vorstellen, wie sie sich in den paar Jahren verändert hatte. Aus dem schüchternen Mädchen vom Bauernhof war ein höchst dekorativer Vamp im Stile Hollywoods geworden, der in einer der attraktivsten Städte der Erde von einem der hundert reichsten Männer Deutschlands, ihrem Ehemann, begleitet wurde.

Es war fast halb elf, als sie satt und zufrieden das Lokal verließen. »Alles ist gut«, sagte Clara optimistisch lachend. Ihre Hand suchte die seine. »Wollen wir uns noch ein wenig unters gemeine Volk mischen, Liebster?«

Das Taxi schlängelte sich hügelauf- und -abwärts durch den Verkehr, fuhr die Geary Street hinunter bis Höhe Powell, bog dann in eine wenig befahrene Straße ein und erwischte eine Ampelphase, die sie auf der grünen Welle direkt ans untere Ende des Italian Quarter in North Beach brachte. Luger drückte dem Fahrer ein paar Scheine in die Hand, sprang ums Auto herum und öffnete Clara galant die Tür. Er legte den Arm um ihre Hüften, und sie steuerten in der beleuchteten Dunkelheit beschwingt das Viertel an.

Clara hätte vor Glück zerspringen können. Es war ihre erste große Reise, sowieso die erste über den großen Teich. Zusammen mit dem Mann, den sie liebte und der ihr jeden Wunsch von den Augen ablas. Als sie vor einer hell beleuchteten Juwelierauslage stehen blieben, musterte sie ihn heimlich.

Oft schon hatten ihre Augen sein Gesicht abgetastet wie ein Laser in der Nacht den Sternenhimmel. Doch sie musste es immer und immer wieder tun, und jedes einzelne Mal entdeckte sie neue Züge an Adrian. Sein markantes Gesicht hatte er von seinem Vater ererbt – das kannte sie von Fotos –, und später hatte es sich durch seine Lebensführung geprägt und gefestigt. Am auffallendsten waren seine Augen. Sie waren von so einem tiefen, scharfen Blau, dass sie, trotz der rötlich braunen Sprenkel in der Iris, den Eindruck aufrechter Moral hervorriefen. Als weltweit erfolgreicher Banker selbstverständlich, dachte sie. Banker müssen moralisch sein. Und bei Adrian, da war sich Clara ganz sicher, war Moral nicht nur eine Alterserscheinung, er war erfüllt davon, beruflich wie privat. Sein Haar begann an den Seiten grau zu werden und ein wenig von der Stirn zurückzuweichen, darunter breitete sich ein fächerförmiges Netz von Fältchen um die Augenwinkel aus.

Die Lampara, das war ein Gewirr von Straßen mitten im Stadtviertel North Beach mit Menschen ohne Gesichtern. Vor über hundert Jahren hatten sich hier fast ausschließlich Auswanderer aus Ligurien und der Gegend um Genua angesiedelt. Der Charakter der

Altstadt von Genua war erhalten geblieben, freilich fehlte der Hafen.

Clara und Luger folgten einem Pärchen, beide von kleiner Statur, das sich offenbar auskannte. Die Kleine drückte ihrem Partner den Arm und bedachte ihn mit tiefen Blicken von der Seite, was dem Kerl offensichtlich gefiel. Vor einer Bar blieben sie stehen. Clara und Luger hatten Mühe, ebenfalls stehen zu bleiben und sich unbeteiligt zu geben. Eine Leuchtreklame über der Tür plärrte den Namen in gelben, grünen und roten Farben weit hinaus: Portofino.

»Na, das klingt doch *molto simpatico*«, meinte Luger und biss Clara zärtlich in die Nasenspitze. Das Pärchen vor ihnen marschierte weiter. Luger schob die Tür auf.

Ein wildes Durcheinander von Menschen, Farben, Stimmen, Bewegungen an und vor einer Bar, die lang war und geschwungen wie ein riesiger Wal. Hocker, Sessel, Strahler, irgendwo ein DJ, überall eine Menge Spaß. Salsa statt Techno.

Clara war noch nie in so einer Bar gewesen. Das Münchener P1 war ein Dreck dagegen. Nun drehten sich alle nach ihr um. Sie hatte sogar den Eindruck, dass es leiser geworden war, als sie hereinkamen. Etwas verlegen schob sie die schwarzlederne Umhängetasche, die sie bei solchen Ausflügen bei sich trug, vor den Oberkörper. Unförmig nannte Luger ihre Taschen, aber Clara ließ sich nicht abhalten.

Es war alles darin, was eine Frau so braucht: Spiegel, Klammern, Tampons, Hundefutter, Haarbürste, fünf Blatt Toilettenpapier, Pfefferspray, Strumpfhose, Stadtplan, Farbfoto von Emil und der verstorbenen Mutter, Handy.

Sie gewannen rasch Kontakt zu einer Gruppe abseits der Bar, die sich an ein paar Lounge Tables und Lounge Chairs breitgemacht hatte. *Easy, cool* und *charming*.

Es war sehr warm im Raum. Luger musste sich in dieser Umgebung wie die Karikatur eines Mannes fühlen, der einer Frau im 21. Jahrhundert beim Ausziehen ihrer Jacke behilflich ist. Clara ließ sich solche Gesten mit grandezzamäßiger Selbstverständlichkeit gefallen. Sie hatte sich bereits an seine Galanterien gewöhnt. Sie wusste, dass sie etwas Besonderes waren.

Rasch kam Clara hinter das, was man die Identitäten der Gruppe nennen konnte. Sie hießen Joseph, Homer, Andrew, Tom und

Martin. Fast alle hatten weiche Hände, Diamantringe, eine laute Lache, vollgestopfte Brieftaschen und reizende Damen.

Der Kopf der Gruppe war Helmut. Er schien Deutscher zu sein oder Schweizer oder Österreicher. Er schenkte ihrem Erscheinen kaum mehr Beachtung, als hätte ein Betrunkener das Lokal verlassen. Helmut rauchte mit gelben Fingern in einem fort schmale, braune Zigarillos, durch deren Qualmwolken hindurch er Luger unablässig musterte. Es stellte sich heraus, dass er die BMW-Vertretung für Kalifornien hatte und vom Verkauf seiner Siebener und Dreier gut leben konnte. Er trank nur alkoholfreies Bier.

Clara bestellte einen Gin Tonic mit Lemonscheibe und Strohhalm. Luger genehmigte sich einen doppelten Vodka Gimlet on the Rocks.

Joseph, der in Aussehen und Bewegung einer Robbe nicht unähnlich war, gehörte die Robbenzucht unten am Embarcadero. Es hieß, er habe um die siebentausend Tiere, die sich stündlich vermehrten. Zwar verlieh er einige an einen Zirkus oder an Dressuren, doch was geschah mit dem Rest? Als Luger ihn danach fragte, versteckte er sich verlegen grinsend hinter seinem Sex on the Beach und strich über seine Robbenglatze.

Homer war ein dünner, langer Mann mit der Andeutung eines Kinnbarts. Frauenarzt. Als hätte er aus John Irvings »Gottes Werk und Teufels Beitrag« geklaut, betrieb er eine Gesundheitsklinik, die sich ausschließlich mit Abtreibungen beschäftigte. Seine Hauptkundschaft waren Latinas, die auch die Entfernungen von San Diego und selbst jenseits der Grenze von Tijuana nicht scheuten. Puertorriqueñas von der Atlantikküste rundeten das Bild seiner Klientel ab.

Und da war Juno. Juno saß mit hochgeschlagenen Beinen auf einem abgewetzten Lounge Chair und starrte Luger an. Angeblich war sie Stewardess und gehörte zu Helmut, dem muskelbepackten BMW-Händler. Sie war direkt der Model- und Modeszene entstiegen und konnte mühelos innerhalb einer Minute von Diva zu Kumpel zu halbseiden und wieder zurückwechseln.

»Was schaust du mich so an?«, fragte Luger. Nachdem sie nicht antwortete, fragte er Helmut: »Was schaut sie mich so an?«

Clara, obwohl sie nicht mehr als ein gutes Dutzend Worte Englisch sprach, konnte dieser Art der Konversation zwar gut folgen. Doch lieber widmete sie sich der Umgebung. Dadurch fiel ihr der Schwarze auf, der aus dem Hintergrund auftauchte und mit hinkenden kleinen Schritten die Gruppe umkreiste. Er kam näher. Im grellen Licht eines Spotlights sah sie, dass er einen Klumpfuß hatte und sehr verdrossen dreinschaute.

Tief in Claras Umhängetasche lauerte das Pfefferspray auf seinen Einsatz.

Wie von Zauberhand wurden von einer Sekunde auf die nächste alle Geräusche gedämpft, die Gespräche verstummten, die beiden einarmigen Bandidos im Hintergrund stellten ihre Aktivitäten ein.

»Du bist Luger«, sprach Helmut leise in die Stille hinein. Der Ton in seiner Stimme klang vielversprechend. »Ich kenn dich von den Hochglanzprospekten.«

»Luger. Adrian Luger«, echote Juno, die Luger nicht aus den Augen gelassen hatte. Sie warf ihr Hinterteil auf die gepolsterte Lehne ihres Lounge Chairs. Ihr Rock verrutschte und gab weitere Quadratzentimeter nackten Fleisches frei.

»Ich habe von eurer Zentrale Geld zurückgefordert«, sagte Helmut. »Zweiundfünfzig Prozent meiner Investition. Das war im Juli gewesen. Sie haben mich abgewimmelt.« Helmut war aufgestanden.

Der Schwarze mit dem Klumpfuß wartete in seinem Schatten. Trübsinnig ließ er den Kopf hängen. Auf seiner Nase prangte eine Narbe, die genau über den Nasenrücken lief.

Helmuts Augen glänzten vor Hass.

Alle Gespräche waren verstummt.

»Ich will mein Geld von dir zurückhaben. Jetzt sofort. *Right away.*« Er hielt Luger ein Handy entgegen. »Oder ruf an. *Right away.*«

Mit einem Auge alarmierte er Klumpfuß. Der setzte sich in Bewegung.

»Wenn das nicht mein alter Kumpel Clubby ist«, rief jemand aus dem Hintergrund.

Klumpfuß blieb stehen und sah sich suchend um.

Jemand, den Clara für einen Ukrainer hielt, weil er den Klitschkos ähnelte, trat aus dem dunklen Hintergrund ins Helle. Er lachte, doch sein Lachen bestand im Wesentlichen aus Zahnfleischschwund. Er beugte sich zu Clubby und biss ihn mit den verbliebenen Zähnen in die Backe. »Hab ich dich endlich! Einer von uns wird sterben, *sweety*. Bring mich ruhig um, sonst bring ich dich um«, sagte er.

Luger fasste Clara an der Hand und drängte an der Bar vorbei zur Tür.

Doch sie hatten nicht mit Clubby gerechnet. Mit einem einzigen Hieb streckte er den Ukrainer nieder. Gebeugt kam er auf Luger zu und schnitt den beiden den Weg ab.

»Ich will mein Geld wiederhaben!«, brüllte Helmut.

Um zur Tür zu gelangen, mussten sie die Deckenstrahler seitlich der Bar umgehen. Manchmal – dieser Eindruck sollte Clara für immer im Gedächtnis bleiben – wird man im richtigen Moment von einem Gefühl gewarnt, das man nicht beschreiben kann. In diesem Fall ließ irgendein Reflex Adrian aus dem Weg springen, bevor sein Schädel zerschmettert wurde. Sein Arm schnellte hoch, und er konnte seinen Kopf gerade noch rechtzeitig schützen. Etwas Dunkles sauste auf ihn herunter, und seiner Kehle entfuhr ein erstickter Schrei. Es hatte ekelhaft geknirscht.

»Mein Geld!«, schrie Helmut.

Luger ließ sich fallen, duckte sich und rollte weg. Er lag auf dem Rücken, hielt seine Beine gebeugt zum Treten bereit. Wie ein fletschender Gorilla stand der Schwarze mit erhobenem Schlagstock über ihm. Er schlug nicht sinnlos auf Luger ein. Der Schlagstock senkte sich ein Stück.

»Ich will mein Geld haben!«, heulte Helmut. »Zeig's ihm!«

Clubby handelte nicht schnell genug, um Luger noch zu erwischen, solange er am Boden war. Clara staunte, wie katzengleich schnell ihr Mann auf den Beinen war. Obwohl der linke Arm an der Seite herabhing. Der Arm war praktisch nutzlos.

Clubbys Stock zielte auf Lugers Kopf. Der Schwarze war offenbar versessen darauf, den Fremden niederzumachen.

»Mach schon! Ich brauch mein Geld«, feuerte Helmut ihn an.

Clara warf einen kurzen Blick auf ihre Umhängetasche.

Luger holte mit dem Bein aus. Er erwischte den Schwarzen mit einem vernichtenden Schlag, der ihn fast in der Mitte zerriss. Clubby riss den Mund auf und wollte schreien. Doch er brachte nur ein blubberndes Geräusch hervor.

Die Gruppe stand wie um einen Boxring gebannt vor der Szene.

Diesen Moment nutzte Clara. »Da!«, schrie sie und: »Da!« und noch einmal: »Da!« Mit ihren Kiefermuskeln formte sie einen perfekten Angriffsschrei. Die Nasenflügel blähten sich. Sie war kreidebleich. Ihre Blässe ließ sogar die Sommersprossen verschwinden.

Die Luft war erfüllt von Schwaden von Pfeffer. In Sekundenschnelle waren die Deutschen draußen auf der Straße und sprangen auf die Rückbank eines wartenden Taxis.

»Losfahren! Einfach los.«

Nichts geschah.

Sie merkten, dass der Fahrer schlief.

Luger weckte den Chauffeur, indem er die Faust senkrecht auf dessen Scheitel fallen ließ.

»Losfahren! Los!«

Im Nu waren sie im Seenebel verschwunden.

Luger schnaufte durch. »Du wolltest dich unters gemeine Volk mischen«, sagte er unter mühevollem Grinsen. Er bettete den kaputten Arm auf Claras Schenkel. »Hast du jetzt genug davon?« Eisblau blitzten seine Augen.

Clara atmete tief aus. »Was war denn das mit dem Geld?«, fragte sie. »Was hatte der Kerl? Wieso soll der sein Geld nicht zurückkriegen?«

Darauf wusste Luger im Moment keine Antwort.

4. Juli, 6 a.m.

Hallo, Lola, geht's euch gut? Kommst du mit Emil, meinem Drächlein, zurecht? Wir sind gestern Abend in SF in eine Schlägerei geraten. Wusste gar nicht, wie gut Adrian in Wrestling ist. Alles ok. Love, in drei Tagen sind wir wieder da, LG Clara.

Halbe Stunde später

Bin zufällig noch wach und vorm PC. Clara, Liebes, soll ich euch Joe zur Verstärkung schicken? Dein Tiger frisst mir aus der Hand. Was krieg ich, wenn ich ihn wieder hergebe? Joe sitzt ständig vor dem TV oder beim Schmiedwirt vor dem Großbildschirm. Fußball-WM, remember? Meldet euch, wenn ihr zurück seid. Liebe Fangrüße Lola
P.S.: Ich soll euch von Uly fragen, ob ihr am 9. Juli zum Endspiel in Berlin mitkommt. Die ganze Bande. Er hat natürlich unbeschränkt Tickets, der Protz.

NEUN

In normalen Zeiten hätte dieses Wahnsinnsauto Verkehrsströme lahmgelegt, Staus verursacht, Umleitungen hervorgerufen. Berlin stand am Tag des Endspiels kopf und hatte anderes zu tun, als den einzigen sechs Meter langen weinroten Cadillac Escalade zu bewundern, der je auf deutschem Boden fuhr.

Unter den Linden, Alexanderplatz, das Nikolaiviertel, die Hackeschen Höfe – alles war ein einziges Fahnenmeer. Es roch nach Bier, Schweiß und Sonne. Kein Vogel fand Raum zum Zwitschern, der Müll stapelte sich, Italiener krakeelten: »Prost«, und Deutsche riefen ihren türkischen Mitbürgern zu: »*Şerefe!*«

Clara saß ganz hinten in ihrem Lederfauteuil im Escalade. Sie war übermüdet und hatte einen Geschmack von Asche auf der Zunge, das Resultat von zu viel Champagner gestern Abend. Klein-Maria aus Gapperding, musste sie denken. Und jetzt in so einer Stadt. In so einem Auto. Mit so einem Mann. Sehr eng kuschelte sie sich an Adrian. Ihm hatte sie das alles zu verdanken. Er legte den Arm um sie. Sie fröstelte trotzdem.

»Nicht dass du denkst, du hättest das alles mir zu verdanken«, sagte er. »Wir brauchen nur nachher auszusteigen und zu schauen, wem die Menschen zuwinken. Dir oder mir.«

Uly Hummer und Dieter Smissek, die beide vor ihnen saßen, nickten zufrieden nach hinten. Als Präsident des FC Bavaria und Mitglied im DFB hatte Hummer selbstverständlich Zugang zu einer fast beliebigen Anzahl von Karten fürs Endspiel. Smissek, der berühmte Filmproduzent, hatte über sein Berliner Büro den Escalade samt Chauffeur besorgen lassen. Für Vater und Sohn von Stahl, für Joe Ottakring und Lola, die vorn saßen, war es ein einmaliges Erlebnis, das sie sich nicht entgehen lassen wollten. Emil schließlich hatte zwar kein Interesse an dem Spiel, aber auch keine Wahl. Er schlummerte in seinem Reisekäfig hinter dunkel getönten Scheiben.

Die einzigen der Männer, die Berührungsängste zu haben schienen – so kam es Clara vor –, waren Ottakring und Rico, die beiden Polizeikollegen. Die anderen kannten sich schon lange und waren fast befreundet, zumindest waren sie gute Spezl. Amigos.

»Schalt mal das Radio ein!«

Der Fahrer schaltete das Radio ein und holte Berliner Rundfunk auf 91,4 her.

Über vierhundert PS surrten leise unter der Haube. Im Schritttempo bewegten sie sich auf das Brandenburger Tor zu, das von Hunderttausenden Fans umringt war. Ein einziges Fahnenmeer. Clara ließ das Fenster einen Spalt herunter. Neben heißer Luft dröhnte der Lärm der Hupen, Trompeten und Trommeln herein.

»Halten Sie kurz an«, befahl Hummer dem Fahrer. Und zu den anderen gewandt sagte er: »Kommt, wir mischen uns eine Weile unter die Menschen.« Er grinste und sah mit seinem Grübchen im Kinn Cary Grant ähnlicher denn je. »Sozusagen unters gemeine Volk.«

Luger und Clara sahen sich an und platzten fast vor Lachen. Sie hatten einschlägige Erfahrungen mit dem gemeinen Volk.

»Zusammenbleiben!«, rief Hummer. »Passt aufeinander auf!«

Im Nu wurden sie aufgesogen und in einer gigantischen Ola-Welle fortgetragen. Die Begeisterung der Menge kannte keine Grenzen und wurde von der Großbildleinwand, die an den Innensäulen des Tors klebte, noch weiter angetrieben. Sie waren acht von zehn Millionen Menschen, die dreiunddreißig Tage lang »Das Wunder von Berlin« miterlebten.

»Adrian!«

Clara hatte Adrian verloren. Sie hatten sich an der Hand geführt. Durch die Welle aber waren sie auseinandergerissen worden.

»Adrian!«

In Panik sah sie um sich. Auch von den anderen war keiner zu sehen.

»Das ist doch die Gray!«, hörte sie jemanden rufen. Im Nu war sie umringt von wildfremden Menschen, die sie berühren wollten, ein Autogramm haben, ein Souvenir mitnehmen. Sie zerrten, zupften und rissen an ihr. Sie versuchte sich wegzudrehen, taumelte, fing sich wieder, prallte mit ihren Beinen gegen fremde Beine, konnte nicht fallen, weil die Menge sie auffing wie ein Netz.

»Aaaadrian!«

»Hohoho. Hähähähä. Hahahaha. Was du brauchst Adriano? Du kannst mich haben!« Ein Baum von einem Mann stand plötzlich vor ihr. Hatte er sich zu ihr gedrängt? Es schien kein Zufall zu sein.

»Komme zu mir, *amante*!« Er legte eine Hand um ihre Schulter.

»Lassen Sie mich los! Sofort loslassen!« Die Arme rutschten auf ihre Hüften.

Es war ein Alptraum. Sein Adamsapfel schnellte zweimal auf und nieder, als bemühte er sich, etwas zu schlucken. Dann wirkten seine Kehle und der Hals auf einmal wie aus Stein gemeißelt. Jeder Muskel trat hervor, jede Sehne, jedes Blutgefäß war perfekt modelliert wie auf einem Relief. Der Hals sah aus wie der eines Mannes, der versucht, allein ein Auto zu stemmen oder ein Klavier zu tragen.

»Helfen Sie mir doch!«, rief sie, so laut sie konnte. »Dieser Mann belästigt mich.«

Niemand nahm sie wahr. Sie war eingekeilt. Wie festgefroren. Tränen rannen über ihre Wangen und gruben sich in ihr Make-up.

Ihre Umhängetasche! Sie bekam die Hände frei und ruckelte am Reißverschluss.

Die Hände des Fremden rutschten tiefer.

»Hilfe!«, schrie sie aus Leibeskräften. Doch es war eher ein Ablenkungsmanöver als ein ernst gemeinter Versuch, Aufmerksamkeit zu erhalten. Ihre Hand umschloss die Dose.

»Da!«, schrie sie und sprühte. In ihrer Hand pochte es.

Der Hals vor ihr schrumpfte. Hände zuckten empor und verkrampften sich um die Augen. Gelbe Zähne im offenen Mund. Glänzender Speichel im Licht der hochstehenden Sonne.

»Clara! Was machst du?« Eine vertraute Stimme. Endlich!

In fünf Worten erklärte sie Rico Stahl die Situation.

Er nickte. »Komm«, sagte er bestimmt, schuf sich gewaltsam eine Gasse und zog sie mit.

Ohne einen Blick zurück folgte sie ihm.

»Wo wollt ihr hin?« Hummers wohltönende Stimme.

»Raus hier. Was sonst?« Rico warf Hummer einen galligen Blick zu, während er sich mit Clara an der Hand vorsichtig wie auf einer dünnen Eisdecke bewegte. »War nicht die beste Idee, auszusteigen. Wo ist eigentlich der Fahrer mit dem Auto?«

Clara wollte diese Nähe nicht. Sie entzog Rico ihre Hand.

»Brav!«, sagte Hummel halblaut. Irgendwie hatte er es geschafft, neben sie zu rutschen. Er fasste sie an der anderen Hand.

Abwehr regte sich. Clara war zwischen Hyänen eingeklemmt.

Sie klemmte die Innenseite ihrer Wangen zwischen die Zähne. Sie sehnte sich nach Adrian.

»Da vorn!«, rief Hummer und deutete nach Osten. »Der Cadi.« Die Menschenmenge wurde lockerer und hatte sich geöffnet.

Hummer blickte zu Clara zurück.

Clara erhaschte seinen Blick. Er verhieß nichts Gutes. Wart's ab, las sie aus seinen Augen. Nur eine Sache der Zeit, dann krieg ich dich.

Adrian Luger lehnte lässig am warmen Blech des Escalade. Er streckte die Arme nach ihr aus, als er sie sah, und kam ihr entgegen.

Clara rannte und warf sich an seine Brust.

»War was?«, fragte er. »Dein Make-up ist demoliert. Ist dir ein Geist begegnet?«

Sie winkte ab und schüttelte den Kopf. »Ach, nicht der Rede wert.« Luger blieb ungerührt. Jedenfalls ließ er sich nichts anmerken.

Clara wusste, dass sie eine schlechte Lügnerin war.

Als Klein-Maria acht oder neun Jahre alt ist, kommt auf dem Hof in Gapperding ein Schäfchen zur Welt, das rundum schwarz ist mit weißer Maske und weißen Pfoten, die wie Badelatschen aussehen. Miss Hühnerfell tauft sie das Lämmchen. Eines Tages bringt der Paketzusteller ein Paket, das ihr Vater bestellt hat und das Schulsachen für sie enthält – Stifte, Hefte, Radiergummi, ein kleiner Rucksack. Beim Rückwärtsfahren überfährt der Zusteller Miss Hühnerfell. Maria muss mit ansehen, wie das arme Schäfchen von den Hinterrädern erfasst, unter dem Lieferwagen regelrecht zerquetscht und von den Vorderrädern noch einmal überfahren wird. Sie weint bitter und hat ein schlechtes Gewissen. Sie fühlt sich schuldig, weil das Paket für sie gewesen war. Vater darf von dem Unglück nichts erfahren.

Maria klaut ein leeres Paket aus dem Zustellauto, holt Heu aus der Scheune und bettet Miss Hühnerfell hinein. Dabei fällt ihr auf, dass das Tier noch lebt, obwohl die blutigen Gedärme aus dem Hintern herausquellen und die weiße Maske eine einzige Matsche ist. Maria will Miss Hühnerfell streicheln und fährt ihr sanft über den blutigen Kopf. In einem letzten Aufbäumen beißt das Schäfchen Maria in die Hand, in die empfindliche Hautfalte zwischen Daumen und Zeigefinger. Danach stirbt Miss Hühnerfell. Der Biss ist ein schlimmer Schmerz für Maria. Doch das elende Gefühl des Mitleids und der Trauer ist viel schlimmer. Selten hat sie so etwas später noch einmal empfunden.

Die Kiste mit dem toten Tier zerrt sie die hundert Meter hinunter zum Weiher und rennt zum Vater, denn sie findet, ihre Wunde müsse behandelt werden. Nur kann sie schlecht die Wahrheit sagen, denn sie weiß, wie sehr Vater dem Schlachtwert eines Lamms nachtrauert. Also sagt sie, dass sie sich die Hand beim Wegräumen eines Asts aufgerissen habe. Sie schaut dabei zu Boden und wird ein bisschen rot. Vater ertappt sie beim Lügen, sie bekommt eine Woche Hausarrest. Auch das ist schlimm. Doch die Trauer um Miss Hühnerfell und das Bewusstsein, zum Lügen nicht geschaffen zu sein, wiegen schwerer. Maria nimmt sich vor, es zukünftig beim Verschweigen zu belassen.

Daran musste Clara denken, als sie es vermied, Adrian die Wahrheit über den Zwischenfall mit dem riesigen Italiener zu sagen. Eigentlich grundlos, sie konnte selbst nicht genau sagen, warum. Vielleicht wollte sie es auch sich selbst gegenüber verschweigen.

Schon am Mittag, als die deutsche Nationalmannschaft am Brandenburger Tor mit Schweinsteiger am Schlagzeug der Sportfreunde Stiller ihren dritten Platz feierte, zeigte sich, dass das Wetter für das Endspiel perfekt werden würde. Die Luft war klar, das Thermometer zeigte achtundzwanzig Grad, am strahlend blauen Himmel zogen ein paar Wolken von Westen herüber. Italien gegen Frankreich, ausverkauftes Olympiastadion. Kaum französische Zuschauer, aber ganze Stämme eingeborener Italiener.

Die Clique um Uly Hummer hatte in der Reihe hinter dem DFB-Präsidenten, Franz Beckenbauer, dem Gewinner der letzten DSDS-Show sowie dem unvermeidlichen Roberto Blanco Platz genommen. Silvio Berlusconi und Jacques Chirac hatten Luger beide Hände geschüttelt, Luger hatte ihnen Clara vorgestellt. Danach, beim Hinsetzen, hatte Clara es vermieden, Rico Stahl zu berühren oder Uly Hummer in die Augen zu schauen. Sie blieb kühl. Stattdessen nahm sie Adrians Hand und bettete sie auf ihren Schoß. Wie so oft wünschte sie sich sehnlichst, allein mit ihm zu sein.

Zinédine Zidane verwandelt in der neunten Minute einen Elfmeter zum 1:0 für Frankreich, in der neunzehnten erzielt Materazzi den Ausgleich. Luca Toni gegen die Latte, Frankreich überlegen, Henry wird ausgewechselt, die Italiener mauern. 1:1 unentschieden. Nach Elfmeterschießen ist Italien trotz französischer Überlegenheit Weltmeister.

Schon vor dem Schlusspfiff freut sich Clara wieder auf ihr Zuhause in Brannenburg.

Luger hat andere Sorgen.

ZEHN

»Ich bin einer der letzten Cowboys. Mein Job lässt mir diese Freiheit. Jedenfalls so viel, wie davon übrig bleibt, wenn man gezwungen ist, mit einem weltweiten Geschäftsbetrieb erfolgreich zu sein.«

Letztes Jahr hatte Adrian Luger mit ihr in Sibirien Bären und heuer, im Frühjahr 2008, Tiger in Indien gejagt. Nach Sibirien waren sie in einem gemieteten Learjet geflogen. Er hatte für sie ein luxuriöses Damenprogramm organisiert, während er draußen war und den Gefahren der Wildnis getrotzt hatte, wie er's gern bezeichnete. Sie brauchte das nicht noch einmal, hatte sie sich damals eingebildet. Erst auf sein heftiges Drängen hatte sie nachgegeben. Und diesmal, im Jahr darauf, wollte sie bei der Jagd dabei sein.

Eng aneinandergeschmiegt standen sie vor dem Trennvorhang zur Economy Class und wiegten sich hin und her wie ein junges Liebespaar in einem Hauseingang. Die beiden Flight Attendants sahen ihnen verstohlen zu. Ob belustigt oder neidisch war ihren Mienen nicht zu entnehmen.

»Cowboys. Es gibt sie kaum noch«, fuhr Luger fort. »Wir haben es doch gesehen letztes Jahr in Texas. Baseballcaps statt Cowboyhüten. Turnschuhe statt Cowboystiefel. Ich versuche mir meinen Stetson und meine Stiefel noch möglichst lange zu bewahren. Auch im übertragenen Sinn.«

»Ja, mach das, mein geliebter Cowboy. Ich liebe deine Stiefel und deinen Hut. Eure Rasse soll nicht aussterben wie der Büffel, der Puma und der graue Wolf.«

Clara, fest an Lugers Körper gepresst, überlegte einen Moment lang, ob er wohl ihre Brüste durch ihr Top und sein Hemd spürte. Er fühlte sich so gut an. So könnte es weitergehen, ewig weiter. Immer weiterwiegen, mehr von seinem Körper gegen den ihren spüren. Sie bewegte die Wange weg von seiner Wange, sah mit verklärtem Blick zu ihm auf, und er küsste sie, und sie küsste ihn. Es war ein endloser, weicher Kuss.

Nein, sie wollte nicht schon wieder auf eine seiner Jagden mitziehen. Ihr hätte es genügt, einfach hier im Flugzeuggang zu stehen, ihn zu küssen und ihn, eingewickelt im Trennvorhang, zu lieben.

Die meisten Passagiere hatten die Rollos heruntergelassen und dösten in ihren Sitzen halb ausgestreckt vor sich hin. Clara hatte es sich auf ihrem Fensterplatz bequem gemacht, mit Adrians Kopf an ihrer Schulter. Aus sechsunddreißigtausend Fuß sah Afrika aus, als wäre eine ockerfarbene Decke über welliges Land gebreitet worden und als hätte jemand diese Decke mit seltsamen Gravuren versehen. Im Hintergrund ein bisschen blauer Ozean, Clara wusste nicht recht, ob Atlantik oder Pazifik. Sie versuchte Leben zu orten, vielleicht eine Elefantenfamilie oder eine Büffelherde, doch das war unmöglich. Sie flogen zu hoch.

Kurz nach halb vier landeten sie in Windhoek. Beim Anblick der Landschaft im Landeanflug verflog Claras Depression.

»Moin, moin!«

Der Jagdführer hieß Selters. Er war dreiundsechzig Jahre alt, wie er stolz erklärte. Man hätte ihm tatsächlich die fünfzig abgenommen, er wog geschätzte sechzig Kilo, ideal für seinen feingliedrigen, femininen Körperbau. Seine blassgrauen Augen benötigten zwar eine Brille, doch sein weißes, kurz geschorenes Haar war noch so dicht wie bei seiner Konfirmation. Der verstorbene Vater, der die Farm gegründet hatte, war Hamburger gewesen. Dessen Ururgroßvater sei Lokführer in Deutsch-Südwestafrika gewesen, dem Vorgänger des heutigen Namibia. Herr Selters verwendete den gleichen Vorkriegswortschatz, wie sein Vater ihn verwendet haben musste, und rollte das R wie Adolf Hitler.

»Na, denn man tau. Komm Sie einfach mal mit!«

Herr Selters führte sie zum wartenden Helikopter und brachte sie höchstpersönlich direkt zu seiner Farm nördlich von Otjiwarongo im Norden Namibias. Die Farm hieß Otjitumba, war größer als der Landkreis Rosenheim, hatte einen Feigenbaum- und einen Termitenhügelweg, ein Orangenbad, die Missionshöhle und das Kambazembi-Wäldchen. Aus der niedrigen Flughöhe konnten Clara und Luger beobachten, wie trocken und brüchig der Boden war. Es gab weder Zaun noch Gatter.

»Tscha, Sie sind auf die Big Five aus, nich? Wollen ma sehen, was sich da machen lässt. Hier is erstma Ihre Unterkunft.«

Ein schwarzer Boy brachte ihre Sachen in eine Suite in der Art, wie Meryl Streep sie in »Jenseits von Afrika« bewohnt hatte. Nach einem kurzen, intensiven Ausflug ins Bett duschten Clara und Luger und meldeten sich am Kamin, wo Selters schon mit zwei Männern wartete.

»Das sin Jachdkollechen, nich? Herman und Volker. Und du bist Adrian, nich? Ich bin Bjarne.«

Auf Clara ging er nicht näher ein.

»Wir fahren jetzt ma raus, und ich zeig euch die Jagd. Sie findet ausschließlich als Ansitzjagd von Hochsitzen und Kanzeln aus statt. Alles andere wäre zu gefährlich. Wir jagen hauptsächlich nachts und an Wasserstellen und Salzlecken. Die Schussentfernungen liegen zwischen dreißich und hundertdreißich Metern, nich?«

Er musterte Clara kurz und wandte den Blick wieder ab. »Begleitpersonen können sich so lange am Pool oder in der Sauna vergnügen. Sie zahlen ja auch nur die Hälfte. Hahahahaha!«

Clara fing Adrians Blick ein und nickte.

»Meine Frau kommt mit!«, sagte er bestimmt.

»Nein! Frauen nehme ich nicht mit. Nur schlechte Erfahrungen«, gab Selters zurück.

»Meine Frau kommt mit!« Luger streckte die Hand aus, Clara wirbelte heran und warf sich an seine Brust.

»Na denn.« Selters holte eine Dose aus der Jackentasche und sprühte sich in den Mund. »Herman? Volker? Was dagegen?«

Beide zuckten mit den Achseln und versuchten, sich im Gesichterschneiden zu übertreffen.

Selters schnitt eine Grimasse in seinem hageren Gesicht, die wie ein Lächeln aussehen sollte.

Luger beugte sich zu Clara. »Arschloch«, flüsterte er ihr ins Ohr.

Clara nickte. »Big Five?«, fragte sie. »Kann ich mir einfach nicht merken.«

»Elefant, Nashorn, Büffel, Löwe, Leopard. Big Five nicht wegen der Größe. Wegen der Gefährlichkeit.«

Schlagartig wurde es dunkel. Eine dünne Mondsichel sorgte für extrem schwaches Büchsenlicht, doch man konnte Umrisse erkennen. Der extralange 4WD tankte sich durch Dickbusch, Sand und Felsen. Schließlich kamen sie an eine Gruppe Dornenbüsche, direkt neben ein paar Felsbrocken, die aus der Gebirgskette am westlichen

Horizont herausgerissen schienen. Sie legten Matten aus, Selters verteilte Proviant und spendierte jedem eine Büchse kaltes Bier. Sie sprachen nicht viel.

»Da vorn ist das Wasserloch«, sagte Selters schließlich sehr leise. »Keine Meile mehr hin.«

Ganz in der Nähe trieb sich ein Rudel Hyänen herum. Ihr Heulen klang schaurig. Clara schmiegte sich eng an ihren Mann. Er küsste sie auf die Stirn.

»Ihr geht bitte da hinein«, ordnete Selters an und meinte Herman und Volker.

Sie standen vor einer primitiven Jagdhütte am entfernten Ufer des Wasserlochs. Das Wasserloch war leer, die Hütte zugig.

»Erst bekommt Adrian seinen Abschuss. Frauen werden sehr leicht nervös.«

Wieder bemerkte Clara diesen geringschätzigen Blick an ihm. Viermal geschieden – oder der Typ überzeugter Junggeselle mit misogynem Einschlag, dachte sie. Eine Frau hatte sie auf der Farm noch nicht gesehen.

Mit geschulterten Waffen kletterten Selters und Luger den Hochsitz hinauf, Clara folgte ihnen.

Der Ansitz war zu einem kleinen Wohnraum ausgebaut mit Kühlschrank, Schränkchen, einem batteriebetriebenen Heizlüfter und jeder Menge Ferngläser, auf Ablagen gruppiert. An der Frontseite eine Panoramascheibe aus Sicherheitsglas mit eingestanzten kinderfaustgroßen Löchern wie Schießscharten.

»Ein leeres Wasserloch?«, fragte Luger. »Worauf sind wir eigentlich aus?«

»Abwarten«, meinte Selters. Gedämpftes Licht leuchtete auf einmal rings um das Loch in der Erde auf, das stark einer Baugrube für ein Mehrfamilienhaus glich.

»Solarbetrieben, die Lampen«, erklärte Selters.

Wasser quoll in einem Tempo aus dem Untergrund der Grube, dass Clara der Vergleich zu Lava aus einem Vulkankrater oder Spülwasser aus einer geplatzten Waschmaschine einfiel.

»Solarbetrieben, die Pumpe.«

Mit dem Fernglas sichtete Clara am anderen Ende der Kuhle einen Tierkadaver. Gleich daneben einen zweiten.

»Solarbetrieben, der Kadaver?«, fragte sie und deutete hin.

Luger warf seiner Frau einen belustigt-liebevollen Blick zu. Er setzte sich halb auf die Ablage vor dem Panoramaausguck.

»Und was machen wir jetzt hier?«, fragte er voll Zweifel. »Was soll das mit dem solarbetriebenen Spielzeug? Soll das ein Trick sein, oder was? Wen wollen Sie damit beeindrucken?«

Selters hatte sich abgewandt. Nun warf er Luger mit seinen blassgrauen Augen einen bösen Blick zu – eine unverhüllte Warnung: Halt deinen Mund! Überlass das mir! Laut aber sagte er in bedeutungsvollem Ton: »Die Löwen. Löwen will ich damit beeindrucken.« Aus dem verschwommenen Grau seiner Augen wurde ein harter Schieferglanz.

»Löwen? Sie meinen leibhaftige Löwen? Und das soll ich glauben?«

Selters zog einen Klappstuhl heran, setzte sich und schlug die Beine übereinander. »Mein Besitz ist sehr groß«, stellte er fest. »Er ist vollkommen umzäunt. Alles, was sich innerhalb der Umzäunung bewegt, gehört mir. Kudu, Oryx, alle Vogelarten, Giraffe, Zebraherden und eben auch Elefant, Nashorn, Büffel und Leopard. Gehört alles zur Farm. Zu Otjitumba.« Er drehte sich auf seinem Hocker einmal um die eigene Achse.

Drahtiger kleiner Kerl, dachte Clara.

»Und sechsundsechzig Löwen. Ein paar davon erwarten wir heute Abend. Einer davon gehört Ihnen, Adrian. Für Ihre viertausendachthundert Dollar sollen Sie schließlich etwas haben. Hähähä.« Erwartungsvoll blickte er um sich.

Luger rammte beide Fäuste in die Taschen seiner Safarihose und blickte verträumt zur Tränke. »Das stimmt«, sagte er. »Viertausendachthundert Dollar für einen kapitalen Löwen. Vorkasse, wohlgemerkt. Nur – für mich war klar, dass ich das Tier unter Ihrer Führung in freier Wildbahn erlegen kann. Nicht hier an einer Wasserstelle. Das ist sozusagen Betrug am Beutetier.«

»Da!« Selters war aufgesprungen. »Da kommen sie.«

Clara und Luger sahen beide nach vorn. Der Teich war jetzt bis zum Rand gefüllt, die schwache Sichel des Monds spiegelte sich im klaren Wasser. Dahinter nur Dunkelheit mit vereinzelten Schattenfetzen.

»Wo?«, fragte Luger. »Ich sehe nichts.« Seine Hand strich in großen, langsamen Bewegungen Claras Rücken hinab und wieder hinauf. Dabei atmete er so ruhig und tief, als schlafe er.

Clara machte sich los und zeigte nach vorn. Zuerst nur schwach, dann deutlicher waren Umrisse zu erkennen.

»Ein Löwe, drei Löwinnen«, flüsterte Selters.

Lugers Hand presste Claras Finger zusammen wie ein Schraubstock. Sie sah ihn an. Sein Mund zuckte.

Die Tiere hoben sich nun deutlich von ihrer Umgebung ab. Ab und zu fluoreszierten ihre Augen wie starke Strahler in der Nacht.

Lugers Hand umschloss ihre Finger noch fester. Sein Mund war zusammengeknotet zu einer schrecklich verzerrten Grimasse.

»Adrian, was hast du?«, rief sie und rechnete schon mit einer Herzattacke ... einem Schlaganfall ... so etwas.

Einen unerträglichen Moment lang war der Druck seiner Hand, die so zärtlich und behutsam sein konnte, so stark, dass sie fürchtete, ihre Handknochen müssten brechen oder splittern. Seine Gesichtsfarbe wechselte zu flammendem Rot, als er langsam wie in Trance das Gewehr hob.

»Adrian, was hast du vor?«, fragte Clara mit brüchiger Stimme.

Luger gab keine Antwort. Er stand aufgerichtet da, den Kopf erhoben, mit loderndem Blick, und schob die Mündung durch eine der Schießscharten im Glas.

Da erst dämmerte es ihr. Es fiel ihr wie Schuppen von den Augen. Bisher war ihr der Ausflug eher wie eine Fotosafari vorgekommen. Man fährt raus und beobachtet das Verhalten der wilden Tiere bei Nacht. Nun aber wurde tödlicher Ernst daraus. Wie in einer Schießbude sollten sie abgeknallt werden. Und zwar von ihrem eigenen Mann!

War dieser Kerl, der wie der personifizierte Tod neben ihr stand und wie hypnotisiert auf die edlen Tiere anlegte, wirklich ihr Mann? Sie konnte es nicht glauben. Sie tippte ihm auf die Schulter.

In diesem Augenblick geschah zweierlei: Luger erschrak und riss die Waffe zurück. Und rund um den See gingen schlagartig Scheinwerfer an wie bei einem Flutlichtspiel. Selters musste sie ausgelöst haben.

»Du blöde Kuh!«, brüllte Luger. »Um ein Haar hätte ich geschossen und den Schuss verzogen!«

Du blöde Kuh! Clara sah ihn ungläubig an und sagte nichts. Luger wirkte fanatisch. Seine Augen glühten. Ihr wurde der Boden unter den Füßen weggezogen.

Unvermittelt senkte er die Waffe und wandte sich ihr zu.

»Tut mir leid, Clara, mein Kind. Ich …« Dann, urplötzlich, bewegte sich sein Mund nicht mehr. Er stand da, beide Beine in den Boden gerammt.

»Neiiiin!«, brüllte Selters.

Auch er musste Clara gesehen haben, wie sie vor Luger stand, beide Arme über dem Kopf, die kleinen Fäuste um einen Gegenstand gekrampft, der gefährlich blitzte.

Clara hatte sich das einzige Objekt gegriffen, das ihr für ihren Zweck brauchbar erschien: eine Axt. Die Axt hatte einen Holzstiel, der wie ein Bumerang geformt war und den ihre Hände kaum umfassen konnten.

»Clara!«, brüllte Luger. Zur Abwehr streckte er dem kommenden Hieb den Gewehrlauf entgegen.

Ein schrecklicher wimmernder Laut löste sich aus der Tiefe von Claras Brust. Ein Laut wie bei einem getroffenen Tier. Ob es die Mündung des Gewehrs war, die ins Fenster knallte, oder die Axt, die vom Lauf abprallte, war nachher nicht mehr festzustellen. Es spielte auch keine Rolle. Die Panoramascheibe war an zwei Stellen geplatzt. Die Splitter des dicken Glases waren über den ganzen Boden und Selters' Klappstuhl verstreut wie Chameis-Diamanten. Clara spürte das Bedürfnis, zu lachen, zu schreien, Adrian zu umarmen oder ihn zu erschießen und gleichzeitig in Ohnmacht zu fallen.

Selters musste ein Radio eingeschaltet haben. Es machte ein Geräusch wie ein fauchendes Tier.

Clara wollte zur Tür, um sich zu übergeben. Doch ein Blitzgewitter stoppte sie. Drunten, an der hell beleuchteten Tränke, fielen Schüsse. Sie sah Mündungsfeuer und hörte den Knall. Es mussten die beiden Männer sein, die auf die Löwen feuerten.

Selters schrie auf, entriss Luger das Gewehr und nahm die Mündungsfeuer aufs Korn.

Diesmal schaffte es Clara bis zur Tür. Sie übergab sich zweimal in hohem Bogen, und einen schrecklichen Augenblick lang ertappte sie sich bei dem Gedanken, es wäre besser gewesen, sie hätte Adrian Luger nie kennengelernt.

Klar, er war ausgeflippt. »Blöde Kuh« hätte er ihr niemals an den Kopf werfen dürfen. Deshalb nahm er ihr auch nicht übel, wie sie sich danach aufgeführt hatte. Es belustigte ihn sogar ein wenig. Clara, seine geliebte Frau, geht mit der Axt auf ihn los! Da war nun einmal eine ausgewachsene Löwin vor seiner Flinte gewesen, etwas, was nur einmal im Leben vorkommt. Er liebte Clara, er liebte sie sogar sehr. Doch – das musste er sich eingestehen – er litt in diesen Zeiten schwer unter dem Geheimnis, das er nicht mit ihr teilen durfte. Etwas, was er ganz allein mit sich selbst ausmachen musste. Mit niemand anderem. Und eben das zehrte an seinen Nerven.

Clara saß am Fenster in der vierten Reihe des Airbus. Sie trug eine Sonnenbrille. Adrian Luger seufzte und fasste nach ihrer Hand. Er spürte, wie die Hand kurz zuckte und fliehen wollte, dann aber doch nachgab und ihm auf halbem Weg entgegenkam. Luger drehte ihr den Kopf zu. Ihre Augen glänzten, ob von ungeweinten Tränen oder durch die Spiegelung der Brillengläser, konnte er nicht feststellen.

»Sollen wir denn nun alles einfach wegwerfen?«, fragte er leise. »Nur weil ich den blöden Löwen geschossen habe? Einmal im Leben? *Once in a lifetime?*« Er drückte ihre Hand. »Kleines, das darf doch nicht sein. Hast du's nicht gut bei mir?«

Er kannte Claras Hang zur Übertreibung, ihre Tendenz, übers Ziel hinauszuschießen, aus ihren gemeinsamen Jahren. Ob das schlecht war oder gut, ein Laster oder eine Tugend, vermochte er nicht zu beurteilen. Fest stand, dass es zu ihren bemerkenswerten Charakterzügen gehörte. Nie würde er den gellenden Schrei vergessen, als sie die Axt schwang. Nie diesen wild entschlossenen Blick, als sie ihm eröffnete, sich scheiden lassen zu wollen.

Dass er die Löwin doch noch erlegt hatte, war ihm wichtig. Nun lag sie gut verpackt im Laderaum des Airbus, auf dem Weg zum Kühlraum des Präparators.

Als die Maschine begann, ihre Reiseflughöhe zu verlassen, und die Passagiere aufgefordert wurden, sich anzuschnallen, unternahm er einen weiteren Anlauf.

»Ich hab dich immer auf einen Altar gestellt«, sagte er. »Unser ganzes gemeinsames Leben lang habe ich dich verwöhnt, dich geliebt und dir jeden Wunsch von den Augen abgelesen. Mit dem Großwild hab ich mir einmal selbst einen Wunsch erfüllt. Und deswegen willst du mich verlassen? Hältst du das für fair?«.

Ein weiteres Mal drückte er ihre Hand und sah sie von der Seite an, während sie unvermindert die Wolken draußen zählte. »Oder lass mich's so formulieren: Hältst du deinen Entschluss nicht für ein wenig übereilt?«

Clara, selbst wenn sie es gewollt hätte, konnte nicht mehr antworten. Sein Handy surrte.

»Ja?«

Er war überrascht. Es war Heinrich von Stahl, der Justiziar des FC Bavaria. Was wollte der von ihm?

»Hast du gerade Zeit? Wo bist du?«, fragte von Stahl.

»Auf dem Rückflug«, antwortete er knapp.

»Du weißt«, sagte von Stahl, »dass wir in eurem Investment High Return engagiert sind. Hummer bevorzugt zwar sein Festgeldkonto, aber den Rest hab ich bei euch angelegt. Wir wollen zwei neue Spieler kaufen, einen aus der *Primera División,* der andere ist mal wieder ein Holländer. Dafür brauchen wir etwas Geld. Deine Leute haben mich vertröstet, sie müssten erst ... ich glaube, ›abwarten‹ haben sie gesagt. Die Auskunft hatte einen schalen Beigeschmack.«

Verdammt! Jetzt kommt der ganze Mist schon in der Heimat an.

»Was ist los, Adrian? Seid ihr klamm? Wir benötigen das Geld dringend!«

»Natürlich, Heinrich. Kaum ist der Gockel aus dem Haus, tanzen die Schweine. Lass mich mal machen. Da muss einer was falsch verstanden haben. Ich kümmere mich drum, okay?«

»Bis morgen um zwölf. Okay?« Das Gespräch wurde ohne weiteren Gruß beendet.

»Bitte klappen Sie Ihre Tische hoch, stellen Sie Ihre Sitzlehnen nach hinten und schalten Sie Ihre Handys ab.«

Luger drückte eine Nummer auf dem Handy. Er konnte sie blind ertasten.

»Hey«, sagte er. »Hier spricht Luger.« Er achtete darauf, dass Clara nicht mithören konnte.

Eine halbe Minute später hatte er wieder aufgelegt. Die Maschine flog in niedriger Höhe entlang einer befahrenen Autobahn, kreiste eine Runde in der Warteschleife und setzte zur Landung an.

ELF

Sie trafen sich am nächsten Tag in Rosenheim. Uly Hummer kam von Salzburg rüber, wo er mit den Red Bull Socks zu tun hatte, und Heinrich von Stahl aus München heraus. Von Stahl hatte seinen Präsidenten um dieses Krisengespräch gebeten. Beide hatten sie mal wieder Lust auf feines Asiatisch, und im Rosenheimer Zhuo Mei fühlten sie sich gut aufgehoben. Der Ecktisch neben dem Aquarium erschien ihnen abhörsicher. Das Fischbecken war gefüllt mit jungen Kois. Er hatte nicht ganz die Ausmaße des Pools von Hummers Ferienvilla in Südafrika.

Der chinesische Kellner war gut zwei Meter groß und überschlank, hatte blauschwarzes, schulterlanges Haar und sprach bayerisch.

»I hoaß Erwin«, stellte er sich vor. »Sie meng oiso koa Bier. Sie miaßn no Autofahrn. Nachat nehma'S hoit a Tschintscher Ale, die Herren, des siecht ned ganz aso grauslich puristisch aus wiera blanks Wasser.«

Sie folgten seiner Empfehlung und bestellten jeder ein Ginger Ale mit Eis. Für Pit Vogel, seinen Leibwächter, der an einem Bistrotisch in blauer Lackfarbe gleich neben dem Eingang Position bezogen hatte und seinen schwarzen Tom-Selleck-Schnurrbart zwirbelte, orderte Hummer eine Cola mit Zitrone.

Hummer zweifelte, ob der Kellner ihn nicht doch erkannt hatte, denn gerade dies hatten sie bei der Auswahl des Lokals vermeiden wollen. Sie wollten unter sich sein, und in München wäre das eine Sache der Unmöglichkeit gewesen.

Nach und nach füllte sich das Zhuo Mei mit heimischem Publikum. Ein Rechtsanwalt mit Schlägermütze und Juniorpartner, ein weißhaariger Wirtschaftsprüfer mit zwei Amigos, die schlanke, sportliche, blonde Oberbürgermeisterin im Trachtenlook mit dem breitgesichtigen, bärtigen, ernsthaft lächelnden Global Entrepreneur. Schließlich drei männliche und zwei weibliche Jungspunde aus der Riege selbstständiger Unternehmer. Zu ihnen stieß nach wenigen Minuten noch der bekannte Zeitungsverleger, kaum über fünfunddreißig, mit dem pomadisierten Haar.

Hummer bestellte Nummer 21f mit Normalbesteck, von Stahl sein Lieblingsgericht, die 711e, mit Stäbchen, garantiert farbstoff- und glutamathaltig.

»Luger scheint den Bach runterzugehen«, steuerte von Stahl direkt aufs Thema zu. Er musste seine klangvolle Stimme bewusst dämpfen. Unter schweren Augenlidern musterte er sein Gegenüber, über seiner markanten Geiernase hatten sich drei senkrechte Falten gebildet. »Er muss wohl groß im US-Immobilienmarkt engagiert sein. Und da gibt's jede Menge Probleme, wie man hört.«

Probleme auf einem fernen Markt? Das interessierte Uly Hummer nicht sonderlich. Exakt deswegen hielt sich der 1. FC Bavaria München ebendiesen Heinrich von Stahl, um Probleme schon im Vorfeld lösen zu können. Stahl, darüber konnte er sich immer königlich amüsieren, waren der aktuelle Diskontsatz und der gültige Leitzins vertrauter als das Wetter am selben Tag. Hinter seiner Stirn verbarg sich mehr Finanzwissen, als Hummer über den momentanen Transfermarkt bei internationalen Top-Spielern hatte.

Und an Adrian Luger als Person hatte er lediglich Interesse, soweit es um seine Frau ging, um Clara Gray. Ein tiefer Seufzer entrang sich seiner Brust. Erschrocken sah er auf. Stahl durfte diesen Laut auf keinen Fall fehlinterpretieren.

»Und wieso betrifft das uns?«, fragte er nachsichtig und achtete auf den langen Kellner, der gerade die Warmhalteplatte und den Reis auf dem Tisch platzierte.

»Wir brauchen Geld, um die zwei Spieler zu kaufen. Und wenn Luger wegen dem US-Markt klamm ist und momentan nicht ausschütten kann, müssen wir das Festgeldkonto plündern ...«

»Nein! Kommt nicht in Frage!«

Von Stahl nickte mampfend und schob noch etwas Gemüse auf sein Stäbchenpaar. »Du musst selbst mit Luger reden. Und dafür muss ich dich vorher briefen. Deshalb sitzen wir hier. Okay?«

Von Stahl hatte die Angewohnheit, alle fünf bis zehn Minuten seine Krawatte zurechtzurücken, obwohl er nur eine trug, wenn es sich gar nicht vermeiden ließ. Heute trug er keine.

Erwin war an ihren Tisch getreten und räumte eine leere Flasche ab. »Meng'S no a Tschintscher Ale?« Er nickte dabei heftig, wie um die Antwort vorwegzunehmen.

Hummer bejahte mit einer Handbewegung.

»Ich hab das Gefühl, wir stehen am Beginn einer kleinen bis mittleren Wirtschaftskrise.« Von Stahl hatte die Stäbchen zur Seite gelegt und die Hände gefaltet vor sich auf den Tisch gelegt. »Ich hab mit Luger telefoniert. Er ist so etwas wie ein Indikator dafür. Wie ein Seismograph vor einem Erdbeben. Wenn das Bankhaus Luger bebt, dann bebt die Welt.«

»Auf Wiedersehen, die Herren!« Die Oberbürgermeisterin war an ihren Tisch getreten. »Schön, Sie bei uns in der Provinz anzutreffen. Sie sind sicher nicht zum Vergnügen hier. Wenn wir Ihnen irgendwie weiterhelfen können?«

Pit Vogel drängte sich vor. Jede fremde Person, die mit seinem Herrn ohne Anmeldung in Kontakt trat, war für ihn ein Feind. Selbst die große blonde OB.

»Was zum Teufel …«, begann er.

Doch Luger stoppte ihn rechtzeitig mit einem Augenwink.

Die OB ließ eine Broschüre fallen, die sie offensichtlich überreichen wollte. Vogel bückte sich, um sie aufzuheben. Als er sie zurückgab, sah er ihr ins Gesicht. Er erschrak.

»Die Zeiten sind nicht mehr so rosig«, sagte sie. »Ich hatte eben eine heftige Auseinandersetzung mit dem Stadtkämmerer.« Sie überreichte Luger die Broschüre. »Blättern Sie die mal durch. Alles, was hier drin an Investitionen noch geplant ist, muss ersatzlos gestrichen werden. In eine saubere Zeit sind wir da hineingeraten. Merken Sie davon auch schon etwas, Herr Hummer?«

Wenn du wüsstest, worüber wir grad reden, musste Hummer denken. Doch er setzte sein charmantestes Cary-Grant-Lächeln auf und blieb die Antwort schuldig.

Beide Männer hatten sich erhoben. Sie reichten der OB zum Abschied brav die angebotene Hand. Sie seien hinter einem talentierten Spieler her, den ihr Scout entdeckt hätte, war ihre lakonische Erklärung gewesen.

»Adrian Luger dürfte einer wichtigsten Finanzbosse Europas, wenn nicht gar der Welt sein.«

Von Stahl schien zu einem Kurzvortrag anzusetzen. Doch Hummer hatte Schwierigkeiten, ihm zu folgen. Ihm ging Clara nicht mehr aus dem Kopf. Falls es stimmte, was von Stahl angedeutet hatte, wusste dann Clara Gray von den Schwierigkeiten ihres Mannes?

»An seinen Entscheidungen hängen ganze Länder. Sein Ja zu einem Großkredit kann einen Herrscher retten, sein Nein eine Revolution entfachen. Er arbeitet persönlich eng mit Bankhäusern wie Lehman Brothers, Goldman Sachs und Barclays zusammen. Partner wie die Deutsche Bank und die anderen Deutschen verschmäht er. Luger wird von Staatsoberhäuptern umworben, von fast sämtlichen Wirtschaftsministern der Industrienationen um Rat gefragt und von Diplomaten hofiert – und sie alle umschmeicheln Clara Gray, seine charmante Frau.«

O Gott, schon wieder Clara. Wenn er nun Luger und sie zum Essen einladen würde? Nein, Hummer verwarf die Idee sofort wieder. Nicht sie in Gegenwart ihres Mannes. Er musste sehen, wie er sie allein treffen konnte.

»Uly? Ist alles okay mit dir?« Von Stahl sah ihn besorgt unter buschigen Brauen an.

»Jaja, ich bewundere seine Raffinesse auch. Ich glaube, er neigt auf manchen Gebieten sogar zur Pedanterie. Ich frage dich nur, was hat das mit uns zu tun?« Zum ersten Mal fiel Hummer auf, dass von Stahls Haar allmählich schütter wurde.

Der zog seine Stirn in wichtige Falten. »Wir haben hundertzwanzig Mio in seinem Investment High Return deponiert, den Luger von Genf aus leitet, wie du weißt. Ich wollte den größten Teil der Summe für unsere Neueinkäufe abziehen. Zuerst hab ich die Zentrale angemailt. Sie seien sehr unglücklich, zum ersten Mal keine fünfzehn Prozent Rendite erwirtschaftet zu haben, kam es zurück. Dann rief ich den obersten Fondsmanager an. Gleiches Resultat, er hat mich vertröstet. Ich telefonierte sofort mit Luger selbst und stellte ihn zur Rede. ›Der Weltmarkt, der Weltmarkt‹, sagte er und so weiter. Er hat sich schließlich selbst darum gekümmert. Ich will dich nicht langweilen, Uly. Okay, ich hab das Geld bekommen. Aber das Herumgeeire ist sehr irritierend. Und Luger klang gar nicht gut. Etwas ist da im Busch. Und es schien etwas Großes zu sein, was nicht nur Luger und sein Imperium allein betrifft.«

Hummer zog mit den Zähnen den letzten Bissen Fisch von der Gabel und betrachtete von Stahl lange und nachdenklich.

»Das klingt dramatisch«, sagte er. »Du malst fast eine Weltwirtschaftskrise an die Wand. Wann war die letzte? 1926? Oder 27?«

Von Stahl schüttelte den Kopf. »Sie begann am 24. Oktober

1929, am sogenannten Schwarzen Donnerstag. Damals brach der US-amerikanische Aktienmarkt zusammen. Heute haben wir zwar eine andere Lage. Wir haben computergesteuerten Handel. Ich halte es aber nicht für ausgeschlossen, dass sich bald etwas in dieser Richtung bewegen wird. In den USA fängt's an.«

Hummer runzelte bekümmert die Stirn. Er fühlte sich, als hätte der 1. FC Bavaria auf eigenem Platz verloren. »Ich hab selbst privates Kapital bei der Privatbank Luger. Wie schätzt du das ein?«

Von Stahl zögerte nicht den Bruchteil einer Sekunde. »Abziehen!!«, sagte er. Mit zwei Ausrufungszeichen. »Abziehen, das Geld. Glattstellen, dein Konto.«

Uly Hummer dachte nicht nur an seinen möglichen Verlust. Er sah auch eine Chance. Wenn es ernst würde mit Luger, wäre das nicht nur Claras finanzieller, sondern auch ihr gesellschaftlicher Ruin. Er musste sie so bald wie möglich sprechen.

ZWÖLF

Adrian Luger war daran gewöhnt, seine Interessen mit nicht immer ganz legalen Mitteln in jeder Regierung, jeder Gewerkschaft, jedem Verband, bei jedem Geschäftspartner durchzusetzen. So auch im Stadtrat von Malaganía. Der Boss der andalusischen Mafia serviere ihm abends den Tee und halte seiner Frau die Steigbügel, munkelte man.

Bis jetzt war das Gelände, um das es bei seinem Wohnbauprojekt ging, ein Stück Wildnis im Inland westlich der Stadt. Zerklüftete Felshänge, auf denen die Steine glühten, lagen in gleißendem Sonnenlicht. Das Zirpen der Grillen überlagerte wohlig die Stille, ab und zu ertönte der müde Schrei eines Raubvogels. Das Thermometer zeigte über fünfunddreißig Grad im Schatten, und in der Hitze zerfloss die Oberfläche des kargen Wüstenbodens in Sonnenschlieren wie bei einer Fata Morgana.

Luger stand der Schweiß auf der Stirn. Der Bauleiter seines Großprojekts tippte sich mit der Spitze des Stifts gegen die Zähne und blickte versonnen über die Szenerie.

Adrian Luger fühlte sich nicht ganz wohl in seiner Haut. In aller Welt wurden Milliarden und Abermilliarden in den Finanzmarkt gepumpt, um die Liquidität zu erhalten. Irrsinnige Sicherungsfonds wurden eingerichtet, um eine Panik an den Weltbörsen zu verhindern. Die zwei bedeutendsten Hypothekenbanken der USA, die mit den putzigen Namen, drohten zahlungsunfähig zu werden oder waren es bereits. Gestern war bekannt geworden, dass die größte Bank der Schweiz fast zwanzig Milliarden abschreiben und gut die Hälfte davon an frischem Geld aufnehmen musste. Ihr Vorstandsvorsitzender hatte daraufhin seinen Hut nehmen müssen. Luger wurde fast schlecht bei dem Gedanken, auch seine Bank könnte dieses Schicksal treffen. Bei den Engagements, die er eingegangen war, war das so gut wie unausweichlich. Nur sein unverbesserlicher Optimismus hielt Luger über Wasser.

Jedenfalls war es nicht unbedingt die beste Zeit, um so ein Bauprojekt zu beginnen, das eine knappe Milliarde verschlingen würde, die er nicht besaß. Luger hatte darauf spekuliert, dass die Finanzkrise ein

Problem derer bleiben würde, die sie ausgelöst hatten: der Amerikaner. Nun aber war sie in Europa angekommen. Auch der Gesang der Maurer auf den Baugerüsten konnte darüber nicht hinwegtrösten. Im Gegenteil. Der Bau war von der Krise überrollt worden.

Der Freund eines Freundes hatte ihnen ein Haus am Meer zur Verfügung gestellt, nicht ganz so üppig dimensioniert, wie sie es sonst gewohnt waren. Am Abend schlenderten Clara und Adrian Hand in Hand über die Mole, die das Hafenbecken umsäumte. Sie konnten die Schiffe beobachten, die durch die enge Mündung in den Hafen hinein- und wieder aufs offene Meer hinausfuhren. Neben den netzbespannten Ständen, an denen am frühen Morgen frisch gefangener Fisch verkauft wurde, hockte in einer Ecke eine kleine Fischerbar. Stimmengewirr und Lachen drangen von dort zu ihnen herüber und ab und zu ein Duftschwall von gekochten Muscheln, Calamares und viel Knoblauch.

Am Leuchtturm machten sie kehrt und gingen in den rosa Lichtschein hinein, den die untergehende Sonne hinter einem Wald hoch aufragender Kräne ausbreitete. Luger legte seinen Arm um Claras Taille. »Dein Körper ist wie dafür geschaffen, sich in die Aussparung an meiner rechten Seite zu schmiegen«, pflegte er zu sagen. Sie hatte dieses Anschmiegen immer gemocht, bis er sie mit »blöde Kuh« beschimpft hatte. Es klang immer noch in ihr nach, als wäre es erst gestern gewesen.

Seitdem empfand sie eine leichte Abneigung gegen jeden Körperkontakt mit ihm, bemühte sich aber, es ihn nicht spüren zu lassen. Vor dieser schlimmen Szene hätte er drei Meter von ihr entfernt stehen können und er wäre doch ein Teil von ihr gewesen. Wenn er sie ruhigen Blickes angesehen hatte und sie seinen Blick erwiderte, hatte ihnen das eine unvergleichliche Nähe verschafft. Sie waren ineinander verschränkt, fest, tief und unentwirrbar. Während sie sich liebten, hatte sie ihm einmal zugeflüstert: »Adrian, Liebster, du bist so stark, dass man sich fürchten möchte.«

Und nun, seit seiner Entgleisung, fürchtete sie sich tatsächlich vor ihm. Es war fast, als hätte er in jeder Hinsicht von ihr Besitz ergriffen. Das war es, was dies alles so beängstigend machte. Zu Beginn hatte sie geglaubt oder doch zumindest gehofft, sie könne einen Teil von ihr für sich bewahren und vor jedem Zugriff von außen schützen, auch vor seinem. Zumindest den Teil, der zu ihrem Beruf gehörte, hätte sie gern für sich allein gehabt.

Aber er nahm ihr alles. Mir nichts, dir nichts nahm er ihr alles. Er warf einen Strick um sie wie ein Lasso und wand ihn fest um sie beide. Sie wäre wohl daran erstickt, hätte sie sich nicht dieses kleine Quäntchen Unabhängigkeit bewahrt. Dieses kleine bisschen Freiheit, das es ihr gestattete, hin und wieder über den Zaun zu äugen und sich in der Bewunderung anderer Männer zu sonnen.

Als sie im Hafen von Malaganía zum Auto gingen, spürte sie die Vibration ihres Handys an ihrem Oberschenkel. Sie hatte es auf lautlos geschaltet. Sie wusste blind, wer es war, der sie anzurufen versuchte.

Doch es war kein Anruf. Es war eine SMS. Eine SMS von Uly Hummer.

»Ich möchte zurück«, klagte Clara.

Sie war am nächsten Tag in der Morgenkühle mit Adrian hinaus zum Bauprojekt gefahren. Die Arbeiten begannen um sieben Uhr. Um zehn pafften die Arbeiter ihre erste Zigarre und tranken Kognak. *Segundo desayuno*, ihr zweites Frühstück. Siesta von halb eins bis sechzehn Uhr. Die Umrisse der Küste und der einen oder anderen unberührten Bucht waren in der Ferne deutlich zu erkennen. Vom Stadtkern und von der Festung aus erstreckte sich nach Süden der Sandstrand *El Areal*, im Norden reihten sich am äußersten Rand des *Aeropuerto* zwei weitere noch im Bau befindliche Feriensiedlungen aneinander. Fast wäre Lugers Antwort vom Lärm einer startenden Maschine verschluckt worden.

»Ich kann nicht zurück. Ich muss das Projekt diesmal selbst beaufsichtigen«, sagte er.

Es war das erste Mal, dass sie, ohne beruflich dazu gezwungen zu sein, getrennte Wege gingen, seit sie zusammen waren.

Er brachte sie zum Flughafen. »Ich liebe dich«, sagte er und nahm sie in den Arm.

»Ich liebe dich.« Eine Kusshand, bevor sie in der Menge jenseits des Sicherheitschecks verschwand.

Sie traf Hummer bei einer Vernissage im Cellini in Rosenheim. Sie hatte nicht erwartet, ihn überhaupt zu treffen. Er stand einfach da, die Linke in der Hosentasche, in der Rechten ein Glas, und starrte sie an.

Das Cellini in der Rosenheimer Altstadt war ein quadratisch-hoher Raum mit Kronleuchtern aus der Jugendstilzeit an der Decke und einer gut sortierten Bar von Wand zu Wand. Eine geschwungene Treppe führte nach oben zu der voll besetzten Empore. Bilder an den verspiegelten Längswänden, Besucher der Ausstellung an Bistrotischen oder frei stehend. Das Lokal war so voll, dass selbst Uly Hummer, den in München jedes Schulkind kannte, nicht weiter auffiel.

Er stellte sein Glas ab und legte ihr beide Hände auf die Schultern.

»Meine SMS«, sagte er. »Du hast nicht geantwortet.«

»Nein, Uly, das geht nicht. Ich liebe Adrian.«

»Und warum bist du allein zurückgeflogen?«

»Er hat ein bedeutendes Bauprojekt dort unten.«

»Und warum bist du nicht geblieben?«

Diese Frage war schwieriger zu beantworten. Sie entzog sich ihm und nahm einen langen Schluck vom angebotenen Prosecco. Clara hatte sich vorgenommen, nach außen nicht einmal ein Blatt Papier zwischen sich und Adrian kommen zu lassen. Der Zwischenfall in Namibia hatte zwar ihrem Leben eine neue Wendung gegeben. Wie ausgehöhlt hatte sie sich gefühlt. Doch es war eine interne Angelegenheit, eine Sache zwischen Partnern, die niemand anders etwas anging, auch die möglichen Folgen nicht.

»Wie kommt's, dass du hier im Cellini bist, Uly?«, lenkte sie ab.

Er machte ein Gesicht, als ob er ein aufmunterndes Lächeln brauchen könnte. Sie hielt sich zurück und erlaubte ihm ein winziges.

»Ich wollte dich fragen, ob bei euch alles klar ist. Bei dir und deinem Mann. Bei deinem Mann. Ist er okay?«

Der große Uly Hummer! Was stammelte er da? Sollte er etwa …? Ein Mann wie er hat seine Ohren überall.

»Was soll sein, Uly? Danke der Nachfrage. Ja, es ist alles okay.« Sie musste das Thema wechseln. »Stellst du mir nach? Warum bist du wirklich nach Rosenheim gekommen?« Hatte sie es mit einem zweiten Fall von Stalking zu tun?

Durch Hummer ging ein Ruck. »Ich hatte gehofft, dich zu treffen«, sagte er und atmete tief aus. Fast befreit wirkte er.

»Und *warum* willst du mich treffen?« Sie begann die Antwort zu ahnen.

Er zog eine Augenbraue hoch und nahm sein Glas wieder an sich. »Ich sag's ungern, Clara. Aber ich hab mich in dich verliebt. Immer wieder muss ich an dich denken.« Er sah ihr in die Augen und nickte. »Sehr oft. Eigentlich minütlich.«

Mit dem freien Arm versuchte er, sie an sich zu ziehen. Einen kurzen Augenblick lang ließ sie es geschehen. Oder sie war zu langsam gewesen, es zu vermeiden. Als sie sich der Wärme seines Körpers bewusst wurde, die sie durch sein Hemd hindurch spürte, riss sie sich los.

»Schluss jetzt, Uly Hummer! Ich bin mit einem tollen Mann verheiratet. Du hast eine Frau und zwei prachtvolle Kinder. Es kann nichts Ernsthaftes zwischen uns sein. Und für eine Nacht bin ich nicht zu haben. Lass also den Schmarrn, okay?«

Hummer umfasste den Stiel seines Glases sehr zart mit zwei Fingerspitzen und hielt es vor sich hin. Es schien zu schweben.

»Okay«, sagte er. »Ich hab verstanden. Dann werd ich eben warten. Bis es so weit ist.«

Er öffnete die Hand. Das Glas fiel senkrecht zu Boden und zerschellte.

»Okay«, sagte er. Schob den Ärmel zurück, sah kurz auf die Uhr, drehte sich um und ging durch die offene Tür ins Freie.

»Ja mei, da schau her, da schau hin, des is ja der Hummer«, zischelte eine Frauenstimme.

DREIZEHN

Auf den Marmorfliesen der Rimstinger Villa lagen mehrere Schichten antiker Perserbrücken. Clara empfand sie als luxuriös, hatte sie aber nie gemocht. Eine elegante Treppe mit handgeschmiedetem Geländer schwang sich in einem Bogen nach oben. Clara schloss die Tür hinter sich, durchquerte den Salon und ging die Bogentreppe hinauf in den Privattrakt.

Auch nachdem Nachtigal ins Gefängnis gewandert war, hatte sie sich jedes Mal, bevor sie dieses Haus oder ihre Brannenburger Wohnung betreten hatte, vorsichtig umgesehen. Sie war froh und fühlte sich befreit, nichts mehr von ihm zu sehen und zu hören.

Nur selten war sie in Adrians Arbeitszimmer gewesen. Fünfmal vielleicht und nur zusammen mit ihm. Das Büro lag am Ende eines breiten, langen Korridors und war zweckmäßig, ja puritanisch eingerichtet. Riesig breiter Schreibtisch, Sideboard, Besucherecke, raumhoher Schrank, helle Lamellen vor den Fenstern, ein paar abstrakte Bilder. Auf einem Beistelltisch stand ein Fernseher, daneben eine Minibar. Clara öffnete die Tür zum Balkon, um Luft hereinzulassen, und erschrak beim Schrei einer zwergenhaften Möwe, die sich vom Chiemsee herüberverirrt hatte. Draußen zogen milchige Wolkenfetzen eilig vorüber. Es sah nach Regen aus. Novemberwetter.

Adrian hatte sich in kürzester Zeit verändert. Er, der sonst so Souveräne, war nervös geworden, launisch, unstet. Wenn sie beiläufig versuchte, die Ursache dafür zu erfahren, wiegelte er ab, beschwichtigte er. »Nichts. Es ist nichts. Alles ist normal.« Nicht bösartig, aber bestimmt. Nun hatte sie sich in den Kopf gesetzt, es ohne ihn herauszufinden, bevor er morgen zurückkam.

Der Schrank war bis auf eine altmodische Schachtel, einen Stapel Wirtschaftsbücher, einen gelben Duden und einen Stapel Managermagazine leer. Hinter den Bildern war kein Tresor zu entdecken, unter der Schreibtischplatte weder Geheimnisse noch Wanzen, im Sideboard nichts außer Gläsern. Sie hatte gehofft, Ordner zu finden, Abgelegtes, Abgeheftetes, in Plastiktaschen Eingelegtes.

Nichts.

Deshalb – um wenigstens alles durchsucht zu haben – öffnete sie die alte Schachtel im Schrank.

Es begann zu regnen, plötzlich und in dichten Strömen, die schräg unter den Dachvorsprung peitschten und an die Fenster schlugen, als verlangten sie Einlass. Claras Gefühl der Isolation verstärkte sich bei diesem Wetter. Es war, als lebte sie in einem feuchten, undurchdringlichen Kokon, in einer fremden, unbehüteten Welt.

Bis sie die Schachtel öffnete.

Da waren Fotos. Zuerst gesichtslos, grau, ohne Namen. Sie packte einen Stapel und ließ ihn ohne Interesse durch die Finger gleiten. Sehr schnell jedoch hetzten ihre Augen hin und her wie ein in die Enge getriebenes Tier. Ihre Wangen färbten sich brandrot, und ihr Atem kam in kurzen, nervösen Stößen.

»Nein!«, stieß sie aus. »Neiiiin!« Ein gellender Schrei. »Neiiiiiin!« Als sie den Stapel zurück in die Schachtel fallen ließ und nur mehr ein einzelnes Bild in Händen hielt, wurde sie plötzlich sehr still und nachdenklich. Ihr Gesicht war so grau, dass es zum Fürchten aussah. Es war, als hätte sie in diesem Augenblick etwas begriffen. Etwas, was ihr Leben komplett umstülpen würde.

»Nein, ich glaub das nicht«, hauchte sie. »Nein. Das darf nicht sein.«

»Sie müssen sofort zurückkommen, Herr Luger!«

Der Anruf kam von der Zentrale in Genf und verhieß nichts Gutes. Der Investment High Return sei am Ausbluten, wurde ihm mitgeteilt. Immer mehr Investoren zögen ihre Einlagen zurück, und es käme nicht genügend frisches Geld nach.

»Der Learjet wird morgen um neun Uhr zwanzig in Malaganía landen, Sie aufpicken und sofort zurückkommen.«

Er nahm den Learjet.

Unterwegs, über Valencia, eine SMS von Clara.

Bitte komm sofort zurück zu mir. Wir haben Vitales zu besprechen. EILT!

Querab von Marseille, Flughöhe fünfunddreißigtausend Fuß, rief er Clara an. Sie antwortete nicht. Weder auf Festnetz noch mobil.

Wenig später, als sie bei Grenoble ihre Reiseflughöhe verließen, eine weitere SMS.

Wenn dir mein Leben lieb ist, komm. Clara.

Das klang dramatisch. Doch wie Frauen eben so sind, war es sicher übertrieben. Wenn sein Investment High Return scheitern würde, wäre dies das Ende seine Karriere. Sein und auch Claras gesellschaftliches Aus. Es gab nichts Wichtigeres auf Erden als seine Präsenz in Genf.

Anflugverfahren auf den Aéroport International de Genève, vierzehntausendfünfhundert Fuß.

Wenn ich weiter nichts von dir höre, wirst du mich nicht mehr lebend sehen.

Er drückte Wahlwiederholung. Festnetz. Mobil. Keine Antwort. Er musste zu ihr. Er liebte sie mehr denn je. Ein Anflug von Panik machte sich breit. Er hatte Angst.

»Canceln Sie Genf. Wir fliegen nach München. Holen Sie ein Fahrzeug zum Airport. Ich muss nach Hause.«

Clara wirkte, als stünde sie im sechzigsten Sommer. Aschgrau im Gesicht mit Sorgenfalten und stumpfem Blick. Zuletzt hatte er sie in Namibia so erlebt.

Er hatte das Haus mit dem eigenen Schlüssel geöffnet und nach ihr gerufen. Hatte jeden Raum durchsucht. Schließlich fand er sie auf dem Balkon seines Arbeitszimmers. Sie kauerte vollkommen durchnässt am Boden, den Rücken gegen die Wand gepresst. Als er sich vorbeugte, um ihre Schulter zu berühren, pumpte sie mit einem kurzen, stöhnenden Laut die Lungen voller Luft. Dann löste sich ein schrecklich wimmernder Laut aus der Tiefe ihrer Brust.

»Was … was ist … was ist das?«, fragte seine Clara mit tränennassem Gesicht. Mit abgewandtem Gesicht hielt sie ihm über die Schulter zwischen Daumen und Zeigefinger eine Fotografie entgegen.

Luger kniete sich neben sie. Vorsichtig pflückte er ihr das Foto aus den Fingern. Wie war das Bild in ihre Hände geraten? Es gab nur eine Erklärung: Sie musste in seinem Zimmer spioniert haben! Seine erste Reaktion war Zorn.

»Wer … wer ist das?«, fragte Clara. Sie war kaum zu verstehen, ihre Worte waren ein Hauch.

Luger hockte sich neben seine Frau auf den gefliesten Boden des Balkons. Selbstverständlich war ihm dieses Foto vertraut. Es war ein Schwarzweißfoto und zeigte eine mittelgroße Frau in einem untadeligen Wollkostüm und einer weißen Bluse. Perfekt gewelltes Haar und herabgezogene Mundwinkel. Er konnte sich ausmalen, dass sie auch die anderen Fotos gesehen hatte. Und die Widmungen auf der Rückseite gelesen. Aber was soll's! Er musste kein schlechtes Gewissen haben.

»Liebste«, sagte er zart. »Das war einmal. Das ist lange her und lange vorbei. Lange vor der Leberfleck-Connection. Sie hieß Clara …«

Er drehte das Foto um und ließ sie lesen. »In Liebe. Von Clara«, stand da in sorgfältiger Schrift mit hohen Buchstaben.

Nun stutzte er zum ersten Mal. »So wie du. Aber eigentlich heißt du ja Maria.«

»Ich heiße Clara. Wie meine Mutter.« Sie wischte sich die Nässe von Augen und Wangen, nahm ihm das Foto wieder ab und sah ihm klar in die Augen.

»Dies ist meine Mutter. Wie kommst du an das Foto?«

Luger spürte, wie ihm alles Blut aus dem Gesicht wich. Er musste an die anderen Fotos denken, die er in der Schachtel im Schrank aufbewahrte. An die mit dem Baby und später dem Kleinkind.

1980. Adrian Luger ist sechsundzwanzig Jahre alt, fertig mit dem Studium, und er macht ein Praktikum in der Bank seines Vaters. Seine damalige Freundin, eine langbeinige Isländerin mit dem schönen Namen Sóley, hat ihn gerade verlassen. Zwei Freunde fragen ihn, ob er für einen Kurzurlaub mit ihnen auf einen Bauernhof kommen möchte. Gapperding heißt das Gut. Es liegt nördlich von Bad Aibling in Oberbayern abseits der Zivilisation.

Luger ist jung, frei und unbeschwert. Dem Hof steht eine Bäuerin vor, eine Schönheit von natürlicher Eleganz. Winzige Sommersprossen umsprenkeln ihre Nase. Ihr Name ist Clara Schwarz. Clara ist ein Prachtstück von einer Frau, verheiratet mit einem Ekel von einem Mann. Von nun an verbringt Adrian Luger mehrmals im Monat mehrere Tage Urlaub auf dem Bauernhof. Er hat sich in Clara verliebt und sie sich in ihn.

Bis sein Vater dahinterkommt, der alte Luger. Mit der Drohung, ihn zu enterben, untersagt er dem Sohn den Kontakt. Doch es ist bereits zu spät. Clara erwartet ein Baby. Es kommt 1981 zur Welt,

Luger wird es nie zu Gesicht bekommen. Clara Schwarz hat ihm lediglich in Briefen davon berichtet und ihm Fotos von sich und der kleinen Maria geschickt.

Die schreckliche Wahrheit beginnt sich in Lugers Kopf zu formen. Auch seine Clara ist 1981 geboren und auf den Namen Maria getauft worden. Als Künstlerin hat sie sich den Namen Clara zugelegt. Clara nach ihrer Mutter. Es trifft ihn wie ein fürchterlicher Schlag.

Clara hat am 2. März Geburtstag, genau achteinhalb Monate, nachdem er damals zum letzten Mal mit Clara geschlafen hat. Und sie besitzt, wenn man den Vergleich anstellt, viel Ähnlichkeit mit ihrer Mutter.

Jetzt kennt Luger die Wahrheit.

Clara Gray ist nicht nur seine Ehefrau. Sie ist seine Tochter!

Es gibt keine andere Möglichkeit.

»Leberfleck-Connection«, flüsterte er, lachte vor Verzweiflung kurz auf und griff mit der Hand nach Clara.

Sie schmiegte sich an seine Brust und legte den Kopf an seine Schulter, während sie beide im Regen am blanken Steinboden saßen. Sie weinte nicht mehr. Hätte sie es ihm sagen sollen, wo sie herkam? Sie hatte immer ein großes Geheimnis um ihre Herkunft gemacht. Wollte in ihrer neuen Welt nicht als Bauernmädel dastehen.

Nach einer Weile sagte sie: »War es dumm, was wir gemacht haben? Hätten wir es wissen müssen? Hättest *du* es wissen müssen?«

Er musste nicht nachdenken. Er hatte sich die gleiche Frage gestellt. »Nein«, flüsterte er schwer.

Sie küsste ihn auf die Nasenwurzel. Dann befühlte sie seine Stirn. »Du bist heiß.«

Ich liebe dich, wollte er sagen. Aber das ging jetzt nicht mehr. Unausgesprochen waren sie getrennt geworden. Das Schicksal hatte nicht vorher angefragt.

Er sah sie an. Bilder verfolgten ihn.

Er sieht sie auf einem Baumstumpf im Garten ihrer Brannenburger Wohnung sitzen, in der sie so gern lebt. Und in die sie wohl jetzt für immer zurückkehren muss. Sie hat das Kinn auf die Hände gestützt und liest in ihrem Drehbuch. Klare, angespannte Züge, flinke Augen, wacher Verstand. Ihre Gesichtspunkte um die Nase, auf den Wangen. Sie sieht zu ihm auf und lächelt ihn an. Wie sie meist zu ihm aufgesehen hat, seine Clara.

Er sieht sie schlafen, seine Märchenprinzessin. Er sieht sie in der Dunkelheit auf der Terrasse stehen und lautstark ihre Rolle einüben. Gegen den Wind. Er sieht sie mit lustvoll verzerrtem Gesicht unter sich liegen, spürt ihren Atem an seinem Nacken. Er zieht mit dem Finger eine Spur über ihren Rücken, hinauf, hinunter.

Ihr Urlaub auf Ibiza. Sie klettern über glitschigen Stein und hüpfen auf den Strand. Sie schwimmen angezogen, so wie sie sind. Das Wasser ist warm und türkis und blau, die Luft flirrt vor Hitze. Als er aus dem Wasser kommt, steht sie da, Hände in die Hüften gestemmt. Ihre Sachen triefen vor Nässe und hängen an ihr herunter, ihr knappes Top lässt die nackte Haut durchscheinen. Sie kreuzt die Arme über der Brust, kann ihr Zittern nicht unterdrücken. »Also«, sagt sie. »Also«, sagt auch er. Sie zieht ihr Oberteil über den Kopf. Der hellweiße Sand lockt. Die Finger einer Hand bleiben in ihrem Haar verhakt, langsam bewegt er die andere Hand über ihre Brust, ihren flachen Bauch. Er zählt die Punkte auf ihrer Schulter. Ihr Körper ist der einer sehr jungen Frau, keine Falten, keine Runzeln, glatt. Der Altersunterschied liegt zwischen ihnen, sechsundzwanzig Jahre. Sie schläft, und er beobachtet, wie das Meer seine Farbe verliert, der Sand sienabraun wird. Er legt sich neben sie auf den Rücken und hält ihre Hand.

Die Bilder türmen sich, überschlagen sich, verdrängen einander. Er versucht, sie abzustellen, doch es gelingt nur schwer.

»Du bist schön«, sagte er. Er griff hinüber und strich über die drei Muttermale an ihrem Hals. Er spürte das plötzliche Bedürfnis, ihre starken Schneidezähne zu fühlen und die Pfefferminznote ihres Speichels zu schmecken. Ihre Augen sagten ihm, dass sie ihn durchschaute. Sie leuchteten nicht wie sonst.

»Nein«, sagte sie mit inquisitorischem Blick und löste sich von ihm. »Nein, das geht jetzt nicht mehr. Ich bin jetzt deine Tochter.«

Dann stand sie auf.

Luger blieb hocken. Genf war weit. Ihn interessierte nur Clara. Gab es keinen Plan B?

»Du wirst mir fehlen, Adrian.«

Es war kurz vor einundzwanzig Uhr an diesem Dienstagabend im November 2008. Im Radio wurde die Wahl von Barack Hussein Obama zum vierundvierzigsten Präsidenten der Vereinigten Staaten von Amerika bekanntgegeben. Beide, Adrian Luger und Maria Schwarz, hatten eine fest umrissene Vorstellung davon, welche Tragödie ihre Entdeckung nach sich ziehen würde. Was sie jedoch nicht einmal im Entferntesten ahnen konnten, waren Art und Ausmaß des Dramas, dessen Vorhänge sich bereits für sie geöffnet hatten.

VIERZEHN

Als Gottfried Dandlberg im Jahr 2009 aus dem Gefängnis entlassen wurde, bewohnte er wieder sein Reihenhäuschen. Es stand neben zwanzig anderen in der Nähe der alten Eisenbahnunterführung im Zentrum Raublings. Wie fast alle anderen war auch sein Haus von einem kränkelnden Garten umgeben. Sein fahrbarer Hendlstand war zwischen das verschmutzte Weiß seines Dreispänners und dem verwaschenen Gelb des danebenliegenden kleinen Bauwerks eingequetscht und von vielfach gekreuzten und verhakten Brettern überdacht, an denen mit Drähten erstaunlich straff eine Platte aus Wellglas festgezurrt war.

Als die Zeitung kam, machte sich Gottfried gerade an einem Scharnier des Gartentörchens zu schaffen und dachte an seine Kindheit.

Gottfried ist in der Geschwisterschar von sechs Kindern das zweitjüngste. Wie bei den anderen vier entbindet die Mutter zu Hause tief im Rosenheimer Land nahe der Kampenwand in ihrem Schlafzimmer. Es soll sich als eine schwere Geburt herausstellen, es geht um Leben und Tod für Mutter und Kind. Die Hebamme und ihre Helferin bekreuzigen sich und schütteln die Köpfe. Die Kindsmutter schreit, außer sich und noch matt vor Schmerz und Plage, dieses Kind werde Unglück über sich und andere bringen, und der liebe Gott solle doch bitte den unschuldigen Kleinen beschützen.

Daraufhin wird das Kind prompt auf den Namen Gottfried getauft – Gott macht seinen Frieden mit dir. Dass Gott diese Zusage tatsächlich einlöst, wird im folgenden Leben des Kleinen immer unwahrscheinlicher. Zum Beispiel hätte er eigentlich – wie seine Geschwister und die übrigen Kinder des Dorfes auch – in die Schule gehen und unterrichtet werden sollen. Er jedoch zeigt dazu keinerlei Neigung. Früh schon unternimmt Gottfried Streifzüge durch die nahen Wiesen und Wälder, heuert mit zehn als Milchschankhilfe in einer Almhütte an oder setzt sich auf eine Bank unter dem Kruzifix am südlichen Ortsende und beobachtet alles, was sich so tut. Die Schule vernachlässigt er heftig.

Ermahnungen helfen ebenso wenig wie die eine oder andere Ohrfeige oder Kopfnuss vom Pfarrer, der zugleich das Lehramt innehat. Jedes Mal, wenn er geschimpft wird, weil er mitten im Unterricht oder in einer Pause das Klassenzimmer oder die Schule verlassen hat oder einfach mir nichts, dir nichts den Weg zum Bach hinuntergetrottet ist, nimmt Gottfried den Tadel mit erstauntem, verletztem Blick entgegen. Als beschimpfe man ihn für etwas, was er in Wirklichkeit nicht getan oder in bester Absicht getan hat. Als könne er sich überhaupt nicht an seine Unarten erinnern.

Nach einiger Zeit dürfen deshalb seine Eltern den Jungen aus der Dorfschule nehmen, da er ja doch nur wegläuft und nicht zu bändigen ist. Außerdem ist's der Herr Pfarrer leid, ständig hinter diesem bockigen Schüler her zu sein.

Danach soll Gottfried dem Vater und den Brüdern in der Dorfmetzgerei zur Hand gehen. Das aber geht genauso wenig gut. Soll er auf dem Hof die Därme für die Weißwurst spülen, kann man schon vorher darauf wetten, dass der Bub nach fünf Minuten wieder wegrennt und die Därme fliegensummend in der Hitze brüten. Auch die Metzgerkarriere des nunmehr sechzehnjährigen Gottfried Dandlberg ist deshalb nach wenigen Monaten beendet. Er weist in seiner Berufswahl einfach keine Ähnlichkeit mit seinem Namensgeber auf.

Die Eltern jammern und lamentieren über ihn, zum Teil aus lauter Gewohnheit. Manchmal hat Gottfried den Eindruck, sie lauern schon auf den nächsten Grund, in Klagen auszubrechen. Ja, manchmal schämt er sich sogar, wenn er der Mutter oder abends dem Vater nicht einen einzigen Anlass gegeben hat, über ihn zu stöhnen und sich zu beschweren.

Er geht gern ins Dorf. Die Menschen im Ort zeigen zwar meistens nur jene Art von Nettigkeit, die man einem Huhn oder einem Schaf entgegenbringt, das am selben Abend geschlachtet werden soll. Die eine oder andere Frau legt ihm den Arm um die Schulter oder steckt ihm ein Stück Schokolade zu.

Doch Gottfried fühlt sich insgesamt wohl, und es geht ihm gut. Er liebt seine Eltern und seine Geschwister, und irgendwann, vor lauter Verzweiflung, lieben auch sie ihn, so wie er eben ist: klein, schmächtig, charmant und gut aussehend. Unter seinem roten Schopf hat er klare Augen, und er bewegt sich flink. Er hat etwas

Eichhornartiges an sich, etwas Leichtes, Flüchtiges, Träumerisches. Und eine Eigenart ist ihm dazu noch als Erfahrung aus seinen zahlreichen Entdeckungsreisen geblieben: Immer hat er sich an ein Wesen geklammert, das er für eine gewisse Zeit gern haben kann, damit er sich nicht allein fühlen muss. Das kann die Marktfrau sein, das Mädchen, das auf einem Stein sitzend die Quelle bewacht, der Beamte, der täglich um dieselbe Zeit aus dem Zug oder aus dem Bus steigt, die Kuh auf der Weide, der Hund, der an die Kette gehängt auf die Leihboote am Chiemsee aufpasst.

»Guten Morgen!«

Die Zeitungsträgerin war eine rundliche, gesprächige Person, die täglich um Punkt acht Uhr vierzig den Motor ihres Kleinwagens abstellte und das OVB einwarf. In diesem Augenblick reichte sie Gottfried fröhlich die Zeitung über den Zaun und weckte ihn aus seinen Träumen.

»Super Titel heit«, machte sie es spannend. »Der Luger is endlich verurteilt. Aber net wegen Imzest oder wia des hoaßt, aber zwengs seine krummen Gschäft.«

Gottfried riss ihr das Blatt aus der Hand.

»Luger-Gruppe insolvent! Finanz-Tycoon von Inzest freigesprochen!«

Darauf hatte er gewartet. Seine gesamte Gefängniszeit über hatte er an nichts anderes denken können. Er hatte Pläne geschmiedet, Clara nahezukommen, die Pläne wieder verworfen. Er war vorsichtig gewesen und zurückhaltend. Er liebte Clara und wollte es ihr endlich beweisen. Sie davon überzeugen, dass er sie liebte. Noch hatte er den Schlüssel zu ihrer Wohnung. Er hatte auch Zugang zu der Villa in Rimsting. Doch dort, vermutete er, würde sich so schnell niemand mehr blicken lassen.

Die verbotene Ehe Adrian Lugers mit Clara Gray war über Wochen die Sensation gewesen. Alle Medien waren voll davon. Das hatte es noch nie gegeben. Dass ein Mann seine eigene Tochter geheiratet hatte, ohne zu wissen, dass sie seine Tochter war. In diesem Punkt war Luger nach drei Prozesstagen freigesprochen worden. Das Gericht war von seiner Unschuld überzeugt und hielt die Ehe für einen tragischen Zufall. Beide Partner hatten in dem Prozess wiederholt ihre Liebe beteuert, an Zeugen hatte es nicht gemangelt.

Uly Hummer hatte geschildert, wie sich die zwei bei seiner Party in Kitzbühel kennengelernt hatten. »Und das war echt«, sagte er, »die haben da nicht gespielt.« Heinrich von Stahl bestätigte das, ebenso dessen Sohn Rico.

Franz Weesmüller wurde lange angehört, Claras erster Mann. Er kenne Herrn Luger auch nur aus der Presse. Das mit Vater/Tochter, nein, da habe er keine Ahnung. Clara habe ihm weder Vater noch Mutter vorgestellt. Auch bei ihrer Hochzeit sei keiner aus der Familie dabei gewesen. Überhaupt habe sie niemals etwas aus ihrem früheren Leben berichtet.

Als wichtigste Zeugen galten Lola Herrenhaus und Claras Vater, der Bauer Schwarz. Dieser war ein störrischer Mann, der strikt leugnete, dass seine verstorbene Frau jemals etwas mit einem anderen Mann hatte oder gehabt haben könnte. Das Kind, die Maria, sei selbstverständlich von ihm, sagte er aus, das sehe man schließlich schon aus der Geburtsurkunde.

»Papperlapapp, Geburtsurkunde«, wandte der Staatsanwalt ein, »es läuft schließlich eine DNA.«

Die Herrenhaus, das wusste Gottfried, war die Frau des Mordchefs. Er war ihr schon begegnet.

Lola konnte nur bestätigen, dass sie Clara beruflich beim Bayerischen Fernsehen kennengelernt hatte. Sie sei fleißig, talentiert und habe alles erreicht, was man mit ihrem Hintergrund erreichen konnte. Adrian Luger, gab Lola zu Protokoll, sei ihr ebenso ans Herz gewachsen. Die zwei hatten sich von Beginn an geliebt, und sie seien ein wunderbares Paar gewesen. Dass er ihr leiblicher Vater sein solle, das halte sie für absurd. Wenn es sich aber herausstellen sollte, dann …

An dieser Stelle sei Lola Herrenhaus, die starke Moderatorin und Programmchefin, in Tränen ausgebrochen, stellte das Blatt fest. Ein Foto der schönen Frau mit verzerrtem Gesicht, die sich ein Taschentuch vor die Nase hielt, bestätigte die Aussage.

Gottfried Dandlberg nickte, als er den Artikel zweimal gelesen hatte, und marschierte in die Küche, um die Schere zu holen. Diese Informationen verdienten es, ausgeschnitten zu werden.

Der schreckliche Luger war ohne sein Zutun beseitigt. Einfacher ging's nicht. Wie er die Sache sah, hatte das mit Vater und Tochter Hand und Fuß. Seine geliebte Clara war die Tochter des mächtigen

Adrian Luger. Und dieser Luger war als Milliardenbetrüger entlarvt worden. Hatte Dutzende von Großkopferten um viel Geld gebracht. Ein kleiner Nebeneffekt für Gottfrieds Schadenfreude. Jetzt saß Luger im Gefängnis, und Clara war von ihm befreit! Bereit für ihn, Gottfried Dandlberg.

Er würde seinen Kopf verwetten, dachte er, wenn es da nicht etwas zu holen gab. Er brauchte Geld, und er besaß den Schlüssel zu Clara Grays Wohnung.

***

Am Tag der Scheidung wäre Clara fast gestorben. Adrian und sie waren im Gericht wie ein altes Ehepaar nebeneinandergesessen, wissend, dass sie Vater und Tochter waren. Einen solchen Scheidungsgrund hatte es noch nie gegeben.

Im Sitzen spürte sie das weiße Rauschen in ihrem Kopf. Sie konnte nicht mehr hören, was gesagt wurde. Und wenn sie es gehört hätte, sie hätte es nicht verstanden. Sie stand auf, um mehr Luft zu bekommen. Vor Adrian, der ihr beistehen wollte, wich sie zurück. Sie knickte vornüber und griff sich an die Brust.

Er streckte ihr die Hand entgegen und berührte ihren Rücken.

»Clara«, sagte er. Es klang wie eine Liebeserklärung. Früher hatte er im gleichen Tonfall »Ich liebe dich« hinzugefügt.

Sie versuchte, sich weiter aufzurichten. Es gelang ihr nicht. Er fing sie am Ellenbogen auf, als sie endgültig fiel. Einen Augenblick lang schämte sie sich, es war ihr peinlich, aber es änderte nichts, ihre Beine versagten einfach. Das hatte sie nicht für möglich gehalten, dass der Körper einen Menschen im Stich lässt, einfach nicht funktioniert. Ihr Anwalt, das bekam sie mit, hielt sie am anderen Ellenbogen, doch sie wollte den Arm zurückhaben. Behutsam half ihr Adrian wieder auf den Stuhl zurück und rückte näher an sie heran.

Sie senkte das Gesicht auf ihre Knie und legte die Arme um den Kopf. Sie nahm sich vor, einzuatmen, Luft zu holen. Sie hob den Kopf und sog die Luft in mächtigen Schlucken ein. In der Ferne hörte sie ein eigentümliches Röcheln, kein richtiges Weinen. Das Geräusch stammte von ihr. Sie stützte sich an der Wand ab. Sie hustete und würgte, doch ihr Magen war leer. Jemand schob ihr von hinten seine Hände unter die Achseln.

Unbeholfen schwenkte sie den Kopf hin und her. Er sollte sie loslassen. In den Boden wollte sie versinken. Dann ließ sie sich wieder aufhelfen. Adrian war es, der ihren Arm ergriff und sie aufrecht hielt.

»Im Namen des Volkes erlässt das Amtsgericht Rosenheim folgendes Urteil ...«

Nur schwach vernahm sie den Spruch, der ihre Wunschehe hinfällig machte. Sie nickte langsam, versuchte, zu verstehen. Trank einen Schluck. Ihr Hals war trocken und wund.

Nach der Verhandlung, wie es sich für gutartig Geschiedene gehört, gingen sie einen Kaffee trinken und danach getrennte Wege. Die Rimstinger Villa gehörte zu diesem Zeitpunkt schon dem Konkursverwalter. Nach Brannenburg wollte sie Adrian nicht mehr mitnehmen. Wo er an diesem Tag schließlich übernachten würde, wussten beide nicht.

Doch Clara war ein bisschen glücklich, als sie nun in Brannenburg die Tür wieder hinter sich zuzog, für einen kurzen Moment einen Hauch von Freiheit verspürte und Emil sah. Wie ein gekrümmter langer Tannenzapfen hatte sich die Echse in eine Ecke ihres Käfigs in der Diele verkrochen. Emil entrollte sich, als er Clara kommen hörte, und watschelte auf seinen kurzen dicken Beinen zur Käfigtür. Mit dunkel glänzenden Augen sah er zu ihr empor.

Clara bückte sich und entriegelte den Ausgang für ihn. Wenn sie da war, durfte er sich frei in der Wohnung bewegen.

Im Schlafzimmer war es kalt. Ihr Bett war nicht gemacht, ganz so, wie sie es in der Früh um kurz nach sechs verlassen hatte. Sie machte einen Bogen um das Bett und betrachtete es wachsam.

Wachsam wie ein Tier, das einen Eindringling in seinem Bau wittert. Sie zog die Bettdecke beiseite und besah sich im Nachmittagslicht das straffe Laken. Es war anthrazitfarben, das war Adrians Wunsch gewesen, weil die Farbe männlicher war, wie er sagte. Wie oft hatten Adrian und sie in diesem Bett miteinander geschlafen?, überlegte sie. Ihr Vater und sie, nein, das leugnete sie. Würde sie immer leugnen.

Tränen stiegen hoch, als sie mit den Fingern über das Laken strich. Es fühlte sich dünn und glatt an.

»O Adrian, Liebster, ich lieb dich doch noch immer so. Ich kann das Gefühl nicht abstellen, nur weil du jetzt mein Vater sein sollst.

Ich habe dich von Anfang an geliebt und werde nicht aufhören, dich zu lieben.«

Die tiefe Krise, die sie wegen seines Verhaltens in Namibia gehabt hatten, war lange verziehen und vergessen. Nächtelang hatte sie aber nicht schlafen können, als es sich als sicher herausgestellt hatte, dass sie Vater und Tochter waren. Unbestreitbar herausgestellt. Und Adrian hatte Mühe gehabt, nachzuweisen, dass er von seiner Vaterschaft nichts gewusst hatte. Nun aber war es so. Sie würden für ewig als Paar getrennt sein. Sie waren geschieden.

Freilich, er war wegen Betrugs verurteilt worden. Sie hatte ihm in allen Dingen vertraut, und dieses Vertrauen wäre unter anderen Umständen bitter enttäuscht worden. Dr. Jekyll und Mr. Hyde. Zwei Seelen in seiner Brust. Doch auch dieser gesamte, lästige Komplex hinderte sie nicht daran, ihn weiterzulieben. Mehr noch, er existierte nicht für sie, wurde aufgesogen von den Folgen der übermächtigen Katastrophe, die ihr den Boden unter den Füßen wegzog.

Zögernd setzte sie sich auf die Bettkante, probierte, ob sie es ertrug. Sie traute sich selbst nicht mehr über den Weg, konnte ihre Reaktionen und Handlungen nicht mehr voraussagen. Sie saß da und empfand nichts. *Nada.* War sie im Verlauf des langen Tages gefühllos geworden? Hatte die kurze Scheidungsverhandlung sie vollends zerstört? Schließlich stießen auch die Sinne irgendwann an die Grenzen der Belastbarkeit.

Emil kam plötzlich angekrochen.

Als sie sich zu ihm hinunterbeugte, fauchte er sie mit aufgesperrtem Rachen an. Die blaue Zunge pendelte drohend hin und her und bewegte sich vor und zurück.

»Ist schon gut, Emil. Der tägliche Check deines Selbstvertrauens.« In Wirklichkeit, dachte sie, ist's bei dir wie im richtigen Menschenleben: Du brauchst eine Frau!

Durch die leicht geöffneten Fenster hörte sie ein Moped vorbeifahren. Schnell stand sie auf und ging ins Badezimmer. Sie nahm eine der Valiumtabletten, die sie sich vor langer Zeit einmal gegen Lampenfieber besorgt hatte. Dann noch eine für alle Fälle. Sie saß auf dem Badewannenrand, bis ihr schwindlig wurde.

Einsam fühlte sie sich, sehr einsam. Ein ungewohntes Gefühl, es hing mit Adrians Abwesenheit zusammen. Allein hatte sie sich schon oft gefühlt. Das war an sich kein schlechtes Gefühl. Alleinsein machte sie selbstständig, unabhängig. Aber einsam? Einsam war anders. Einsam fühlte sich so an, als müsse sie sofort, augenblicklich unter Menschen kommen, je mehr Menschen, umso besser.

Ihr Handy piepte. Eine SMS. Wer schickte ihr eine SMS? Der Sender? Lola? Adrian gar? Eine Nachricht zur rechten Zeit vielleicht. Sie eilte zurück in die Diele.

Es war Hummer. Natürlich. Hummer. Mit ihm hätte sie nicht gerechnet.

Sie las seine Botschaft und schüttelte den Kopf. Wie ein Aasgeier stürzte er sich auf sie. Selbst vor dem Tag der Scheidung machte er nicht Halt. Obwohl – Hummer war attraktiv, mächtig und reich. Auf Dauer konnte sie durchaus über ihn nachdenken.

»Lass mich in Ruh. In zwei Monaten vielleicht oder so. Wenn meine Dreharbeiten beendet sind«, antwortete sie ihm.

***

»Was passiert eigentlich jetzt mit Clara Gray nach dem Skandal mit Luger?«, fragte Uly Hummer. »Hat ihr das geschadet?«

Er und Smissek saßen sich im Schatzi gegenüber, ihrem Schwabinger Wohnzimmer, das innen aussah wie eine Kreuzung aus Raumschiff und Almhütte. An der Rückwand, neben dem Ausgang zu den Toiletten, eine alte Wurlitzer, Prunkstück einer Musikbox aus den fünfziger Jahren. Jeder im Schatzi kannte die beiden Herren, aber keiner außer der attraktiven Bedienung quatschte sie an. Vor ihnen standen eine Flasche Weißwein im Eiskübel und gekühlte, beschlagene Gläser. Hummer trug ein silbernes Seidenjackett, das farblich hervorragend zu seinen Schläfen passte. Das gebräunte Cary-Grant-Gesicht wies keinerlei markante Altersspuren auf. Ein spöttisches Lächeln spielte um seinen Mund.

Sein Gegenüber, der Fernsehproduzent Dieter Smissek, sah der seltenen Rasse der Gibbonaffen nicht unähnlich: dreieckiger Kopf, kleines, missmutiges Gesicht, umrahmt von einem braunen Seemannsbart, tiefschwarze Augenringe, Haare, die einer braunen Pelzmütze glichen, und Arme bis zum Knie. Allerdings war er, unähnlich dem Gibbon, mächtig wie ein Gorilla, dem man Hormone verpasst hat.

Beide Herren waren, obwohl verheiratet, eingefleischte Individualisten. Und beide hatten, das wussten sie selbst am besten, schon manchem Mädchen aus einer Verlegenheit heraus- und in eine andere hineingeholfen. Und darum ging es. Es ging nicht so sehr darum, dass Hummer etwa besorgt um Clara Gray gewesen wäre. Und auch Smisseks Interesse beschränkte sich rein auf das Ausschlachten der Möglichkeiten, mit Clara Geld zu verdienen.

Bevor er Hummer antwortete, nahm Dieter Smissek seinen Hut ab. Das war ein gutes Zeichen, denn Smissek lupfte den Hut nur bei besonderen Gelegenheiten. Ganz Schwabing wusste, dass Hummers Spezl vor nichts Angst hatte, außer davor, dass sein Kopf nass werden könnte. Deshalb trug er, ob Sommer oder Winter, diesen ausgebeulten schwarzen Hut mit breiter Krempe. Smissek lebte, und das war das Geheimnis seines Erfolgs, in einer erregenden Wunderwelt. Er war lüstern wie ein brünstiger Affe und sanft wie ein Reh. Jeder, der ihn kannte, hatte ihm etwas zu verdanken, und wer an ihn dachte, hatte nur eines im Sinn: Ich möchte ihn gern als Freund haben oder ihm eine kleine Freude bereiten.

»Skandal mit Luger?«, wiederholte er Hummers Frage. »Welcher Skandal? Vater bumst Tochter, ohne zu wissen, dass sie seine Tochter ist. Bedauerlicherweise lässt er sich darauf ein, sie zu heiraten. Na und? Ist doch eine herrliche Story. Filmreif.«

Für einen Augenblick nahm Hummers Gesicht einen bockbeinigen Ausdruck an, denn er hatte selbst zwei Töchter. Doch beim nächsten Musikstück aus der Wurlitzer hellte sich seine Miene wieder auf. Pat Boone sang »Love Letters in the Sand«. Das Lied erinnerte ihn an die kurze, intensive Affäre mit einem Hollywood-Starlet, die er in einem kleinen kalifornischen Ort namens Del Mar gehabt hatte.

»Davon abgesehen«, sagte Smissek, »hat Claras Format spürbaren Zuschauerschwund, vielleicht lief's auch zu lang. Ich hab schon überlegt, ›Gegen den Wind‹ abzusetzen. Dann kam die Sache mit Luger und Clara hoch. Luger trat sogar einmal bei Beckmann auf. Das steigert Claras Bekanntheit und schaufelt natürlich wieder Quote rein«, sagte Smissek.

Der Song war vorbei, der Lärmpegel im Lokal erhöhte sich wieder aufs Übliche, also um das Dreifache. In Smisseks Gibbongesicht wurde Neugierde erkennbar. Er fletschte die kleinen Zähne.

»Wieso fragst du eigentlich? Ich meine, wegen der Clara. Kann dir doch wurscht sein, oder?« Sein kleiner Mund formte sich zu einem perfekt ovalen O. »Du hast was vor mit ihr, jetzt nach ihrer Scheidung, stimmt's? Du warst doch schon immer scharf auf die Kleine.«

Hummer machte ein Gesicht wie ein Stürmer beim vergebenen Elfmeter. »Ich? Wieso? Wie kommst du darauf?«, stieß er hervor. »Das hätt ich doch schon lang haben können. Oder?«

In seinem Gehirn aber funkte es. Sieht man mir das jetzt schon an?, dachte er. Gut, dass Pit schon den Auftrag hat.

***

Nach seinem Anruf war Clara in die heiße Badewanne geflohen.

Emil kauerte auf seinen tiefergelegten Hinterbeinen unter dem Doppelwaschbecken und machte große Augen, als habe er noch nie eine nackte Frau gesehen. In seinem dicken Hals pumpte es.

Voller Grausen schlug Claras Herz noch immer so schnell, als wollte es zerspringen. An diesen Typ hatte sie nicht mehr gedacht. Sie hätte nicht einmal gewusst, ob er noch im Gefängnis sitzt oder nicht. »Vergiss den Kerl«, hatte auch Adrian gesagt. »Der ist ein für alle Male geheilt.« Doch das war ein Fehler gewesen.

»Hier ist der Nachtigal mit einem ›l‹«, war es aus dem Hörer gekommen. »Hast du mich schon vergessen, Liebes? Ich war lange weg, aber ich liebe dich noch immer! Täusch dich nicht, mein Herzblatt, mir ist es todernst. Ich höre, dein Mann ist weg? Können wir uns dann nicht treffen? Nur kurz, meine ich, nur ein bisschen …«

Und so ging es weiter. Bis sie entschlossen die AUS-Taste drückte. Sie musste raus. Die Bude fiel ihr auf den Kopf. Emil schloss sie in seinen Käfig und eilte zur Wohnungstür. Sie öffnete.

Und hielt abrupt inne.

In der halbrunden Wandlampe im Hausflur steckte ein großer bunter Strauß Sommerblumen.

Es waren tote Sommerblumen. Schlaff und verwelkt, mit hängenden Köpfen. Zwei blutrote Blütenblätter, die von der Trockenheit fast schwarz geworden waren, lösten sich und flatterten zu Boden. Sie schienen nicht durch einen Luftzug abgerissen worden zu sein, sondern allein durch Claras erstarrten Blick. Sie hatte ihre Augen auf den Strauß geheftet und konnte sie nicht mehr davon lösen.

In ihrem Kopf bestand nicht der geringste Zweifel, dass ein Zusammenhang existierte zwischen den Blumen und dem für abgetaucht gehaltenen Nachtigal. Das konnte ganz einfach kein Zufall sein. Wie damals schon packte sie die Angst mit Krallen.

***

Draußen wurden die Schatten länger. Gottfried Dandlberg beobachtete von seinem Posten unter einer hundertfünfzig Jahre alten ausladenden Buche aus den Eingang zu Claras Haus. Die Buche stand talwärts am östlichen Rand einer Wiese, auf der zwei Dutzend braunbunte Kühe weideten.

Er fühlte sich beschwingt, als wäre mit den Händen zu greifen, wie nah er Clara endlich wieder war. Nach seinem Gefängnisaufenthalt war er vorsichtig gewesen. Er hatte sich an Lisbeth Gruber, der Bewährungshelferin, schadlos gehalten und abgewartet. Lisbeth konnte es kaum erwarten, bis er wieder in ihre Sprechstunde kam. Erst als er in der Zeitung las, dass Adrian Luger verurteilt wurde, fasste er den Mut, bei Clara wieder anzugreifen.

Er konnte nur hoffen, dass sie ihre Wohnung verließ und seinen Blumenstrauß bemerkte. Und auch den richtigen Schluss daraus zog. Er schätzte, dass sie zu Tode erschrecken würde. Die andere Unsicherheit war: Würde sie sich wieder in die Wohnung zurückziehen, oder würde sie aus dem Haus flüchten? Dann erst würde sie ihm in die offenen Arme laufen. Denn diesmal hatte er vor, Ernst zu machen. Er hätte sie auch in ihrer Wohnung besuchen können, die alte Dame vom Obergeschoss befand sich außer Haus, das hatte er gecheckt. Doch sie unterwegs abzufangen und ihr seine Liebe zu beweisen, dazu brauchte es weit mehr Mut. Und den wollte er ihr beweisen.

Während er wartete, kam ihm spontan eine weitere Idee. »Eins nach dem anderen«, sagte er halblaut. Er hörte seine eigene Stimme. Bedächtig. Vernünftig. Auf seinem Gesicht breitete sich tiefe Zufriedenheit aus.

Dadurch, dass das Haus auf einer Anhebung errichtet war, befand sich der Hauseingang oberhalb seines Kopfes. Entlang der Kuhweide, die bis an das Sträßchen reichte, an der das Haus lag, wuchsen kleinere Buchen, vielleicht Abkömmlinge der großen, unter der er sich aufhielt. Die Sonne verschwand hinter der Rampoldplatte im Westen, als Gottfried sich von einem Baumstamm zum anderen weitertastete und, ohne zu zögern, in die dunklen Schatten neben dem Gebäude schlüpfte. Ihr Auto stand in der Einfahrt. Hinter der Einfahrt befand sich ein alter Holzzaun mit einem Zugang zum rückwärtigen Garten. Von dort führte eine Steintreppe zu einer Kellertür.

Gottfried Dandlberg wartete eng an die Außenwand geschmiegt, das geflieste Eingangspodest im Blick, als sich die Haustür vorsichtig öffnete.

Nach dem Bad hatte Clara bei Lola angerufen, aber es meldete sich niemand. Vielleicht hatte sie den Anruf nicht gehört oder war sonst wie beschäftigt. Oder ihr Handy lag wieder einmal irgendwo im Auto oder in der Tasche herum.

Den kaputten Blumenstrauß entsorgte sie mit spitzen Fingern im Mülleimer hinterm Haus und ging zurück zur Haustür. Sie drehte den Schlüssel zweimal im Schloss, sah sich um, hastete die paar Schritte zum Wagen, riss die Tür auf, warf sich auf den Sitz und wollte den Motor anlassen.

Doch sie kriegte den Schlüssel nicht ins Zündschloss.

Sie fühlte ein Zucken, einen Muskelkrampf quer durch ihren Körper, und sie musste sich anstrengen, ihn unter Kontrolle zu halten. Ihr Atem ging flach und stockend. Erst als sie sich bewusst zur Ruhe mahnte, hustete der Motor einmal, dann sprang der Wagen endlich an. Irgendwie hatte sie das Gefühl, als habe sie damit auch die Zeitschaltuhr einer Höllenmaschine ausgelöst, die jeden Augenblick explodieren könnte. Die Technomusik aus Bayern 3 übertönte das Motorengeräusch.

Clara hatte das Gefühl, als würde sie beobachtet. Sie schaute angestrengt nach vorn, und doch war ihr, als sähe sie von hinten einen Schatten nahen.

Sie drückte aufs Gas. Der Wagen bockte, aber rührte sich nicht von der Stelle. Die Handbremse! Sie befeuchtete die Lippen und griff zur Handbremse.

In diesem Moment wurde die Beifahrertür aufgerissen.

Clara schnappte in panischer Angst nach Luft. Zu schreien gelang ihr nicht.

Nachtigal saß schon neben ihr und grinste sie an. Zum ersten Mal bemerkte sie, dass er schadhafte Zähne hatte. Dann geschah etwas, woran sie sich noch Monate später erinnern würde: Sie wurde sehr ruhig, beinahe teilnahmslos. Keinerlei Hilflosigkeit machte sich breit.

»Wir fliegen gleich in die Luft, Arschloch«, sagte sie. Obwohl sie in gelassenem Ton sprach, schwang so etwas wie Autorität in ihren Worten mit.

Zuerst riss der Mann neben ihr den Mund weit auf. Er sah aufrichtig überrascht aus. Dann wieder hatte er nur ein spöttisches Lächeln übrig.

»Den Satz kenn ich«, sagte er. »›Gegen den Wind‹, dritte Folge, zweite Hälfte. Nun sag ich dir aber einen aus der siebten Folge: ›Fahr los, du Schlampe!‹«

War das, was sie eben durchmachte, der Beginn einer Entführung? Diesem infantilen Typ neben ihr war alles zuzutrauen.

Ihr Gedankengang wurde schlagartig unterbrochen. Nachtigal stand plötzlich senkrecht im Sitz, zwei fremde Hände um seinen Hals.

Das Gerangel dauerte keine Minute. Dann hatte Nachtigal den Türgriff gefunden, die Tür aufgerissen und war geflüchtet. Der Mann, der sehr entspannt auf dem Rücksitz saß, machte keinerlei Anstalten, ihm zu folgen.

»Den sind wir los«, sagte er fröhlich. Ein näselndes Sächsisch ließ sich offenbar nicht vermeiden.

Clara spürte instinktiv, dass von ihm keine Gefahr drohte. Ein Mann, der auch im Sitzen groß und athletisch wirkte mit einem schwarzen Schnurrbart wie einst Tom Selleck in »Magnum«. Sie hatte diesen Mann schon gesehen. Nein, mehr noch. Sie kannte ihn. Bloß … woher?

Pit Vogel hatte sich auf die Fahrerseite geschwungen und lenkte den Wagen nach München. Zuerst hatte Clara leise protestiert. Doch sie war so glücklich, aus Nachtigals Klauen befreit worden zu sein, dass sie zu allem Ja und Amen sagte. Während der Fahrt ließ sie sich sogar bereitwillig erzählen, wie Vogel in Hummers Dienste gekommen war.

»Ich komme aus der Brangsche«, sagte er. »Ich war Detektiv. Und hab mich schon immer für Autos und Fußball interessiert. Genau wie Uly Hummer. Aber das war nicht der Grund. Der Grund war der Strafzettel, der unter dem Scheibenwischer seines Jaguar klemmte. Er parkte in der Maximilianstraße gegenüber vom Vier Jahreszeiten. Und ich mit meinem uralten Käfer parkte genau hinter ihm. Eine Wolkenfront zog grad von Westen heran. Nebenbei bemerkt: Alles Schlechte kommt von Westen. Ich hatte also auch so einen Zettel, und wir erwischten uns beim Schimpfen. Ich weiß noch wie heute: Er trägt einen uniblauen Anzug, hat eine Kappe in den Bavariafarben auf dem Kopf und einen Schal in den Bavariafarben um den Hals. Ich hab ihn nicht erkannt.

›Aha, Bavariafan‹, ulke ich.

Belustigt sieht er mich an. ›Ich bin ein Sechzger, sieht man doch‹, und deutet auf seine Kappe.

›Na klar, sieht man doch.‹ Ich blöder Kerl hab den Hummer tatsächlich nicht erkannt.

Und so weiter. Ein Wort gibt das andere.

›Ich muss nach Haus. Zu meinen Echsen‹«, sagt er plötzlich.

›Echsen? Alligatoren? Die einzigen Echsen, die ich kenne.‹

›Ach was. Tannenzapfenechsen. Kennt kein Schwein. Das Problem ist‹, sagt er, ›die hauen immer ab. Kanalisation. Garten. Straße. Hausdach. Was weiß ich.‹

Und ich hake nach, nur so zum Spaß: ›Na, dann könnt ich sie ja bewachen.‹ Da hatte ich endlich bemerkt, wer der Herr ist. Und wollt mal sehen, was da geht.

›Kruzitürkn‹, sagte er. Ja, wahrhaftig, er sagt: ›Kruzitürkn. Verarschen Sie mich nicht. Ich such tatsächlich jemanden.‹«

Pit Vogel sah flüchtig zu Clara und tätschelte ihren Oberarm.

»Und so kamen wir zusammen, der Herr Hummer und ich. Als er erfuhr, was ich mache, hat er mich sofort eingestellt. Er hatte bis dahin noch keinen Bodyguard.«

Clara traute ihre Ohren nicht. Tannenzapfenechsen! Außer Emil kannte sie die nur aus dem Kölner Zoo. Schade, dass Emil zu Hause im Käfig saß.

»Fahr mich zu ihm!«

Kurz darauf parkten sie in Schwabing vor dem Schatzi, diesem sympathischen, überfüllten Lokal mit Weinflecken auf dem Tischtuch und viel Geschwätz in fremden Zungen. Hummer und Smissek saßen immer noch da.

»Du hast Tannenzapfenechsen?«, fragte sie Hummer aufgeregt. »Wieso weiß ich das nicht?«

Hummer und Pit Vogel tauschten Blicke.

»Hast du ihr davon erzählt?«, rief Hummer ihm zu.

Die Antwort klang nach Hackenzusammenschlagen. »Jawoll, Chef!«

Bevor die zweite Flasche Veuve Cliquot leer war, schickte Hummer Pit Vogel weg, und Smissek verabschiedete sich. Eine weitere Stunde und eine Flasche später landete Clara in einem hohen, breiten Haus in der Nähe des Englischen Gartens, wo Hummer eine Wohnung besaß. Ein gläserner Aufzug brachte sie nach oben. Die Wohnung bestand hauptsächlich aus einem Bett von der Größe eines Schlachtfelds und einem Kühlschrank, der nicht durch die Tür passte. Clara legte eine wilde, unstillbare Neugier auf Hummers Vergangenheit und auf die Herkunft seiner Echsen an den Tag, bevor sie sich ausgiebig der Gegenwart widmeten. Dabei entging es ihrer Aufmerksamkeit – bei ungelogen eins Komma acht Promille –, dass Hummer weder eine Ahnung von Echsen hatte noch solche besaß.

Sie hatte sich ausmalen können, wie das enden würde mit Hummer. Er war verheiratet, hatte zwei Töchter. Doch warum eigentlich nicht? Sie war niemandem Rechenschaft schuldig, sie war frei.

Heimlich musterte sie den Mann neben ihr.

Hatte Adrian, ihr Erzeuger, sich so das Bett mit ihrer Mutter geteilt? Sie neigte den Kopf zurück und schloss die Augen. Ihr Bauch war angefüllt mit tiefem Schmerz. Bilder tauchten auf. Sie spürte Adrians Atem in ihrem Nacken. Strich über die blasse Haut an seinem Innenarm. Die ein wenig narbige Haut oben zwischen den Schulterblättern. Seine merkwürdig zarten Füße, die eleganten Hände. Sie liebte es, wenn er mit dem Finger eine Spur über ihren Rücken zog, quer, hinauf, hinunter. Hatte er mit diesen Händen auch ihre Mutter berührt? Hatte er seine zärtliche Leidenschaft auch mit ihr geteilt? Hatte sie mit ihm Orgasmen gehabt, während Vater im Stall war? Wie war sie, Clara, überhaupt gezeugt worden? Die Bilder türmten sich, überschlugen sich, verdrängten einander. Sie versuchte, sie abzustellen, indem sie Hummer beim Schlafen beobachtete, sein edles Profil betrachtete, aber es gelang ihr nicht.

»Ich liebe dich!«, flüsterte sie. Sie griff hinab und zog die Bettdecke über ihren Körper.

Hummer lächelte und nickte, als habe er verstanden.

Doch sie meinte nicht ihn. Sie meinte Adrian, ihren Vater.

Der Morgen graute noch nicht ganz, da löschte Clara das Licht, schloss die Augen und wartete, bis das Alka Seltzer wirkte.

Als sie erwachte, war das Bett neben ihr leer. Es war spät am Morgen, und sie spürte, wie viel sie getrunken hatte. Sie ließ den Blick durch die fremde Wohnung kreisen und rief nach Hummer.

»Uly? Uly!«

Sie ging in die kleine Küche, weil sie glaubte, er bereite das Frühstück zu. Doch er war nirgends. Auch nicht im Badezimmer. Er fehlte. Er war weg, geflüchtet wie ein scheues Tier. Kein Grund zur Panik, dachte sie, Er wird wiederkommen.

Bis sie den Umschlag entdeckte. Er lag im Schlafzimmer auf der Anrichte.

Aha, eine Nachricht, sagte sie sich.

Für eine einfache Nachricht war es ein dickes Kuvert. Sie riss es auf und schüttelte es aus. Hunderteuroscheine flogen ihr entgegen. Es waren fünf. Plus ein Zettel. Ihr Lover hatte sich abgesetzt und ihr fünfhundert Euro hinterlassen. Und den Zettel.

»Schlag die Tür einfach hinter dir zu. Gruß, Uly.«

FÜNFZEHN

Eigentlich hätte sie entsetzt sein müssen.

Doch sie hatte gelacht. Natürlich war es ein sarkastisches, überdrehtes Lachen. Hummer war nicht ihr erster Liebhaber nach Adrian Luger gewesen. Er war ihr erster Freier!

Eine scheußliche Vergangenheit ging für Clara Gray zu Ende. Es war schwer zu sagen, ob die nächste Zukunft besser werden würde.

Barack Hussein Obama war der neue Präsident der USA, die internationale Börse zeigte klar aufwärts, einmal mehr spielte die Finanzwelt heile Welt, als ob nichts gewesen wäre. Adrian Luger würde lange Jahre im Gefängnis verbringen, Clara besuchte ihren Vater regelmäßig. »Gegen den Wind« lief mit verhaltenem Erfolg weiter, der Hype um Clara Gray hatte sich normalisiert.

Vor Nachtigal hatte sie nicht mehr allzu viel Angst. Inzwischen betrachtete sie seine Streiche als zum Leben gehörig und mehr oder weniger amüsant. Er rief sie mitten in der Nacht an, und sie lachte ihn aus. Er stand vor ihrer Tür oder passte sie im Supermarkt ab, sie nickte ihm zu. Sie bekam Paketsendungen zugestellt, die sie nie bestellt hatte. Er schickte Blumen, die sie dann vor die Haustür legte. In Nachtigal sah sie keine Gefahr mehr. Allerdings hatte sie versäumt, ihr Türschloss austauschen zu lassen.

Sie hatte sich weiterhin ein paarmal mit Hummer in dessen Schwabinger Wohnung getroffen und damit einen neuen, gut dotierten Spielplatz gefunden: bezahlten Sex.

Gegen Ende des Jahres hatte er sie sogar gebeten, seine Frau zu werden.

»Ich geb dir zehn Millionen Euro, wenn du mich heiratest.«

»Du bist schon verheiratet. Noch ist Deutschland nicht islamisiert. Wie willst du mich denn heiraten?«

»Indem ich mich scheiden lasse. Überleg's dir, Clara. Zehn Millionen, notariell verbrieft.«

Gut. Sie wollte es sich überlegen.

»Ich geb dir zwei Wochen«, sagte Hummer bestimmt.

***

Im Augenwinkel hatte Bagrat Robinson die Frau gesehen. Er war – gehüllt in einen wallenden, übertrieben ganzvollen Mantel – die lange Treppe heruntergekommen Richtung Ring, eingeklemmt zwischen Trainer und Sicherheitsleuten. Sie saß in der zweiten Reihe neben einem seriös wirkenden älteren Herrn. Diese Art Frauen kannte Bagrat. Sie werfen sich jedem an den Hals, der Geld hat.

Selbst in den Pausen zwischen den einzelnen Runden äugte er zu ihr hin. Und als er den Kampf in der neunten Runde durch technischen K.o. beendete, ordnete er an, alles über sie in Erfahrung zu bringen.

»Alter und neuer Europameister im Cruisergewicht – Bagrat Roooooobinson!«, dröhnte der Ringsprecher im lieb gewonnenen Singsang.

Noch in seiner Kabine erhielt Bagrat die Mobilfunknummer von Clara Gray.

Clara begab sich erneut auf ihre Spielwiese. Nicht dass sie mit Hummer Schluss gemacht oder ihm eine Antwort auf sein Angebot gegeben hätte. Sie hielt ihn einfach weitere zwei Wochen hin. Einmal, als sie Bagrats öffentlichem Training beiwohnte, glaubte sie Pit Vogel unter den Zuschauern zu bemerken, Hummers Assistenten. Entweder war er nachher schnell verschwunden, oder sie hatte sich getäuscht. Ein andermal meinte sie Nachtigal erkannt zu haben, beim nächsten Mal sogar den Franzi, ihren ersten Mann. Sie ignorierte diese Eindrücke ganz einfach und schüttelte sie als Verfolgungswahn ab. Sie hatte nichts zu verbergen. Doch abends, wenn sie nicht bei Bagrat war, standen Tränen in ihren Augen – und die pure Angst.

Bagrat Robinson kommt vor genau vierzehn Jahren nach Deutschland. Er gehört zum Strom georgischer Flüchtlinge, die ihr Heil und ihr Glück im Westen suchen. Robinson ist sein Kampfname beim Bitterfeld-Boxstall in Hamburg. Im Pass ist der Name Bagrat Kavashi eingetragen. In Wirklichkeit aber ist auch das nicht sein vollständiger Name.

Er könnte noch viele dieser unaussprechlichen Clan-Namen aus seiner Heimat vorweisen. Hinzu kommt eine ganze Reihe von Decknamen, die er benutzte, als er schon als ambitionierter Jugendlicher seine eigene kleine Privatmiliz in der alten Heimat unterhielt. In Wirklichkeit war das eine kriminelle Vereinigung gewesen, mit Erpressung, Entführung, Waffen- und Menschenhandel, Mord und allem Drum und Dran. Als ihm die Sache zu heiß wurde, schnappte er sich die Beute und setzte sich nach Deutschland ab, dem Land der unbegrenzten Möglichkeiten.

Zunächst arbeitet er bei Wackerhoff, dem bekannten Security-Unternehmen. Dort, im Training, entdeckt ihn einer der Bitterfeld-Box-Scouts und holt ihn in den Stall. Nach neunundzwanzig Kämpfen, davon siebenundzwanzig durch K.o. und zwei Unentschieden, wird er innerhalb von fünf Jahren Europameister.

Wie auch immer, zweifellos vermochte dieser Bagrat verdammt teuflisch zu lächeln, wenn er seine Lippen zu einem süßen Schmollmund spitzte. Seine Art ließ nach kurzer Zeit die Schmetterlinge in Claras Bauch heftig flattern. Ach was, Schmetterlinge. Ehrlich gesagt, machte sie das richtig scharf. Die breiten Schultern, die schlanken Hüften, die rotzfreche Selbstsicherheit und – ja, das besonders – sein ausgeprägtes Gefühl für Grausamkeit.

Bei Uly Hummer erbat sie sich weitere zwei Wochen Bedenkzeit. Kurz vor Ablauf dieser Frist sagte sie ihm ab. Es kam zu einer letzten – nicht ganz widerspruchsfreien – Unterredung.

»Du lehnst also ab«, schloss Hummer gefährlich leise. »Ich spare mir also zehn Millionen Euro. Ganz schön viel für eine verdammte Hure.«

Teil 2
Lola

EINS

Sommer 2010, Urlaub. Die Zeit, vor der bayerische Zeitungen warnen: Bleibt in den Betten, die Preußen kommen.

Der Kriminalrat Ottakring nahm's wörtlich. Er blieb im Bett. Nicht wegen der Preußen, sondern ganz einfach weil er es endlich geschafft hatte, eine paar freie Tage einzuplanen. Und natürlich wegen Lola, die neben ihm im swimmingpoolgroßen Bett lag und schlief.

Vorsichtig stützte er sich auf den Ellenbogen und schaute die Frau im kalten klaren Licht der Morgendämmerung beinahe verstohlen an. Sie lag auf dem Rücken, vollkommen entspannt wie ein kleines Mädchen. Vorhin, gleich nach dem Erwachen, hatte er mit seinen plumpen Händen ihr ebenmäßiges Gesicht betastet, hatte ihr übers Haar gestreichelt und ihre Lippen sanft mit dem Zeigefinger geöffnet, als könne er damit ihre reife Schönheit fühlen. Sie hatte nichts davon bemerkt. Mei, dachte er, wie ich dieses Weib liebe. Was er gesucht hatte, was er sich ausgemalt hatte, ein Leben voller Gefühle, voller Gedanken, in diesem einen Augenblick kam alles zusammen.

Ihr neues Haus stand in Brannenburg im zauberhaften Inntal. Sie hatten es gekauft, als eines Tages vor ihrem früheren Haus in Aschbach ein älteres Paar mit fremdländischem Akzent gestanden war. »Das ist Ihr Haus, nicht wahr?«, hatte der Fremde gesagt. »Meine Frau und ich möchten es kaufen.« Das Angebot war der Art gewesen, dass die Ottakrings es nicht ablehnen konnten.

Clara Gray hatte Lola vor Jahren ein zauberhaftes Haus mit grünen Fensterläden und einem Blumengarten gezeigt, das ihr auf Anhieb gefallen hatte. Seit Kurzem bewohnten sie dieses Haus auf einem grünen Hügel in Brannenburg, angesichts des Heubergs, des Kranzhorns und der Silhouette Neubeuerns, hinter sich den Wendelstein mit der Zahnradbahn und die Hochsalwand. Ottakring besaß noch Kinderfotos, wie er mit seinen Eltern Urlaub im Brannenburger Posterholungsheim machte und neben einem Eimerchen im Sand saß und lachend eine Schaufel in die Kamera hielt. Das frühere Posterholungsheim wurde heute von einer Gewerkschaft betrieben und lag wenige Höhenmeter unter ihnen an der abwärtsführenden Schrofenstraße.

Ottakring legte sich im Bett zurück. Sein rechter Arm ragte schlaff unter der Bettdecke hervor. Er nahm den Blick von Lola und starrte zur Decke.

Die Fälle, die er bisher als Leiter K 1 gelöst hatte, waren spektakulär gewesen. Den letzten hatte er gestern Abend mit dem Schriftsteller begossen, der die Romane aus seinen Fällen machte und darüber geschrieben hatte. Er war froh gewesen, als er – sehr spät allerdings – den Typ mit der schiefen Nase und den Tränensäcken wieder los war.

Nun überlegte er, wohin er mit Lola in den Urlaub fahren würde. Sie stand auf Kurztrips und Städtereisen – Berlin vielleicht, London oder New York.

Das Festnetztelefon rappelte.

»Herr Ottakring, Herr Ottakring, san Sie z'Haus?«

»Huawa, geh. Wo soll ich denn sonst sein, wenn ich hier den Hörer abheb? Was gibt's denn? Sie wissen, dass ich Urlaub hab?«

»Ja, scho. Aber ich soll alle z'sammtrommeln, die an der Besprechung teilnehma soin.«

Ottakring schwante nichts Gutes. »Was für eine Besprechung denn? Gibt's einen neuen Fall?«

»Na, koan neia Fall net. Aber der Herr Präsident mecht, dass Sie dabeisan.«

Als Ottakring aus der Dusche kam, sah er aus wie ein Krebs. Zu lange zu heiß geduscht. Er hatte gerade den Rasierer angesetzt und sich gewundert, dass Lola nicht aufwachte, als er den Einsatzwagen kommen hörte.

Lola stand auf einmal hinter ihm. Sie schmiegte sich nackt an ihn. »Was ist denn?«, fragte sie verschlafen.

»Keine Ahnung. Ich soll ins Präsidium. Scheint wichtig zu sein.«

Lola trat vor ihn hin. Sie sah ihn ängstlich und unglücklich an.

Ottakring legte die Hände an ihre Hüften. »Was ist, Liebstes? Was hast du?«

»Joe«, sagte sie. »Ich habe Angst.«

Er schüttelte den Kopf. »Blödsinn«, sagte er leise. »Warum solltest du Angst haben?« Er sah im Zimmer umher. »Alles ist sicher hier. Ich bin bei dir. Wir haben Urlaub. Wir werden verreisen. Du bist's bloß nicht gewohnt, nicht zu arbeiten. An einem Werktag spät aufzustehen. Rumzuhängen.« Dann küsste er sie auf den Mund.

Doch der Eindruck blieb. Lola machte eine Miene, als ahne sie eine drohende Katastrophe voraus.

»Meinst du wegen der Gschicht mit der Russenmafia?«, fragte er. »Das ist doch endgültig vorbei, und Chili ist wieder auf dem Damm. Die Schussverletzung ist verheilt. Vergiss es, Lola.«

»Aber warum ...«

»Ich fahr jetzt ins Präsidium, Liebes. Keine Ahnung, was da los ist. Gegen Mittag bin ich bestimmt zurück.«

Er gab ihr einen letzten Kuss und stieg die Treppe nach unten.

Huawa rief über den Zaun. Huawa, der eigentlich Huber hieß, Pförtner im Präsidium war, sich aber gelegentlich als Libero für alles anbot. Der Streifenwagen stand hinter ihm in Fahrtrichtung. »Der Präsident hat gsagt, ich soll Sie abholen.«

»Na toll«, sagte Ottakring finster.

»Soll ich das Einsatzhorn einschalten?«, fragte Huawa, als sie losfuhren.

»Absolut. Das fehlt grad noch«, sagte Ottakring. Dann lehnte er sich zurück, schloss die Augen und dachte über seinen Urlaub mit Lola nach. Dass sie nervös gewesen war, als er sie verließ, hatte er schon vergessen.

Auf der Treppe im Präsidium stieß Ottakring fast mit Chili Toledo zusammen, die ausgerüstet war, als habe sie einen Einsatz vor sich. Chili war um die dreißig, Kollegin im K1 und die Tochter seines verstorbenen Freundes Karsten Toledo. Das terrakottabraune Haar trug sie lang und offen. Hohe Wangenknochen und geschwungene Nasenlöcher rundeten das Bild ab. Dunkle Mandelaugen ruhten fragend auf ihm.

»Was ist los?«, fragte Ottakring. »Warum ruft er uns zusammen?«

Chili verzog das Gesicht und zuckte die Schultern. »Keine Ahnung. Hat man dich alarmiert?«

Ottakring nahm sie flüchtig in den Arm und strich ihr leicht über die Wange. Dann nahm er zwei Stufen auf einmal nach oben.

Schließlich klopfte er.

»Nehmen Sie Platz, Herr Ottakring!«, sagte der Präsident.

Der Kriminalrat hatte ein allgemeines Meeting im Sitzungszimmer erwartet. So hatte er den Huawa verstanden. Nun saß er dem Präsidenten allein gegenüber, umgeben von zahlreichen Urkunden und Pokalen an der Wand und im Regal. Boxen war ganz offensichtlich der Lieblingssport des Präsidenten gewesen.

Schuster schob eine flache Schreibschale mit Stiften von sich weg und richtete sie parallel zur Vorderkante der Tischplatte aus. Dabei legte er die Stirn in Falten, was ihm das Aussehen eines römischen Imperators verlieh. Eines Imperators, der kurz davor war, ein Todesurteil zu fällen.

»Wie lange kämpfen Sie jetzt schon um Ihre Pensionierung? Drei Jahre? Vier? Und uns ist es immer wieder gelungen, Sie davon abzuhalten, weil wir einfach Ihre Fähigkeit aus aktuellen Anlässen benötigt haben.« Schuster wirkte verlegen.

Aha, daher weht der Wind. Sie wollen mich mal wieder loshaben. Platz machen für einen Jüngeren. Wie viele Kriminaler war Ottakring stets ein wenig abergläubisch. Eindeutiges Vorzeichen, dachte er, dass draußen bald etwas passieren wird. So war's bisher jedes Mal gewesen.

Doch er schwieg.

»Sie gehen jetzt auf die sechzig zu, waren schon dauerhaft dienstunfähig geschrieben. Ihres Rückens wegen.« Schusters Miene hellte sich auf. »Und jetzt sind Sie verheiratet. Mit einer wundervollen Frau, die Ihre ganze Aufmerksamkeit …«

»Muss das sein?«, warf Ottakring mit hochrotem Kopf ein.

»Was? Was muss wie sein?«

»Na, das ganze Getue. Sie wollen mich loshaben. Sagen Sie's doch einfach. Meine Krankengeschichte kenn ich selber. Und meine Frau ist meine Privatangelegenheit. Wann?«

»Erster Oktober. Wir sind schon an einem Nachfolger für Sie dran.« Schuster hüstelte und faltete die Hände auf der Tischplatte. Er fühlte sich sichtlich unwohl.

Ottakring spürte, wie sich ihm die Nackenhaare aufstellten. Doch er überwand sich und grinste breit. »Das war ein fabelhaftes Personalgespräch. Ich gratuliere Ihnen, Herr Schuster. Sie haben mich richtig gut motiviert und vorbereitet. Noch dazu an meinem ersten Urlaubstag.«

Durch Schuster ging ein Ruck. Als hätte er soeben einen Lorbeerkranz für einen grandiosen Sieg im Ring umgehängt bekommen.

Ottakring stand auf. »Na, dann kann ich mich ja schon mal um meine Gartenzwergsammlung kümmern. Und mir ein paar Stallhasen anschaffen. Weiße oder dunkle, was meinen Sie?« Betont herzlich schüttelte er dem Präsidenten die Hand und ging.

Das Giornale lag nicht weit vom Präsidium. Sie alle vom K1 waren hier wie zu Hause. Dorthin ging Ottakring und genehmigte sich ein Weißbier. Er kaute auf seiner Unterlippe herum, während er überlegte.

»So nachdenklich, Joe?«, sagte Gesomina, die zierliche schwarzhaarige Wirtin, deren Mann vor wenigen Jahren erschossen wurde. »Wie geht es deiner Frau?« Auf ihrem Gesicht stand ein höfliches Fragezeichen.

Ottakring hatte fast unerträgliches Herzklopfen. Er konnte sich nicht erklären, woher und warum. Ihm war, als wäre ein kalter Luftzug durch den Raum gegangen.

Er musste an die frische Luft. Mit einem tiefen Schluck schüttete er das Bier in sich hinein, verabschiedete sich und ging.

ZWEI

»Lola! Lola. Wo bist du?«

Sie war nicht im Haus. Er hatte jedes Zimmer einzeln abgesucht, selbst den Keller. Sie war auch nicht im Garten. Das Schloss des Gartentürchens war eingehakt. Lola war verschwunden. Ihr Auto parkte unberührt vor der Garage. Auch das Fahrrad stand da. Keine Nachricht, kein Zettel in der Küche oder auf dem Kopfkissen. Das Bett war gemacht, sie hatte geduscht, alles war normal. Keine durchwühlten Schubladen oder durchsuchten Schränke.

Ottakring griff nach der kleinen Uhr auf ihrem Nachttisch und sah aufs Zifferblatt. Es war sieben Minuten vor zwölf. Um halb zehn hatte der Huawa ihn abgeholt. Irgendwann in diesen zweieinhalb Stunden musste sich etwas ereignet haben, was außerhalb seiner Vorstellungskraft lag.

Er durchquerte das kleine Zimmer mit dem Spiegel, vor dem sie ihre Moderationen probte. Er warf einen Blick hinunter auf die Zufahrt und scannte sie mit den Augen. Er sah nichts Auffälliges. Aber drüben, auf dem kleinen Plattenweg, der von der Einfahrt zum Garten hin abzweigte, sah er etwas glitzern. Er polterte die Treppe hinunter und rannte zu dem Weg hin. Ein Schreck fuhr ihm von der Brust in den Magen und blieb dort. Er bückte sich, zückte sein Taschentuch und nahm den Gegenstand auf.

»Lola!«, keuchte er vor Schmerz. Er ahnte, was dieser Fund bedeutete. Es lief ihm eiskalt den Rücken hinunter.

Es war ihr Ohrring, da gab es keinen Zweifel. Eine Perle, als Clip in Silber gefasst. Lola wollte ihre Ohrläppchen nicht durchstechen lassen.

Er stützte sich gegen den Birnbaum mit den rötlich gelben reifen Früchten. Fast versagten ihm die Beine. Nach einer Minute setzte er behutsam einen Fuß vor den anderen, durch die Sommerblumen hindurch zum hinteren Garten, ständig mit den Augen am Boden. Schließlich stieß er auf eine Gartenschere. Sie lag zwischen zwei Keramiktöpfen mit blauroten Fuchsien. Nie im Leben hätte Lola das Werkzeug so achtlos liegen gelassen.

Die Vorstellung, Lola könnte etwas zugestoßen sein, brachte ihn fast um. In Sekundenschnelle jagten die Bilder ihres gemeinsamen Lebens durch sein Hirn. Mit fast täglicher sportlicher Betätigung hielten er und Lola sich fit – Joggen, Berggehen, Skifahren. Bei sehr schlechtem Wetter auf einem Laufband oder einem Heimtrainer im Haus. Er mochte seinen Beruf, hatte aber schon mehrmals ernsthaft erwogen, ihn an den Nagel zu hängen. Er führte, fand er, ein meist geregeltes Leben, dessen Qualität sich zumindest verdoppelt hatte, seit er mit Lola verheiratet war. Als Kontrastprogramm leistete er sich einen über fünfzehn Jahre alten orangefarbenen Porsche 911 E mit hinteren Ausstellfenstern, in dem sie beide oft zu plärrender Jazz- oder Rock-'n'-Roll-Musik spazieren fuhren.

In den ersten Minuten hatte er jede Schreckensvision verdrängt. Inzwischen aber bohrte ein spitzer, kreiselnder Bohrer immer heftiger in seinem Hinterkopf. Er konnte es nicht mehr leugnen: Lola war nicht mal kurz zum Einkaufen oder spazieren gegangen. Sie wollte ihn auch nicht necken oder ärgern oder hatte sich vor ihm versteckt. Nein, Lola musste entführt worden sein! Es gab keine andere Lösung. Er konnte sich ausmalen, was vor ihm lag. Vornübergebeugt stand er da wie ein alter Mann, die Augen schreckgeweitet, und sein Mund hing offen, als fiele ihm das Atmen schwer.

Dann, wie eine Sternschnuppe vom Himmel fällt, ging ein Ruck durch ihn und er griff nach seinem Handy. Als er das Telefonat beendet hatte, begann sein Körper zu zerfallen. Er legte sich mit dem Rücken auf den Boden und wartete. Seine Hände waren an die Seiten gepresst, das Hemd bis zum Nabel geöffnet, die Augen geschlossen. Sein Herz trommelte, als wollte es zerspringen. Er atmete rasselnd mit weit aufgerissenem Mund.

Zwanzig Minuten später waren die EDler vom Rosenheimer K3 vor Ort. Bruni und drei Mann im Tatortwagen mit ziviler Rosenheimer Nummer. Darin war alles, was man zur Spurensicherung braucht. Unter anderem der große Alukoffer mit Fotoapparaten, Instrumenten und Chemikalien. Nummerntäfelchen, Absperr- und Messbänder, Behälter mit chemischen Pulvern, Wattestäbchen und Reagenzgläser zur DNA-Abnahme.

Ottakring wies auf die Gartenschere und überließ Bruni den silbernen Ohrclip.

»Sucht zuerst nach Fuß- und Reifenspuren«, sagte er. »Umgeknickte Äste, abgerissene Zweige.« Seine Stimme klang bröselig und rau. »Und schaut euch im Haus um.«

Aus ihm sprach reine Verzweiflung. Als ob die routinierten EDler das nicht selbst wüssten.

Ottakring trat zwei Schritte zur Seite, neigte den Kopf zurück und schloss die Augen. Der Schmerz reichte vom Bauch bis in die Kehle. Er empfand Panik, als sei er zu dicht an einen Abgrund geraten. Er holte so heftig Luft, dass Bruni besorgt zu ihm hinblickte.

Erneut ging ein Ruck durch Ottakring. Er rannte hinüber zur Nachbarin. Ihr Hund bellte. Ein kurzes, raues Gekläff.

»Wollen Sie einen Tee?«, fragte sie und rieb sich an der Nase. Sie hatte tizianrotes Haar mit hellen Stirnfransen.

»Nein. Danke«, sagte er mit gesenkter Stimme. »Lola?«, fragte er nur. »Meine Frau? Haben Sie sie gesehen?«

Sie sah ihn an und verstand.

»Keine Ahnung. Nichts bemerkt.«

Rückwärtsgehend und den Blick auf sein Display gerichtet, entfernte er sich. Lolas Handy war nicht eingeschaltet.

Es konnte nicht sein. Konnte nicht sein. Lola war spazieren. War von einer Freundin abgeholt worden. Von dieser Clara vielleicht?

Er versuchte es im Sender. Ja, sie habe um dreizehn Uhr dreißig einen Termin. Doch sie sei noch nicht da.

Es war kurz nach halb eins.

Um kurz nach eins war Ottakring im Sender am Münchener Rundfunkplatz.

»Ist Ihnen etwas aufgefallen in letzter Zeit? War meine Frau irgendwie verändert? Hat sie sich anders als sonst verhalten? Kamen ungewöhnliche Anrufe?«

»Nein. Nein. Nein. Nein.«

Er rief Claras Nummer an. Er hatte sie gespeichert, als ob er's vorher geahnt hätte. Keine Antwort, nicht einmal die Mailbox.

Sehr schnell, praktisch unmittelbar, verlor Ottakring jede Geduld. Er wollte Leute befragen, Straßen kontrollieren, etwas in der Art. Seine Sorge hinausschreien, etwas tun.

Der Kriminalrat Joe Ottakring hielt sich nicht für einen unbesonnenen Mann, der zu Kurzschlussreaktionen neigte oder dazu, leicht durchzudrehen. Gewöhnlich analysierte er die Fakten, wog das Für und Wider jeder Entscheidung ab und nahm jede Facette unter die Lupe wie einen geschliffenen Edelstein.

Die Kollegin von der Vermisstenstelle einschalten? Nein, ums Verrecken, das wollte er nicht. Er musste Lola selbst aufspüren. Doch er hatte keinen Anhaltspunkt.

Bruni und seine Leute standen mit leeren Händen da. Sie hatten nichts gefunden. Selten im Leben hatte sich Joe Ottakring so hilflos gefühlt. Ihm schien die Welt unter den Füßen zusammenzubrechen. Er fühlte sich gedemütigt und machtlos. Diese Ohnmacht sollte sich zu einer langen Geduldsprobe ausbilden.

***

Es lag schon ein wenig Herbst in der Luft. Der Nordwind wehte in kurzen Böen Blätter, Papierfetzen und Unrat von der Loretowiese am Polizeipräsidium vorbei durch die Kaiserstraße, als Kriminalrat Ottakring dem Präsidenten in dessen Dienstzimmer den Umschlag überreichte.

»Herr Schuster, ich möchte, dass Sie mich ab sofort freistellen und in Pension gehen lassen. Sie wissen, meine Frau ist seit zwei Tagen vermisst, und ich möchte mich hundert Prozent der Suche nach ihr widmen …«

»… Ihre Kollegen und Kolleginnen. Frau Toledo …«

»… nein, danke. Ich mach das lieber selber. Ich bin persönlich betroffen …« Wieder einmal brach ihm die Stimme. Angesichts des Präsidenten hätte er es gern vermieden.

Schuster legte ihm einen starken Arm auf die Schulter und sah ihm ernst wie nie zuvor in die Augen. Dann schlug er einen offiziellen Ton an, dem vom Wesen her alles Menschliche fehlen musste.

»Herr Ottakring«, begann er. »Ich werde eine offizielle Untersuchung über die Entführung Ihrer Frau einleiten müssen. Ich werde den Staatsanwalt, den Leiter K3 …« Er unterbrach sich selbst und schlug sich an die Stirn. »Wem sag ich das. Wissen Sie ja selbst, dass ich das tun muss. Und – das dürfte Ihnen auch klar sein – Sie müssen damit rechnen, dass auch der eine oder andere Journalist oder die eine oder andere Fernsehkamera hier auftauchen wird. Das heißt, ich muss auch den Pressesprecher informieren.«

Er zögerte.

Ottakring runzelte die Stirn, schwieg aber.

»Ich habe es nur noch nicht getan, weil ich absolut sicher sein möchte.«

»Sicher? Worüber?«

»Dass wir es auch tatsächlich mit einer Entführung zu tun haben.«

Vom Eingang her kam ein schwacher Laut. Dann wurde die Tür sperrangelweit aufgerissen und krachte gegen die Wand. Huawa hüpfte herein wie ein Gummiball.

»Herr Schuster, der Herr Stahl ...«

Schuster erglühte. »Huawa, ich hab dir's schon hundert Mal gesagt ... wenn du noch ein einziges Mal so reinstürzt, schieß ich dich nieder. Ich meine das ernst.« Er machte eine entschuldigende Geste zu Ottakring. »Sie kennen ihn ja, unsern Huawa.«

Doch Ottakring ließ sich nicht ablenken. Was um alles in der Welt brachte den Namen Stahl ins Haus? Das konnte kein Zufall sein ...

DREI

Einmal hatte Rico Stahl in Huntsville, Texas, einer Hinrichtung beigewohnt. Sie hatte ihn nicht weiter berührt. Der Kerl auf der Liege war weder nervös gewesen, noch hatte die Angst vor dem Tod in seinen Augen gestanden. Er zeigte auch keinerlei Überraschung, als das Gift aus den beiden Injektionsnadeln ihn endlich traf. Er war einfach tot gewesen. Jemand klickte mit zwei Fingern den leblosen Blick hinter den Augen weg.

Das waren seine letzten Gedanken gewesen, bevor Rico Stahl kurz nach Mitternacht die Augen schloss und einschlief.

Verschwitzt und schwer atmend fuhr er am nächsten Morgen aus dem Schlaf hoch. Ein paar Sekunden lang wusste er nicht, wo er war, dann holte ihn der leichte, gleichmäßige Atem der jungen Frau, die neben ihm im Bett lag, in die Wirklichkeit zurück. Ihre Augenlider waren geschlossen wie bei dem Delinquenten damals in Texas. Sie lag entspannt auf dem Rücken und schlief friedlich. Selbst im dämmrigen Licht des frühen Morgens hatte sie ein makelloses Aussehen, trotz ihres zerwühlten Haars und der verwischten Reste eines vormals kunstvollen Make-ups im ebenmäßigen Gesicht. Er beugte sich vor und küsste ihre warme Nasenspitze.

Ohne Hast stand er im Morgengrauen auf. Er wollte sich nicht verspäten an seinem ersten Tag.

Nach dem Duschen trat er vor den mannshohen Spiegel. Rico war ein groß gewachsener, durchtrainierter Mann mit keinem Gramm Fett an den Hüften. Er war ehrgeizig, hatte eine zwei Komma zwei Zentimeter lange gutartige Zyste an der linken Niere, Arme, Brust und Rücken zierten ein paar hässlichen Narben, die vom Kampfsport und früheren Einsätzen herrührten. Doch das machte ihn umso attraktiver, fand er, und als erfreulich munterer Gutmittdreißiger sah er noch immer gut aus. Kein Wunder, dass Mädchen wie dieses auf ihn flogen. Er wischte den Wasserdampf vom Rasierspiegel und fuhr sich prüfend übers Kinn.

Er nickte, zog einen gedeckten Zweireiher und eine anthrazitgrundierte Krawatte mit springenden Gazellen an, weckte die junge Frau, geleitete sie zur Tür und verabschiedete sie. Sie atmete scharf ein, spuckte vor ihm zu Boden und wandte sich grußlos ab. Er mochte das Grübchen im linken Mundwinkel, das ihren Zorn markierte. Mit schlechtem Gewissen schloss er die Tür.

Im Stehen trank er zwei schnelle Tassen Tee, warf dabei einen kurzen Blick auf seine Devisen-Plattform am laufenden Laptop, überzeugte sich vom fallenden Dollar und steigenden Yen und schaltete ab.

In seiner geräumigen Zweizimmerwohnung war es trotz des Föhnwetters kühl. Er bewohnte das erste Stockwerk eines Hauses im westlichen Landkreis Rosenheim nahe Bad Aibling, das früher Ruth Leuwerik gehört hatte, einer Filmberühmtheit in weit zurückliegenden Tagen. Im Untergeschoss des Hauses war eine Abteilung des Forstamts untergebracht.

Wie jeden Tag machte Rico Stahl auf dem Weg zur Garage kurz halt und schaute nach Süden. Die Fernsehantenne auf dem Wendelstein ragte wie ein spitzer Finger in den weiß-blau gescheckten Himmel, die Bergkette war zum Greifen nah. Ein Bussard schwebte hoch über dem Zwiebelturm der Kirche und stieß spitze, klagende Schreie aus.

Lautlos fuhr das Garagentor hoch. Drinnen stand das Automobil mit dem Kennzeichen RO-LY 260. Der Schlitten war neu, und bis vor Kurzem hatte er die stolze Nummer RO-RS 666 getragen. Nach wenigen Tagen hatte Rico gemerkt, wie verräterisch dieses Kennzeichen war, und hatte es schleunigst wieder gewechselt. Der ganze Ort hatte mitbekommen, wenn sein schwarzer Golf Plus beim Friseur oder vor dem Supermarkt parkte. Auffälliger, die Nummer, als ein knallroter Testarossa. Ein Fehler, den er gar nicht erst hätte begehen dürfen.

Er legte den Rückwärtsgang ein, fuhr mit der Fernbedienung das Tor herunter und vermied beim Anfahren, dass der Kies spritzte.

***

Josef Ottakring stutzte, als er den fremden Mann im Anzug an dem leeren Schreibtisch gegenüber Chilis Arbeitsplatz sitzen sah. Vor drei Minuten, als sie Kaffee holen gegangen war, war der Stuhl noch leer gewesen. Er hatte den Mann noch nie gesehen. Konnte man so einfach mir nichts, dir nichts im Polizeipräsidium ein und aus gehen?

Als Chili Toledo mit dem Kaffee zurückkam, gab er ihr einen Wink. Sie verstand sofort.

»Wer sind Sie?«, fragte sie den Fremden. »Was wollen Sie hier? Wissen Sie, wo Sie sich befinden?«

Ein überlegenes Lächeln spielte um die Lippen des Mannes. Durch die Narbe in seinem Mundwinkel geriet es etwas schief. Er hatte das Haar straff nach hinten gegelt, trug Brille und eine ungeheure Lässigkeit zur Schau. Dabei verzog er keine Miene und sprach kein Wort. Die Situation war so bizarr, dass sie fast schon lustig war.

Chili griff zum Handy. »Huawa, kommen Sie mal kurz hoch? Jetzt!«

Sekunden später stand der Pförtner unter der Tür. »Ja? Wos is?«

»Diesen Herrn da«, sagte Chili. »Entfernen.«

Der Herr da rückte die fetzige Brille zurecht, zog eine Augenbraue hoch und strich vorsichtig über das glänzende Haar. Es war eine geübte Geste. Ottakring fühlte sich an einen populären bayerischen Politiker erinnert, er kam nur grade nicht drauf, an welchen.

Artur Josef Huber, genannt Huawa, zwirbelte nachdenklich an seinem bayerischen Schnauzer herum. Ihm fehlten zwei Finger der rechten Hand. Seine Backe war von einer falsch getimten Tresorexplosion unsauber vernarbt. Nachdem sich die Rädchen im Kopf des Exknackis wieder beruhigt hatten, trat er zwei Schritte vor.

»Habedehre. Also, gemmer, gemmer«, sagte er und streckte einen Arm nach dem Fremden aus.

Im Raum wurde es still. Neben Ottakring und Chili waren noch drei weitere K 1ler im Raum. Ein leises Klicken war zu hören. Als wäre eine Pistole entsichert worden.

Auf den Mann senkte sich ein Kreuzfeuer aus bösen Blicken herab. Er schloss die Augen und bewegte geräuschlos die Finger auf der Tischplatte, als säße er vor einem Klavier.

Huawa packte den Schreibtisch und zog ihn mit einem Ruck weg.

Die Hände spielten ihr Lied auf den Oberschenkeln weiter.

»Also hören Sie«, rief Chili Toledo, »jetzt reicht's aber!«

»Wollen Sie die Polizei rufen?«, sprach der Fremde mit wohltönender Stimme und geschlossenen Augen.

»Ist schon da!«, klang es von der Tür.

Köpfe wandten sich in die Richtung.

Die Augen des Fremden öffneten sich.

Polizeidirektor Schuster stand da. Über sein tief gebräuntes Skilehrergesicht huschte die Andeutung eines schiefen Lächelns. Er setzte an, etwas zu sagen, fasste sich an die Nase, sah zu Ottakring herüber, schaukelte auf den Füßen vor und zurück, nahm noch einmal Ottakring ins Blickfeld. Schließlich hob er an.

»Vielleicht nicht die richtige Form«, sagte er und bedachte Ottakring mit einem entschuldigenden Blick. »Aber ich hab Sie zusammengerufen, um Ihnen, ähh, Ihren neuen Chef vorzustellen. Ähh, Kriminalhauptkommissar Dr. Rico Stahl.«

Die Temperatur im Raum sank weit unter den Gefrierpunkt. Ein Kühlschrank war ein Brutapparat dagegen. Chili sah Ottakring fragend an. Die anderen konzentrierten sich auf den Neuen.

»Herr Ottakring«, fuhr Schuster fort, »Ihrer vorzeitigen Pensionierung aus den bekannten Gründen wurde stattgegeben.« Er faltete die Hände vor dem Bauch und sagte halblaut mit schiefem Mund: »Schönheit vor Alter, hähähä.«

Ottakring spürte, wie ihm das Blut aus dem Gesicht wich. Er war leichenblass. Er kannte Stahl vom Hörensagen. Ein Frontkämpfer aus dem BKA mit legendärem Ruf.

Er drehte ab und wandte sich wortlos zum Gehen. Im Augenwinkel bekam er mit, wie Stahl sich geschmeidig erhob und eine Verbeugung andeutete.

»Kollegen ...«, hob er zu einem Grußwort an.

Friedhofsstille. Jemand hüstelte.

Bei halb geschlossener Tür hörte Ottakring, wie Chili dem Neuen das Wort abschnitt.

»Kollegen und Kolleginnen«, ätzte sie. »Unser neuer Chef. Ich bin erstaunt. Der mächtige, übergewaltige Herr des Universums.«

***

Wenige Tage später ging Rico Stahl, getrieben von seinem persönlichen Außenbordmotor, im Präsidium auf den Eingang zum Sicherheitsbereich zu. Erst kurz vor der angelehnten Tür machte er halt und rückte sich die Krawatte zurecht. Von drinnen war Gemurmel zu hören.

»Ich mag da nicht reingehen!«, zischte Vamos und blieb stehen.

Rico warf ihm einen vernichtendem Blick zu und schob ihn weiter.

Vamos schlurfte einen halben Schritt hinter ihm her. Er hatte eine halbhohe Hose im Militarylook und Crosscountry-Laufschuhe an. Visage und Haarschnitt rundeten das Bild eines Demonstranten der rechten Szene ab. Die Oberlippe zierte ein überbordender buschiger Schnurrbart.

Eine seltsame Nervosität hatte sich in Rico Stahl breitgemacht. Das ganze zweite Stockwerk im Rosenheimer Polizeipräsidium war sichtbar neu renoviert, die Wände waren mit psychologisch abgestimmten Pastellfarben gestrichen und der Boden erneuert. Es fehlten keine Mauerstücke in der Wand, und sämtliche Fenster waren geputzt.

»Ich werde meinen Einstand an einem Sonntagnachmittag geben«, hatte er im K 1 angekündigt. »Arbeitszeit wird dafür nicht geopfert.«

Es war Sonntagnachmittag, halb vier. Er war neugierig, wer aus dem Team fehlen würde. Schuster, der Chef, hatte sich als verhindert entschuldigt. Rico hatte sich überwunden und Ottakring persönlich ersucht, zu seiner Einstandsfeier zu kommen. Doch Ottakring hatte geschwiegen, und danach hatte er nichts mehr von ihm gehört. Es war nur allzu verständlich, wenn er nicht auftauchen würde. Seine Frau war immer noch verschwunden. Vermisst.

Dem Stimmengewirr nach zu schließen war schon ein wenig etwas los in der kleinen Kantine. Rico stieß die Tür auf.

Ottakring war da. Er stand mit dem Gesicht zu ihm im Raum und unterhielt sich mit Bruni, dem langhaarigen EDler. Als er Rico sah, ließ er Bruni stehen und kam unschlüssig auf ihn zu. Die Gespräche verstummten.

Soweit Rico feststellen konnte, war fast die gesamte Mannschaft anwesend. Nur Chili Toledo fehlte, erkannte er mit schnellem Blick. Im Hintergrund der Tisch, auf dem Getränke, ein Zehn-Liter-Holzfass Bier und belegte Semmeln lagerten.

»Bin ich hier richtig?«, fragte Rico.

Ottakring verzog das Gesicht. »Keine Ahnung. Müssen Sie mit

sich selbst ausmachen. Und wer ist das?«, fragte er mit einem prüfenden Blick auf Vamos.

Vamos stand mit gesenkten Schultern hinter Rico, als befände er sich auf der Flucht. Der kahl geschorene Kopf machte ihn nicht schöner.

»Vamos«, erklärte Rico Stahl und legte dem Mann einen Arm um die Schulter. »Noch nie von Vamos gehört?«

Ottakrings Augen leuchteten auf. »Vamos!«, brachte er schnaufend heraus. »Das ist Vamos? *Der* Vamos?« Ungläubig musterte er ihn von oben bis unten. »Kommen Sie!«

Rico Stahls nach hinten gegeltes Haar und die intellektuelle Brille waren nicht seine einzigen hervorstechenden Merkmale. Wache Augen, die überall zu sein schienen, ein ernster Mund, der gern lachte, hohe Wangen. Auch heute steckte er wieder in einem Anzug – eine elegante Erscheinung, unüblich in der Kriposzene. Er wirkte, als sei er schon im Smoking zur Welt gekommen.

»Wird Frau Toledo noch auftauchen?«, fragte Stahl.

Ottakring zuckte wortlos mit den Schultern, ging hinüber und holte sich ein Bier.

Vamos schlich an der gegenüberliegenden Wand nach hinten. Dort setzte er sich auf die Kante des langen Tischs mit den Getränken und der Brotzeit.

Es verstieß gegen ein ungeschriebenes Gesetz, Gäste von außen zu einer Betriebsfeier einzuladen. Man sah Ottakring an, wie er darüber dachte, auch wenn es sich um den berühmt-berüchtigten Vamos handelte. Vamos hatte in Polizeikreisen deutschlandweit einen Ruf wie Billy the Kid oder Doc Holliday im Wilden Westen. Ottakring zapfte sich ein Bier, nahm zwei Schluck und stellte das Glas am Fenstersims ab.

Rico stellte sich schweigend neben ihn, auch ein Glas in der Hand, und sah durchs offene Fenster auf den Innenhof hinaus. Es war das erste Mal.

Schön konnte man den Neubau des Polizeipräsidiums nicht nennen. Beton, Asphalt, endlose Fensterreihen, symmetrisch geparkte Fahrzeuge. Über der gesicherten Einfahrt hoben sich einige große Laubbäume drüben zur Loretowiese hin ab. Es war ein gemütlicher Sonntagnachmittag, die Sonne stand hoch, und die Bäume warfen dunkle, kühle Schatten. Ab und zu fuhr ein Auto vorbei, kein Vogel war zu hören. Hinter ihnen Stimmengewirr und der Duft roher Zwiebeln.

»Haben Sie noch immer keine Spur von Ihrer Frau?«, fragte Rico. »Keine Nachricht, keine Forderung, keinen Hinweis?«

Langsam schüttelte Ottakring den Kopf. »Nichts«, sagte er mit Grabesstimme. »Nichts. Absolut nichts.«

»Es tut mir leid. Kann mir denken, wie Sie sich fühlen. Umso mehr freue ich mich, dass Sie meiner Einladung gefolgt sind.«

Er hielt kurz inne und blickte Ottakring ernst an. »Haben Sie eine Ahnung, wo Chili Toledo ist? Sie kennen sie besser als jeder andere hier. Ist sie sauer auf mich?«

Rico wusste, dass die Oberkommissarin sich Hoffnung auf den Chefposten gemacht hatte. Doch Stellvertreterin ist auch nicht das Schlechteste für eine Frau in ihren jungen Jahren, dachte er.

»Schwimmt wahrscheinlich auf einer Eisscholle durch die Arktis«, knurrte Ottakring. »Nur um weit weg zu sein an solch einem Tag.«

»Na. Hoffentlich wird sie nicht vom Eisbären geknackt, das Mädel.« Der athletische Rico war einen halben Kopf größer als Ottakring. Er hielt sein Glas mit beiden Händen umfasst, sein Rücken war gerade wie mit dem Lineal gezogen.

Ottakring musste Schwierigkeiten mit der Wirbelsäule haben, fiel Rico auf, so wie er sich an Sims und Tisch abstützte. Kantiges Gesicht, dunkle Augensäcke, etwas schütteres Haar, der Mund wie ein Strich – er kannte den Kriminalrat bisher nur von Fotos.

»Herr Ottakring, der spinnt, der Mo!« Der Huawa kam laut rufend angewieselt und packte Ottakring am Jackett. Er versuchte ihn mitzuziehen und fuchtelte wie blöd nach hinten zur Wand hin.

Rico folgte seinem Blick.

Vamos hatte sich in eine Ecke des Raums zurückgezogen, kehrte ihnen den Rücken zu und hatte den Kopf gesenkt. Das vertraute, unverwechselbare Geräusch der kreisenden Trommel eines Revolvers erfüllte den Raum.

»Sagen Sie …«, begann Ottakring.

Stahl lachte. »Ja, Sie hören richtig. Vamos ist der Star unter den verdeckten Ermittlern beim BKA, wie Sie wissen. Seine Spezialität im Nebenberuf ist Russisches Roulette. Er wird uns gleich eine kleine Kostprobe geben, wie ich den Laden kenne.«

Vamos war aufgestanden und ging ruhig und gemütlich hinüber

zu dem Tisch, auf dem das Bierfass stand. Es war ihm anzusehen, dass ihm klar war, dass jeder seiner Schritte beobachtet wurde. Er lehnte sich an den Tisch, hielt mit der Linken die Waffe in der Hand, schwenkte mit der anderen die Trommel kurz aus, klinkte sie wieder ein und ließ sie kreisen. Es war kein kleiner Revolver. Es war der größte Revolver, den Smith & Wesson je hergestellt hatte. Mit dem fünfzehn Zentimeter langen Lauf und der Nickellegierung wirkte die Waffe noch beeindruckender. Vamos' Augen blitzten kurz zu Rico hin. Der nickte unmerklich.

Rico hatte dieses Schauspiel mindestens schon ein Dutzend Mal erlebt. Er schätzte Vamos sehr, es gab keinen besseren für seine BKA-Rolle. Doch Vamos war ein Narziss mit brüchigem Selbstwertgefühl, das er durch solche übersteigerten Auftritte zu kompensieren versuchte. Er wollte immer und überall der Größte sein, wollte ständig bewundert werden. Da er wegen seiner Unersetzlichkeit quasi Narrenfreiheit genoss, mochte Rico seine Spielchen auch nicht unterbinden.

Russisches Roulette ist ein potenziell tödliches Glücksspiel. Es befindet sich nur eine einzige Patrone in den Revolverkammern. Der Spieler weiß im Moment des Auslösens nichts über die Position der Kugel. Ob sein Kopf im nächsten Augenblick zerfetzt wird oder nicht, entzieht sich seiner Kenntnis.

Rico kannte Vamos' Trick nicht genau. Er wusste nur, dass es sich um eine Spiegelung in seinen Kontaktlinsen handelte. Vamos konnte so angeblich erkennen, in welcher Kammer sich die tödliche Patrone befand, und drehte die Trommel einfach so lange weiter, bis die Laufkammer frei war. Dann drückte er ab und erntete erleichterten Beifall.

Es war totenstill im Raum.

Rico beobachtete Ottakring. Dessen Gesicht wurde weiß, als er das Klicken des Revolvers hörte. Wäre er noch im Dienst, würde er das Spiel unverzüglich unterbinden, da war Rico sich sicher.

Vamos vergewisserte sich, dass rechts von ihm niemand stand. Dann drehte er die Trommel zufrieden drei Mal und setzte die Waffe seitlich an die linke Schläfe.

»Halt!«, tönte eine energische Frauenstimme von der Tür her. »Ja, seid ihr denn alle die Beute des Wahnsinns? Auch Sie, o neuer Herr des Universums?«

Chili Toledo schoss Blicke wie feurige Blitze auf Rico Stahl ab. Chili war ein Wirbelwind von einer Frau, die ständig zwischen ihrem Kopf, ihrem Büro und ihrem Computer hin und her vagabundierte, ihr aktuelles Ziel jedoch konsequent im Auge behielt.

Nun machte sie drei Riesensätze auf Vamos zu und stolperte. Ihr Kopf fiel gegen seinen Arm. Ihr Arm schlang sich ungewollt um seine Brust. Ihre Hände zitterten, und Schweiß stand auf ihrer Stirn.

Vamos hielt die Waffe senkrecht hoch und löste sich aus der Umarmung. Dann schleuderte er Chili unwirsch zur Seite.

Chili schnappte nach Luft.

»Frau Toledo!« Rico war hinzugetreten und zog die Frau weg. »Wir haben Sie früher erwartet! Hier, nehmen Sie.« Er reichte ihr ein Glas Prosecco.

Sie lehnte ab, warf einen flüchtigen Blick auf den immer noch erblassten Ottakring und versperrte mit verschränkten Armen die Tür.

Grrrrrrrr. Vamos ließ die Trommel kreisen. Wieder legte er den Lauf an die linke Schläfe.

Rico war neben ihm stehen geblieben. Während er Chili im Blick behielt, galt seine ungeteilte Aufmerksamkeit Vamos. Schließlich hatte er den Kollegen mitgebracht, um seinem Team etwas zu bieten. Da würde er sich nicht von einer zickenden Amazone den Spaß verderben lassen.

Grrrrrrrrrrr.

Ein Knall, als bräche der Himmel auseinander. Mörtelbrocken flogen wie Geschosse durch den Raum. Nebelfeiner Staub kroch in die Lungen. Wie der Nachhall eines Donners verebbten die Geräusche.

Direkt vor Ricos Füßen sickerte Blut aus Vamos' Schädel. Eine tiefrote Lache um den Kopf herum bestätigte die kleinen roten Fetzen an der Wand. Es war schwer zu sagen, ob der Mann tot war oder lebendig.

In einem Anflug von Panik schlug Ricos Herz so schnell, als wollte es zerspringen.

»Scheißkerl!«, hörte er Chili wie durch ein Megaphon schreien. »Scheißkerl!«

Langsam drehte er sich um.

»Scheißkerl!«

Ja, sie meinte ihn.

VIER

Lola Herrenhaus wusste nicht im Mindesten, wo sie sich aufhielt und was sie von der ganzen Situation halten sollte. Sie hatte das Gefühl, sich in einer Lawine zu befinden, die ins Rollen gekommen war und immer schneller und schneller den Berg hinabraste.

Ihre Fußlänge war vor Jahren einmal mit fünfundzwanzig Komma fünf Zentimetern vermessen worden. Wenn sie also, um eine Strecke auszumessen, ihre Füße exakt vierzehn Mal voreinander auf den Boden setzte, ergab das ein Längenmaß von drei Metern und siebenundfünfzig. Drei Meter siebenundfünfzig – so lang war das fensterlose Verlies, in dem sie seit gut zwei Wochen hauste.

An einer der Schmalseiten war der Raum mit einer Tresortür verschlossen. Sie konnte nur von außen geöffnet werden. Auf der rechten Seite hinter dem Zugang stand ein Hochbett, darunter befand sich die Waschgelegenheit, eine Edelstahlspüle mit zwei Becken. Unter der Decke rechts vom Eingang starrte die Linse einer Beobachtungskamera sie an, die hinter Sicherheitsglas unaufhörlich und geräuschlos hin und her schwenkte.

Auf der dem Bett gegenüberliegenden Seite stand ein Ikea-Schreibtisch mit Stuhl, an der Wand darüber war ein kleiner Fernseher älteren Datums angebracht. In der hinteren Ecke befand sich eine WC-Schüssel. Der Rest der Wand war mit Regalen ausgestattet, in denen sie Bücher, Getränke, Konserven lagern konnte. Obendrauf stand eine Uhr mit biegsamen Zeigern und ohne Glasbedeckung. Sie durfte lesen, fernsehen, Radio hören und Videos anschauen.

Lola vermutete, dass der Raum schalldicht war. Am Anfang hatte sie noch versucht zu schreien. Sie hatte die Wut in ihrer Stimme gehört. Wut, die wie Wasserblasen anstieg und zerplatzte. Sie war sicher, dass sie sich in der Gewalt des gleichen Typs Mensch befand, der ihnen im letzten Jahr so zu schaffen gemacht hatte: Sie war in der Gewalt der Russenmafia. Wollten sie sich an Joe rächen, der sie damals zur Strecke gebracht hatte? Ihre Wut ebbte ab zu Verzweiflung. Verzweiflung zu Hilflosigkeit und Ohnmacht. Ohmacht zu Lethargie. Sie musste sich beschäftigen, um nicht in eine komplette Depression zu verfallen.

Lola schnaubte, stützte sich mit den Händen rückwärts an der Bettkante auf und spannte abwechselnd die Muskeln in den Oberarmen, Oberschenkeln, im Gesäß und am Bauch an. Sie ließ einen prüfenden Blick über ihren Körper gleiten, als wolle sie ihre vollen Brüste, ihren flachen Bauch, ihre straffen Schenkel in ein Bewertungssystem einstufen. Sie fand sich, auch nach über zweiwöchiger Gefangenschaft, fit, gepflegt und gut aussehend. Joe konnte immer noch stolz auf sie sein.

Ihr Joe Ottakring!

In einem Anfall von Sehnsucht, Trauer und Erschöpfung ließ sie sich auf den viel zu kleinen Stuhl sinken, während ihr die Tränen aufstiegen. Eine Minute später wischte sie sich die Augen und befahl sich, ihre Emotionen zu bändigen. Nur Stärke, eiserner Wille und Entschlossenheit würden ihr weiterhelfen, da war sie sich sicher.

Joe würde nach ihr suchen. Von dem Tag an, als sie entführt wurde – sie erinnerte sich genau an den Tag, es war Donnerstag gewesen –, würde er nach ihr gesucht haben, allein oder mit Helfern, und er würde niemals aufgeben.

Immer wieder sah sie den blauen Kleintransporter vor sich, in den man sie gelockt hatte. Eine ärmlich und fremdländisch aussehende Frau in geblümter Kittelschürze hatte sie über den Zaun hinweg angesprochen.

»Gutte Frau, bitte helfen!« Unter Tränen hatte sie auf den Transporter gedeutet. »Mein Kind, mein Kind!« Der Rest war unverständlich in Tränen untergegangen.

Sie folgte der Frau zum Fahrzeug. Dort war sie von einem Mann durch die Seitentür in den Innenraum gezerrt worden. Danach hatte sie einen Blackout. Ihr Erinnerungsvermögen setzte erst wieder ein, als sie hier in ihrem Gefängnis aufgewacht war.

Lola konnte hören, wie sich das Rad an der Außentür zu ihrem Gefängnis bewegte. Es war ein leises Kratzen von Metall an Metall. Zuerst ging die Tür einen Spalt auf, dann halb. Ein Mann zwängte seinen Kopf hindurch. Sein Aussehen war das eines Menschen vom Hindukusch oder vom tiefsten Balkan. Sie fuhr sich mit der Hand über die Stirn, weil ihr plötzlich schwindelig wurde. Schweiß rann aus ihrer Achselhöhle.

»Rauskommen!«, befahl der Mann und winkte mit dem Zeigefinger. Er klang wie der Gang zur Exekution.

FÜNF

Rico Stahl wälzte sich nächtelang allein im Bett, ohne schlafen zu können. Er hatte das Bild des tödlich getroffenen Vamos vor sich, der, zunächst umringt von aufgeregten Kollegen und Kolleginnen, in die Frauenlobstraße abtransportiert worden war. Das Bild mit Chili Toledo verfolgte ihn, die ihm, an den Türpfosten gelehnt, wortlos hasserfüllte Blicke zuschleuderte.

»Bestraft mich doch!«, hätte er am liebsten schreien mögen. Doch bestraft Vamos zuerst, hätte er leise hinzugefügt. Wie konnte dieser Depp sich bloß erschießen. Hunderte Male hatte seine Show reibungslos geklappt. Er hatte brilliert. Hatte es an seinen neuen Haftschalen gelegen? Die Autopsie würde es klären.

Doch egal wie. Er hatte Vamos gegen jede Regel zu seiner Einstandsfeier mitgebracht und handeln lassen. Was hatte er damit beabsichtigt? Er wollte sein Team mit einer Attraktion auf sich einstimmen, auf seine Linie bringen. Ihnen zeigen, was unter seiner Regie alles möglich ist. Seht her, so läuft der Hase! Taff sein ist die Devise!

Und dann war es gründlich schiefgegangen. Sehr gründlich. Man kann vor der Tat fliehen, nicht aber vor der Schuld. Bestraft mich ... Irgendwann musste Schluss sein.

Rico musste ein breites Grinsen unterdrücken. So oder ähnlich hätte es sich abspielen müssen, wenn nicht ... Ja, wenn nicht alles wie geplant verlaufen wäre.

Musste er nun gegen ein schlechtes Gewissen ankämpfen? Analytisch, kühl abwägend, nur Schwerpunkte erwägend – hatte das für ihn nicht schon immer gegolten? Die einzige Möglichkeit, mit der Wirklichkeit fertig zu werden, war nicht vages Grübeln, sondern die Auseinandersetzung mit den Tatsachen. Und dafür gab es nur einen einzigen Weg. Einen einzigen. Endlich, als ihm das klar geworden war, konnte er einschlafen.

***

Nur aus Höflichkeit und reiner Kollegialität war Ottakring zu Stahls Einstandsfeier am Sonntag marschiert. Und nur, weil Schuster, der taktvolle Präsident, sein eigenes Kommen abgesagt hatte. Stahl, sein Nachfolger, war ihm weder sympathisch noch unsympathisch gewesen. Ein bisschen arrogant vielleicht, wobei seine Tüchtigkeit und seine dienstlichen Erfolge außer Frage standen. Er durfte zu Recht stolz sein.

Doch der seltsame Tod dieses Vamos übertraf alles. Und Stahl war zweifelsfrei dafür verantwortlich, dass es in den Diensträumen passiert war. Er hatte Vamos mitgebracht, aus welchen Gründen auch immer. Ob Stahl jemals weiterermitteln oder ob ihm zukünftig jeder Fall von vornherein entzogen werden würde – ob er gar auf seinem frisch anvertrauten Posten abgelöst werden würde, das war nach Ottakrings Auffassung fragwürdig.

Er stand am Fenster im Brannenburger Haus und schnaufte tief durch – das alles ging ihn nichts mehr an. Seine Gedanken waren bei Lola. In seiner Vorstellung konnte er jede Einzelheit ihres Gesicht nachzeichnen. Wie ein Künstler konnte er ihren Kopf und ihre Gestalt mit allen Details modellieren, besonders das Lächeln, das sie ihm schenkte, und ihre Augen mit diesem verführerischen Ausdruck.

Er kochte innerlich, wenn er an die Lage dachte, in der sich seine Frau befinden musste. Er wusste rein gar nichts von ihr. Niemand hatte etwas gesehen oder gehört. Dabei war sie am helllichten Tag verschwunden. Jedes Verbrechen hinterlässt Spuren, und erscheinen sie anfangs noch so unbedeutend. Ein ehernes Gesetz der Kriminalistik. Doch in diesem Fall schien es nicht zu gelten.

Er war versucht, auf Stahl zuzugehen und ihn um Unterstützung zu bitten. Doch hatte Stahl nach dem, was vorgefallen war, überhaupt noch die Befugnis, hierüber zu entscheiden?

***

Einen einzigen Weg gab es nur für Rico Stahl, sich mit den Tatsachen auseinanderzusetzen.

»Alle«, sagte er zu Huawa, als er ins Präsidium kam. »Alle, die verfügbar sind.«

Zehn Minuten später hielt sich das gesamte K 1 im Sozialraum auf.

»Setzt euch«, sagte Rico. Er strich sich die Krawatte glatt. »Das hier ist keine offizielle Angelegenheit. Es ist eine Privatsache, ein bisschen so wie unter Freunden.«

Bruni und drei, vier andere zogen sich einen Stuhl heran und setzten sich, die anderen blieben stehen. Chili lehnte an ihrem Türpfosten und machte ein neutrales Gesicht.

»Ihr wisst von dem Verfahren gegen mich wegen Vamos. Es wurde eingestellt. Sein Tod gilt als Selbsttötung. Ich war gestern beim Präsidenten. Er hat etwas zu mir gesagt, was mich getroffen hat. Er hat ungefähr Folgendes gesagt: ›Wenn Sie ihn nicht bei Ihrer Feier vorgeführt hätten, wäre Vamos noch am Leben.‹ Ich hätte ihm antworten können, dass er sich dann eben bei einer anderen Gelegenheit erschossen hätte. Er hatte ein Problem mit seinen neuen Haftschalen, und das hätte immer und überall auftreten können, wenn er wieder Russisches Roulette gespielt hätte. Aber formal hat der Präsident natürlich recht. Ich habe Vamos eingeladen, und er ist hier gestorben. Ich war also der Urheber.«

Rico Stahl ließ den Blick über die Köpfe seiner Mitarbeiter und Mitarbeiterinnen schweifen. Bei Chili, seiner Stellvertreterin, hielt er kurz inne. Ihrer Miene war unentschlossen. Rico nahm die Brille ab, um energisch die Gläser zu putzen.

»Ich möchte mich bei Ihnen entschuldigen und schließe mich den Worten des Präsidenten an: ›Halten Sie jetzt umso mehr zusammen‹, hat er gesagt.« Er musterte jedes Gesicht einzeln.

So hatten sie noch nie jemanden zu ihnen reden hören. Sie schauten ihn verwirrt an und hielten den Atem an.

»Was meinen *Sie*, Frau Toledo?«, fragte er Chili. Er konnte die Zweifel in ihren Augen sehen.

Sie überlegte kurz. Dann bedachte sie ihn mit einem unbeholfenen Lächeln und sagte: »Herr Stahl, was ich zu sagen habe, lässt sich durch Schweigen besser ausdrücken.«

***

»Rauskommen!«

Lola hatte inzwischen das Gefühl gewonnen, dass man ihr nicht nach Leib und Leben trachtete. Auch zur Russenmafia schien keine Verbindung zu bestehen. Dann wäre alle anders gelaufen.

Irgendwie wollte sich die Familie Bardhyl an ihr rächen, das war ihr inzwischen klar geworden. Sie hatte Zamira zweimal als Kandidatin für eine Rolle abgelehnt, und das vertrug die Ehre der Familie nicht. Lola hatte nur noch nicht herausgefunden, welcher Art die Rache sein sollte. Dass sie sich mit ihrer Entführung erschöpfen sollte, hielt sie für unwahrscheinlich. Wurde womöglich der Sender erpresst? Stellten sie Joe ein Ultimatum?

Die drei Menschen, die ihr bisher gegenübergetreten waren, waren zwei Mal Zamira Bardhyl gewesen, regelmäßig ihr Vater und ein weiterer Mann im ähnlichen Alter. Ein einziges Mal war eine ältere, verhutzelte Frau ins Spiel gekommen, vielleicht Zamiras Mutter oder Großmutter.

Alle waren unmaskiert. Ihr Verhalten entsprach nicht gerade dem Profil dezidierter Entführer oder Erpresser. Bisher hatten sie noch kein einziges Wort gewechselt. Alles lief schweigsam ab. Wenn einmal etwas nicht durch Zeichen oder Mimik vermittelt werden konnte, beschränkte man sich auf Geschriebenes.

Deshalb war »Rauskommen!« so etwas wie eine Premiere. Allein der barsche Ton jagte Lola nicht gerade Angst ein, doch sie spürte die Beklemmung des Ungewissen in sich aufsteigen.

Ihr Gesicht war schmal und blass geworden. Wenn sie morgens oder abends ihr Spiegelbild im glänzenden Chrom der Spüle betrachtete, war es durchsetzt vom Schein der Deckenstrahler. Ihre Augen waren blau oder grau oder grün, schwer zu sagen bei dieser Beleuchtung. Ihr kleiner Mund war leicht geöffnet, als ob sie gleich etwas sagen wollte. An der Nasenwurzel hatten sich drei mitteltiefe senkrechte Falten gebildet.

Die Tür öffnete sich so weit, dass sie den dunklen Hintergrund draußen verschwommen wahrnehmen konnte. Zögernd und umständlich schlüpfte sie durch den Türspalt.

»Ausziehen!«, bellte der Mann mit hartem Akzent.

Sie sah ihm ins Gesicht. Trotz ethnischer Bräune war er bleich und hatte eine großporige Haut. Er füllte den Raum mit einer Ausdünstung aus Schweiß und Magensäure. Irgendwo lief eine CD. Lola kannte den Titel. »Pflaster« von Ich + Ich.

Blöder Hund!, dachte sie, während sie sich aufrichtete. Das werd ich sicher nicht tun.

»›Ausziehen!‹, hat er gesagt.« Eine weibliche Stimme hinter ihr. Lola wusste sofort, dass es Zamira war.

Der Alte verschwand, und Zamira hielt ihr mit beiden Händen ein sauberes Handtuch hin. Mit dem Kinn gab sie ihr ein Zeichen. Zamira war eine exotische Schönheit, einen halben Kopf kleiner als Lola. Sie war nur keine Schauspielerin.

»Duschen!«

Es tat gut. Das Wasser war heiß. Sie suhlte sich darunter, bis Zamira den Hahn abdrehte. Sie frottierte sich ab und ließ sich von Zamira in das Laken wickeln, was sie wie eine Maharani aussehen ließ. Fast fühlte sie sich auch so.

Zamiras Augen – ihr Blick flackerte. Er richtete sich knapp über ihren Scheitel hinweg auf etwas, was hinter Lola geschah.

Zwei Hände legten sich über ihr Gesicht. Sie konnte den Lappen mit dem Äther riechen. Sie kämpfte dagegen an, sie wand sich, hatte aber keine Chance. Sie fühlte noch, wie das Laken ihren Händen entglitt. Dann fiel sie in ein tiefes Loch, und es wurde schwarz um sie.

***

Traurig breitete Gesomina die Arme aus und kam auf Ottakring zu.

»Ich wusste, dass du kommen wirst«, sagte sie und legte ihren Kopf an seine Brust. Ihr schwarzes Haar kitzelte sein Kinn. »Ich vermisse Lola auch.« Ihre tiefe Stimme stand in einem eigenartigen Gegensatz zu ihrer zierlichen Figur.

Ottakring war zwei Stunden lang mit offenen Augen und Ohren, aber ohne Ziel durch Rosenheim gebummelt. Irgendwie hoffte er, dass ihn von irgendwoher ein Hinweis erreichte, Lola betreffend. Als ihm aber nichts außer ein paar Tauben zuflog, hatte er sich schließlich entmutigt dem Giornale zugewandt. Erwartungsvoll sah er Gesomina an.

»Ich hab bei dir zu Hause angerufen«, sagte sie. »Vor einer halben Stunde. Hier.«

Sie hielt ihm einen Zettel hin, den sie von einem Rechnungsblock abgerissen hatte. Darauf stand in runder, weiblicher Schrift eine Handynummer.

»Ein Mann hat angerufen und mich verlangt«, sagte sie. »Du sollst ihn zurückrufen. Es geht um deine Frau, sagt er.«

Ottakring wirkte wie elektrisiert. Für eine Sekunde packte er Gesomina mit festem Griff an den Schultern.

»Was? Bei dir hat er angerufen? Eine männliche Stimme? Was hat er gesagt? Was wollte er?«

»Nichts. Nichts weiter. Danach hat er aufgelegt. Du sollst ihn zurückrufen. Sonst hat er nichts gesagt. Aber es schien ihm wichtig. Ich hab seine Nummer vom Display abgeschrieben. Warum er ausgerechnet bei mir angerufen hat? Keine Ahnung.«

Die Wanduhr aus Messing hinter der Bar zeigte zwölf nach sieben. Wenn jemand Gesomina anrief, um ihn, Ottakring zu sprechen, musste er sich auskennen. Er musste wissen, dass er im Giornale verkehrte. Da war er, der Hinweis, der vom Himmel fallen sollte.

»Danke, Gesomina«, sagte Ottakring und gab ihr einen verrutschten Wangenkuss. »Bist ein Schatz.«

Tränen standen in Gesominas Augen.

Er riss seine Jacke vom Haken und war in wenigen Schritten an der Tür. Am Himmel über dem Max-Josefs-Platz hingen schwere Regenwolken. Es begann früh dunkel zu werden. Das kam dem Kriminalrat kalt und feindselig vor.

***

Rico Stahl war jede Art von Veränderung gewohnt. Er hatte die Mitte der dreißig überschritten, war also in einer Phase, in der die Angst vor dem Älterwerden begann. Obwohl die Auswahl beträchtlich war, hatte er sich zu einer Heirat nie entschließen können. Sein Leben gefiel ihm so, wie es war. Fünfundachtzig Prozent Dienst, fünfzehn Prozent privat. Von diesen fünfzehn Prozent hielt er sich die Hälfte der Zeit in seiner Wohnung auf. So wie jetzt. Hier konnte er am besten entspannen.

Auch seine Berufung zum Leiter der Rosenheimer Mordkommission würde an diesem Lebensrhythmus nichts ändern. Lediglich die Anzahl und die Strecken der Dienstreisen würden sich verringern. Er war gespannt auf seinen ersten echten Einsatz, die erste SoKo, die er hier in Rosenheim leiten würde.

Das letzte Vorkommnis als BKA-Agent lag nur wenige Wochen zurück. Jemand hatte ihm einen Mord unterschieben wollen. Der Tote, ein erfolgreicher Finanzmakler, lag im Schlafanzug auf dem Boden, sein Gehirn war über den ganzen Teppich verteilt. Ricos

Dienstpistole lag daneben. Es roch nach frischem Pulverdampf, als er aus seiner Betäubung erwachte. Er betastete sein Gesicht und versuchte die Wattewölkchen loszuwerden, die ihm den Verstand vernebelten. Eines war klar: Der Mann war mit seiner, Ricos, Dienstwaffe erschossen worden. Er wusste nur noch nicht, wie es geschehen war und warum.

Seine Gedanken flogen weiter. Bei einer Schießerei im Nürnberger Hafen hatte er zwei Kugeln abgekriegt. Sie waren damals in Körperregionen eingeschlagen, in denen solche Verletzungen nicht einfach wieder heilen und zusammenwachsen können, und er hatte zudem noch viel Blut verloren. Es war knapp gewesen! Nur die nächtliche Kälte hatte verhindert, dass er auf der Stelle krepierte. Das hatte jedenfalls der Arzt behauptet, der ihn nachher operierte.

Versonnen blickte er aus seinem Wohnzimmerfenster. Es wurde schon herbstlich. Es war kühl, der Wind wirbelte die ersten bunten Blätter über die Terrasse. Drunten am Schwarzen Brett vom Gmoahof hing schon das Werbeplakat mit dem pausbäckigen Trommler fürs Rosenheimer Herbstfest.

Clara Gray kam ihm in den Sinn. Er wunderte sich, warum gerade jetzt. Er war ihr in der Stadt begegnet, auf ihre unnachahmliche Art hatte sie ihn angelacht. Sie und ihr Freund hätten eine Box im Flötzinger Zelt reserviert, ob er denn nicht Lust hätte, ihnen die Ehre zu geben … Heinrich, sein Vater, habe auch schon zugesagt.

Er blätterte gerade das Adressbuch im Handy durch, um Clara anzurufen, da platzte das Telefon in seine Gedanken. Das schwarze altmodische Ding in der Ecke hatte schon seit Ewigkeiten dagestanden, stumm wie eine Pistole, die noch im Holster steckt. Seit er hier wohnte, hatte noch niemand auf dem Festnetz angerufen. Seine Freundinnen erreichten ihn ausnahmslos am Handy, einmal hatte ihn eine im Dienst angerufen, was er aber sofort für alle Zukunft unterbunden hatte.

Er sammelte seine Gedanken.

»Hallo«, murmelte er. Schade, dass diese alten Dinger kein Display hatten.

»Hallo, Herr Stahl!«, hörte er. »Wollen Sie sich nicht setzen?«

***

Etwa zur gleichen Zeit suchte sich Ottakring eine stille Bank im Riedergarten und wischte sie trocken. Es hatte ein paar Tropfen geregnet. Er tippte die Nummer von Gesominas Zettel ein. Sie war belegt. Sein Herzklopfen blieb. Um ihn herum roch es nach den Ferien seiner Kindheit.

Die dunklen Wolken hatten sich nach Osten Richtung Chiemsee verkrochen. Ein paar verlorene Sonnenstrahlen färbten hastig ziehende Wolkenfetzen rot.

»Hallo, Ottakring«, meldete er sich, als endlich das Freizeichen kam. »Sie wollten angerufen werden. Wer sind Sie?«

Er hatte nicht den blassesten Schimmer, was da auf ihn zukam. Aber er fühlte wieder etwas Boden unter den Füßen.

»Ja.« Ein Mann. Keine unsympathische Stimme. »Wir wollen über den 15. August sprechen, nicht? Den Tag, als Ihre Frau abhandenkam.«

Stimme nicht verstellt, keine Verzerrung, zwischen vierzig und fünfzig, leichter Akzent, den er nicht identifizieren konnte. Wie stellte er sich das zugehörige Gesicht vor? Er vermisste ein Aufnahmegerät.

»Herr Ottakring? Ich hab Sie was gefragt. Wollen Sie nicht hören, wer sie abgeholt hat?«

»Erzählen Sie!« Er hatte sich von der Bank erhoben und ging auf und ab. »Bitte!«

»Schon besser. Ihre Frau wurde von einem blauen Kastenwagen abgeholt.« Kurzes Lachen. »Na ja, ›abgeholt‹ ist wohl der falsche Ausdruck. Stieg durch die Seitentür ein. Nicht ganz freiwillig. Ihre Nachbarin hätte es sehen müssen. Sie war in der Küche, mit freiem Blick auf die Straße.« Plötzlich kam Hektik in die Stimme. »Das war's. Ein blauer Kleintransporter, okay?«

Stille. Gespräch beendet.

Nachbarin. Blauer Kastenwagen. Blauer Kleintransporter. Die Welt war voll davon.

»Herr Ottakring? Rico Stahl hier. Ich habe soeben einen anonymen Anruf gekriegt. Es sieht so aus, als wäre Ihre Frau in einem Kleintransporter entführt worden. Einem blauen, sagt der Anrufer.«

Ottakrings Unbehagen wuchs. Nahm dieser Anrufer mit jedem Kontakt auf? Warum? Was steckte dahinter?

»Hallo? Ottakring? Sind Sie noch dran? Ja? Wir werden diesen Entführungsfall nun offiziell übernehmen müssen. Ich lade Sie ein, Ihren Teil beizutragen. Also Mitglied in der SoKo zu werden. Es geht schließlich um Ihre Frau.«

SECHS

Polizeihauptmeister Lewandowski hat eine reizende blonde Frau zu Hause und zwei gut gelungene Buben, auf die er gscheit stolz ist, der Lewandowski. Sebastian ist Klassensprecher der 4a, der siebzehnjährige Anton unter den ersten zwanzig in Deutschland im Fünfzehn-Kilometer-Winter-Duathlon. Lewandowski hätte ihn, den Toni, an diesem Samstag zu gern selbst zum Training nach Reit im Winkl gefahren und wär dabei gewesen, aber er hat Dienst. Kriminaldauerdienst wird vierundzwanzig Stunden am Tag gefahren, dreihundertfünfundsechzig Tage im Jahr. Und zwei müssen immer ran. In diesem Fall mal wieder Lewandowski. Also muss an diesem Tag seine Frau nach Reit im Winkl.

So kam es, dass Lewandowski den Hörer abhob, als der Anruf einging. Es war neun Uhr zwei in der Früh.

Keine sehr männliche Stimme, dachte Lewandowski, doch sie gehörte eindeutig zu einem Mann. Vielleicht lag das, was er für unmännlich hielt, auch daran, dass der Mann heftig schluchzte. Der Diensthabende hatte Mühe, ihn zu verstehen.

Doch als er die Meldung erfasst hatte, machte er alles richtig. Er schnitt den stockenden Text mit, stellte den Standort des Meldenden fest und fragte nach dem Namen. Den wollte der Anrufer nicht nennen, auch daran war Lewandowski gewöhnt. Er informierte den Kollegen einen Schreibtisch weiter. Beide reagierten unverzüglich.

»Die volle Besetzung!«

***

»Wir haben bisher über tausend Besitzer blauer Kleintransporter überprüft«, sagte Rico Stahl zu Ottakring. »Ohne Ausnahme. Familienkutschen, Handwerkerautos, Flughafen-Shuttles, Behindertentransporte. Allerdings bisher auch ohne Erfolg. Totale Fehlanzeige. Es gibt keinerlei Hinweis darauf, dass einer der Eigentümer oder eines der Fahrzeuge am 15. August in der Nähe Ihres Hauses war.«

»Und meine Nachbarin von der anderen Straßenseite? Haben Sie die auch noch einmal überprüft?«

»Die haben wir sogar einem Lügendetektortest unterzogen. Reine Vorsichtsmaßnahme. Die Frau ist sauber.«

In Ottakrings Augen trat ein eigentümlicher Ausdruck. »Wer sagt uns denn, dass uns der Anrufer nicht einfach aufs Glatteis führen wollte? Aus welchem Grund ruft er fast zur selben Minute zuerst mich, dann Sie an? Und was ist sein Motiv? Haben Sie das schon einmal überlegt?« Ab und zu gelang es ihm, seine Apathie mit Fragen wie diesen zu überspielen.

Rico wirkte belustigt. Er zupfte an der Krawatte. Heute war die Grundfarbe ein gedecktes Gelb, mit kleinen Leoparden darauf.

»Sie sind nicht ganz im Gleichgewicht, Herr Ottakring. Selbst wenn uns der Anrufer nur einen Streich spielen wollte, müssten wir seiner Andeutung doch nachgehen, oder? Ich für meinen Teil halte den Anruf durchaus für seriös. Was war ihr Eindruck?«

»Sterben müssen wir alle«, sagte Ottakring. »Aber ich möchte selbst bestimmen, wann, wo und wie.«

Rico betrachtete den Kriminalrat mit zugekniffenen Augen. Alkohol? Drogen? Er verwarf die Idee. Er hat Stress, sagte er sich. Er macht sich große Sorgen. Er lebt in wahnsinniger Angst um seine Frau. Oder macht er gar gerade die Entwicklung vom jugendlichen Helden zum komischen Alten durch? Der Kollege hatte es verdient, etwas aufgemuntert zu werden.

»Wir haben die Suche nach Tirol und nach Nordbayern ausgeweitet«, setzte er an. »Mal sehen, wie viele blaue Kastenwagen es dort gibt. Stärkt das ihr Gleichgewicht?«

Ottakring schüttelte gedankenverloren den Kopf. »Gleichgewicht? Gleichgewicht. Ich war seit meinen ersten Schultagen nicht mehr im Gleichgewicht. Absolut nicht.«

»Sicherheitsdirektion Niederösterreich in St. Pölten, Hauptmann Homacz. Hab ich Sie jetzt endlich in der Leitung, Kollege Stahl?«

Rico lehnte sich zurück und wischte ein paar imaginäre Staubkörner von der Schreibtischplatte. »Ja«, sagte er. »Ja«, sonst nichts. Was wollten die Österreicher von ihm? Ein Hilfeersuchen?

»Wen haben Sie denn da als Telefonempfangschef eingesetzt? Das war vielleicht ein Witzbold.«

Aha, der Huawa, dachte Rico. Manchmal etwas umständlich. Aber treu und gewissenhaft.

»Nicht weswegen Sie jetzt vielleicht denken, ruf ich an, Kollege«, fuhr der Anrufer mit starkem Wiener Akzent fort. »Kein Hilfeersuchen. Mir ist da nur was aufgefallen. Stichwort ›blauer Kastenwagen‹.«

Rico straffte sich in seinem Sitz und nahm das rechte Bein von der Tischplatte. Das unbarmherzige Kunstlicht der Deckenlampen mischte sich mit dem Dämmerlicht eines nebligen Vormittags.

»Gut! Was wissen Sie?«

»Ich will's Ihnen sagen. Sie haben einen Entführungsfall, und Sie verdächtigen den Besitzer eines blauen Kastenwagens. Die Frau Ihres Vorgängers ist verschwunden. Mit dem Ottakring hab ich vor Jahren zu tun gehabt, als er noch in München war. Ziemlich leiwand, der Mann. Und jetzt sucht ihr seine Frau. Bisher ohne Resultat. Korrekt?«

»Korrekt.«

»Passen Sie auf«, sagte der Österreicher. Kurze Pause. »Wir haben einen ähnlichen Fall. Ein fünfzehnjähriges Mädchen wurde auf offener Straße in einen blauen Kastenwagen gezerrt. Das war genau vor eineinhalb Wochen. Wir haben dreiundzwanzig Besitzer blauer Kastenwagen befragt. Einen hatten wir verdächtigt, einen Handwerker. Aber es hat sich als Irrtum herausgestellt. Wir schließen Menschen- und Organhandel nicht aus.«

Rico Stahl konnte spüren, wie sich elektrische Ladungen aus allen Enden seines Körpers entluden.

»Dann haben Sie sicher auch die Namen und Adressen festgehalten«, hakte er vorsichtig nach. »Dreiundzwanzig, sagen Sie? Wir haben unübertrieben über tausend untersucht.« Er hielt kurz inne. »Was dagegen, wenn ich nach Wien fliege? Würden Sie mich abholen lassen?«

»Das wär mein Vorschlag gewesen, Kollege, küss die Hand. Wann kommen Sie?«

»Ich ruf zurück, sobald ich's weiß.«

Lewandowskis Anruf alarmierte Rico Stahl auf dem Weg zum Flughafen.

Der nächste Flieger nach Wien wäre in der zweiten Nachmittagshälfte gestartet. Das war ihm zu spät gewesen. Via Handy hatte er kurzerhand eine Cessna gechartert, die vollgetankt im General-Aviation-Teil des Münchener Flughafens geparkt war. Er hatte geplant, die Donau entlang, an Kloster Melk vorbei, Wien Airport anzusteuern. Dort würde Homacz ihn abholen lassen. Manchmal zahlte es sich eben aus, wenn man Boots-, Segel-, Lkw- und Flugzeugführerschein besaß.

Doch ein Leichenfund, wie Lewandowski ihn beschrieb, stoppt alle anderen Vorhaben. Rico kehrte sofort nach Rosenheim ins Präsidium zurück. Kurz hinter Ramersdorf, nachdem er die A8 befahren hatte, ließ er sich mit Ottakring verbinden. Er erklärte ihm die Situation. Er müsse sich sofort um den gemeldeten Fall kümmern und könne unmöglich weg.

»Sie müssen selbst nach Wien, Herr Ottakring. Der Huawa kann Ihnen den Flug heute Nachmittag buchen. Hauptmann Homacz ist Ihr Ansprechpartner.«

Er hatte den Eindruck, Ottakring war froh, die Suche nach Lola selbst in die Hand nehmen zu dürfen. Schließlich waren sie an einem entscheidenden Punkt angelangt. Lola Ottakring musste gefunden werden.

»Den Homacz kenn ich von früher«, sagte Ottakring leise, bevor Rico ihr Telefonat beendete.

Allein aufgrund der eingegangenen Meldung konnte Rico Stahl nicht ahnen, wer die weibliche Tote war. Sie sei schrecklich zugerichtet, hatte man ihm gesagt. Es hatte wie eine vorsichtige Warnung geklungen.

Aber das hatten schon viele gesagt. Wie oft hatte er diesen Hinweis in seiner Laufbahn schon gehört. Und dann kam er hin, und der Kopf war absolut sauber abgetrennt gewesen oder in der Schläfe war ein kleines Loch, an dem geronnenes Blut klebte, oder der Schädel war einfach eingeschlagen. Kaputt.

Schrecklich zugerichtet war anders.

Etwas anderes an der Nachricht hatte ihn sehr viel mehr schockiert. Der Erkennungsdienst war bereits vor Ort, und die EDler sagten aus, die Leiche sei in der Wohnung der Schauspielerin Clara Gray aufgefunden worden. Ob es sich um die Person selbst handele, könne man aus ihrem Zustand nicht erkennen. Allein die Tatsache, dass sie in Clara Grays Wohnzimmer lag, beweise noch lange nicht ihre Identität

Als Rico Stahl vor der Leiche stand, wurde sogar einem durch und durch abgebrühten Ermittler wie ihm ganz anders. Diese Leiche war tatsächlich schrecklich zugerichtet, verstümmelt, abgeschlachtet, gemetzelt, unkenntlich gemacht worden. Und obwohl Rico die schillernde Figur der Clara Gray gut zu kennen glaubte, konnte auch er die Personalie vom bloßen Anblick her nicht bestimmen.

Die Rechtsmedizin würde bald eintreffen. Rico hatte Chili Toledo verständigen lassen, auch sie würde, wie er sie einschätzte, nicht lange auf sich warten lassen. Er wollte sie unbedingt bei seinem ersten Fall als Rosenheimer Mordchef dabeihaben.

Erst danach konnte er sich seinen eigenen Gefühlen widmen. Es war etwas total anderes, ob man zu einer fremden Leiche gerufen wurde oder zu einer Toten, die man gut gekannt hat. Zu einer Frau, mit der man sich vergnügt und mit der man geflirtet hat und die jetzt grässlich verstümmelt vor einem lag.

»Voll bekleidet, wahrscheinlich kein Sexualmord«, meldete Bruni. Er trug die dunklen Haare lang. Seine knochige Figur und sein ausgezehrtes Gesicht wiesen ihn als passionierten Mountainbiker aus.

Rico nickte und warf einen weiteren Blick auf die Leiche. Die Frau war durch unzählige Messerstiche verunstaltet worden. Im Gesicht, am Hals, in der Brust, im Unterleib. Es war jedoch nicht versucht worden, sie zu entpersonifizieren, zum Beispiel durch gezieltes Verstümmeln oder Entfernen von Gesicht, Brust und Genitalien. Auch war kein stumpfer Gegenstand verwendet worden, kein Stein, keine Vase, kein Feuerlöscher.

Ein Teil ihres Haars war abgeschnitten, wahrscheinlich nachträglich. Der Täter hatte sich nicht einmal die Mühe gemacht, die Reste verschwinden zu lassen. Die Haarbüschel lagen direkt neben dem Kopf. Auch sie waren blutverschmiert. Dieses Indiz signalisierte Rico eindeutig: Dem Opfer sollte eine Kränkung zugefügt werden. Die Frau sollte noch im Tod erniedrigt werden. Die Demütigung wies auf jemanden hin, der sie gut kennen musste. Er nahm ein Papiertaschentuch, hob ein winziges Büschel auf und zerrieb es in den Fingern. Es war frisches Blut.

Rico rückte seine Krawatte zurecht, die blau grundierte. Rote lehnte er ab. Mit der Farbe Rot hatte er zu häufig zu tun. An Berlin musste er denken, an die Fahrt in Smisseks Escalade – oder hatte Luger den Cadillac besorgt? – bei der WM 2006 durch Berlin-Mitte. Clara war so glücklich gewesen mit ihrem Mann, und Ottakring und seine Lola hatten sich wie kleine Kinder gefühlt, denen man eine Reise nach Disneyland geschenkt hatte.

Wie unendlich viel hatte sich in jüngster Zeit doch ereignet. Luger entpuppte sich als Claras Vater, er landete wegen Betrug im Gefängnis. Lola Herrenhaus war entführt worden, Ottakring war hoffentlich mit Hilfe der Österreicher dabei, sie wiederzufinden. Und nun lag Clara Gray verkrümmt vor ihm. Tot. Ermordet. Denn dass es sich um Clara handeln musste, daran hegte Rico keinen Zweifel mehr.

***

Hauptmann Homacz streckte die Hand weit aus und schüttelte Joe Ottakrings Rechte, hielt sie sekundenlang in der seinen und legte dann die andere darüber. In der Miene des Österreichers lag eine für einen Mann seines Berufs uncharakteristische Sentimentalität.

Ottakring erwartete noch ein »Der Herr beschütze Sie und verleihe Ihnen Kraft«. Er hatte nicht ganz unrecht.

»Möge uns der Erfolg beschieden sein«, sagte Homacz feierlich in gedämpftem Wienerisch.

Er war ein kleines, kugelrundes Männlein mit rundem Gesicht, dickem Bauch und krummen Beinen. Er trug eine Goldrandbrille, auf dem Schädel klaffte eine dünne fahlblonde Strähne, die er gescheitelt hatte.

Um sie herum die Geräusche startender Flugzeuge, von Lautsprecherdurchsagen und dem Geklapper leerer Espressotassen. Wien war nicht mehr der Provinzflughafen von einst, als Rico vor Jahren das letzte Mal hier gewesen war. Er fühlte sich an den Kinofilm »Airport« erinnert.

Sie nahmen den City Airport Train zur U-Bahn Landstraße, wo Homacz sein Auto geparkt hatte. Wenige Minuten später saßen sie sich in seinem Büro gegenüber.

»Hier sind Namen und Adressen«, nuschelte der Hauptmann

und schob Ottakring ein Dossier über den Tisch. Korrekterweise hätte es für diesen Schritt einer ganzen Menge Anträge bei den jeweils übergeordneten Dienststellen bedurft.

»Ich danke Ihnen«, sagte Ottakring unspektakulär und suchte Homacz' Blick.

Jeden einzelnen der Besitzer blauer Kastenwagen in Niederösterreich gingen sie im Detail durch. Das vermisste Mädchen war an einem Freitag in Bad Vöslau entführt worden, seither verlor sich jede Spur. Drei Fahrzeuge hatten sich zur Tatzeit in Vöslau oder Umgebung befunden.

»Diesen hier hatten wir in Verdacht«, sagte Homacz und deutete auf das Foto eines fremdländisch aussehenden Mannes mittleren Alters. »Leka Bardhyl. Er führt eine kleine Elektrofirma in Unterkirchbach im Wiener Wald. Der Mann druckste herum, sprach etwas von Reparaturarbeiten im Raum Bad Vöslau und verwickelte sich in Widersprüche. Geringfügig nur, aber wir haben sofort nachgehakt, Sie wissen ja, wie das ist, wenn man wie hoffnungslos nach einer Spur gräbt.«

Nachdem er das gesagt hatte, wickelte er eine Wurstsemmel aus und biss kräftig hinein.

Ottakring nickte. Ja, er wusste das nur zu gut. Egal was Homacz noch bringen würde, sein Entschluss stand jetzt bereits fest. Doch sein Pokerface ließ es nicht erkennen.

»Der Mann hatte tatsächlich einen Auftrag in der Mühlsteingasse. Die Mühlsteingasse liegt eineinhalb Kilometer vom Entführungsort entfernt. Hoch verdächtig also. Dort hatte sein blauer Kastenwagen auch geparkt. Hinten total abgedunkelte Scheiben. Wir haben das Fahrzeug natürlich zerlegt, vor allem den Innenraum. Der war in desolatem Zustand, ein Chaos aus Werkzeug, Kabeln, Strippen, Ersatzteilen, Glühbirnen und einem halben Meter Bauschutt. Ums kurz zu machen: Wir haben den bisher unbescholtenen Bardhyl schließlich für nicht verdächtig erachtet.«

»Bardhyl? Das klingt nicht sehr niederösterreichisch. Slowakisch? Serbisch?«

»Albanisch. Mit offizieller Aufenthaltserlaubnis für sich und seine Mutter und Arbeitserlaubnis für sich.«

»Herr Homacz, Sie sprachen von drei Fahrzeugen, die sich in der Umgebung befunden hätten. Was ist mit ...«

»Ja. Die beiden anderen haben wir schon nach dem ersten Augenschein von der Liste gestrichen. Halter des einen Fahrzeugs ist der Gemeinderat und stellvertretende Bürgermeister, dessen Frau ihr eines Kind in den Kindergarten, das andere zur Schule fährt. Hockey, Reiten, Freundinnen und Freunde – sie ist die Angestellte ihrer Kinder.«

Ottakring beobachtete voll Interesse, wie ein Brösel an der Oberlippe seines Gegenübers haften blieb, eine übertrieben rote Zungenspitze schlangengleich hervorschnellte und den Krümel verschwinden ließ. Homacz' Gesicht glänzte vor Schweiß.

»Das andere Fahrzeug gehört der Raiffeisenbank Bad Vöslau. Es wird von wechselnden Fahrern hauptsächlich für Kurierfahrten benutzt. Zur Tatzeit stand es abgeschlossen auf dem bewachten Parkplatz der Bank. Ein besseres Alibi hat kein Fahrzeug der Welt.«

Homacz brach in brüllendes Gelächter aus, fing sich aber gleich wieder, nachdem er feststellte, dass Ottakring seine Art von Humor nicht ernsthaft teilte.

SIEBEN

Das Erste, was Lola verschwommen erkannte, als sie erwachte, war die Doppelspüle gegenüber an der Wand. Sie selbst lag auf dem Hochbett. Ihre Hände waren taub, und sie spürte ihre Füße nicht mehr.

Sie sah sich um. Es schien dieselbe Zelle zu sein, doch einige Details waren anders. Die Tür war auf der anderen Seite, die Spüle war aus Emaille, nicht aus Chrom, auch der Fußboden war irgendwie anders.

Hatte man sie an einen anderen Ort gebracht? Hatte man sie vorher betäubt? Sie fuhr sich mit den gefühllosen Händen übers Gesicht und sammelte ihre Gedanken. Irgendwie hatte ihr Gehirn mitgezählt, und sie bildete sich ein, dass mehrere Tage vergangen sein mussten.

Das Rad an der Innenseite der Tresortür begann sich zu drehen.

Wenig später kam der mit dem Pockengesicht gebückt herein und stellte ein Tablett auf den kleinen Schreibtisch. »Da! Essen! Trinken!«

Unter Ächzen drehte sich Lola auf die Seite. »Haben Sie mich verlegt?«, fragte sie. »Bin ich jetzt woanders? Welcher Tag ist heute? Und wie viel Uhr?«

Der Alte verzog keine Miene. Er deutete auf das Stück Fleisch auf dem Teller, den Reis und das Gemüse. »Essen! Nicht sterben!«, sagte er in kehligem Ton.

»Ich kann mich kaum bewegen. Was haben Sie mit mir gemacht?«

Statt einer Antwort streckte der Mann ihr beide Arme entgegen. »Komm! Fallen!«

Lola spürte gigantischen Hunger. Sie schaffte es, in eine sitzende Position zu gelangen, und rutschte von da nach unten, den Armen entgegen.

Er ließ sie vorsichtig und korrekt zu Boden gleiten. Dann wandte er sich wortlos um, der niedrigen Tür zu. Im letzten Moment sah Lola draußen eine schwarze Mähne mit zugehörigem Seitenprofil aufblitzen. Zamira.

»Geben Sie ein Zeichen, wenn Sie fertig sind, Frau Herrenhaus.«
Sie stand gebeugt in der schmalen Tür und zeigte zur Kamera im Deckenwinkel. Glitzerreif im Haar, enge schwarze Hose, pinkfarbenes Top. »Sie können fernsehen, wenn Sie wollen. Dann wissen Sie auch, wie spät es ist. Ja, wir haben Sie verlegt. Zu Ihrer eigenen Sicherheit.« Dann verschwand sie, die Stahltür schloss sich.

Zu meiner Sicherheit? Was meint sie, verdammt? Lolas Gedanken wiederholten sich zum hundertsten Mal. Warum war sie überhaupt entführt worden? Was verbarg sich dahinter? Sie war gut behandelt worden, hatte aber von außen nichts mitbekommen. Sie wusste nichts von Lösegeldforderungen – an wen auch? – oder anderen Erpressungsgründen, hatte keine Kenntnis davon, ob nach ihr gesucht wurde, ob sie schon auf ihrer Spur waren. Einer Sache aber war sie sich sicher: Sie setzte volles Vertrauen in ihren Joe, den sie in dieser Zeit des Eingesperrtseins vermisste wie nie zuvor.

Als der Teller leer war, lehnte sie sich in ihrem Puppenküchenstuhl zurück. Sie fühlte, wie sich ihr Herzschlag, ihr Atem beschleunigte und sich selbst im Sitzen alles um sie zu drehen begann. Fliehkräfte wirkten auf sie ein, als säße sie in einem Kettenkarussell und die Aufhängung wäre gerissen.

»Hiiiilfe!«, schrie sie verzweifelt und winkte wie verrückt in die Kamera. »Hiiiilfe! Ich ersticke!«

***

Als Ottakring das Polizeigebäude in Wien verließ, ging ein beharrlicher Regen nieder. Er mietete einen Wagen der unteren Mittelklasse, ließ sich einen Schirm geben und erkundigte sich nach dem Namen des stellvertretenden Bürgermeisters von Bad Vöslau. Er ließ ihn sich zweimal nennen und forschte noch ein drittes Mal. Das Gemeindeoberhaupt hörte auf den schönen Namen Stephansdom. Egidius Stephansdom. Der Kriminalrat fragte sich einen Augenblick lang, ob er einen Mann dieses Namens je zum Gemeinderat gewählt hätte.

Er griff zum Handy. »Huawa, ist die Frau Toledo da? Ja? Dann verbinden Sie mich! Aber dalli!«

Er sprach, ohne die Augen von dem Gesicht abzuwenden, das vor seinem inneren Auge erschien. Chilis Gesicht. Braune Mandelaugen, sanfter Mund, schmale, elegante Nase, der Teint einer Latin Loverin. Etwas wie Erkenntnis huschte über seine Miene. Er erlaubte sich ein winziges Lächeln. Rico Stahl, der Neue, der war genau Chilis Typ.

»... hallo, Chef«, hörte er aus der Ferne. »Hallo!«

»Was ist, Huawa!«, rief Ottakring barsch aus. »Sie sollen mich mit Frau Toledo verbinden! Dalli!«

Dann war sie am Telefon.

»Hallo, Chili ...«

»... du noch nicht gehört? Clara Gray wurde ermordet. Wahrscheinlich jedenfalls. Wir haben die Leiche ...«

Unwillkürlich glitt seine Hand prüfend vom Kragen an den Mund. Tatsächlich: Er stand offen. Reiß dich zusammen, Ottakring. Hilf deiner Frau! Toten kannst du nicht mehr helfen.

Erst Sekunden später hatte sein Großhirn die Nachricht verarbeitet.

»Clara? Clara Gray?«, wiederholte er. Lolas Freundin. Mein Gott! Damit würde er Lola verschonen müssen. Er schüttelte sich und versuchte, sein Gleichgewicht wieder in Ordnung zu bringen.

»Eine Nachforschung, bitte, Chili.« Er gab die Namen Leka Bardhyl und Egidius Stephansdom durch und buchstabierte sie zweimal. »Bekommt heraus, ob es Übereinstimmungen gibt. Filtert sie durch! Ich möchte ausschließen, dass dieselben Namen in unseren Listen mehrfach vorkommen. Wenn aber doch, dann ...«

»Schon klar, Chef. Wird gemacht, Joe!«

Wenig später wischte die Antwort, die er von Chili bekam, den ratlosen Ausdruck wieder von seinem Gesicht.

»Seltsam, Joe, als ob ich's geahnt hätte«, sagte sie. »Natürlich hab ich zunächst alles Kriminaltechnische abgecheckt. Ob ein Bardhyl oder ein Stephansdom bei uns im Computer oder in den Akten auffällig geworden ist. Fehlanzeige. Und dann hab ich die berufliche Umgebung von Lola Herrenhaus daraufhin überprüft. Bin zum Sender gefahren und hab mich erkundigt, mit wem deine Frau zu tun hatte. Und jetzt kommt's, Joe.«

Chili Toledo hatte Sinn für Dramaturgie. Einundzwanzig, zweiundzwanzig, dreiundzwanzig, vier...

»Und? Was ist?«, ballerte Ottakring los.

»Eine Zamira Bardhyl hat sich bei einem Casting für die Hauptrolle in ›Gegen den Wind‹ beworben. Sie fiel durch. Später hat sie sich noch einmal für eine andere Show vorgestellt und vor einem knappen halben Jahr erneut ihre alten Bewerbungsunterlagen eingereicht. Da kannte man sie schon. Sie wurde wieder abgelehnt. Und – jetzt halt dich fest. Rate mal, wer Vorsitzende der Jury war? Und wer die Ablehnung unterschrieben hat?«

Einundzwanzig, zweiund… »Sag bloß! Etwa Lola persönlich?«

»Japp! Genau. Du sagst es. Lola Herrenhaus. Deine Frau. Und was fangen wir jetzt mit dieser Info an? … Hallo? … Hallo! Joe! Ottakring! Hal...«

Chili wartete vergeblich. Der Kriminalrat hatte aufgelegt. Vermutlich, weil er dringend wissen wollte, ob dieser Leka Bardhyl in Unterkirchbach im Wiener Wald der Treffer war. Am liebsten hätte er sich mit einem Hammer gegen die Stirn geschlagen. Warum war er nicht selbst darauf gekommen?

***

Rico Stahl klaubte ein Fädchen von der Armlehne eines Sessels, rollte es zu einem Kügelchen und steckte es sorgsam in die Seitentasche seines Blazers aus teurem Glencheck. Er hatte den Hang, am Tatort alles zu sammeln, was ihm wichtig schien, selbst wenn es zulasten der SpuSi-Kameraden ging. Parallel zu Bruni mit seinen Leuten vom K 3 hatte er sich in allen Räumen umgesehen, Hände in den Taschen, und dann und wann ein paar Anweisungen fallen lassen. Das Rosenheimer Kommissariat 3 hatte zwar einen guten Ruf, doch er wollte sichergehen. Misstrauen gehörte zu seinen unveränderlichen Wesenszügen.

»Stellt ihr Handy sicher! AB abhören. Fußspuren! Gibt's irgendwo eine Videoüberwachung? Sucht nach einem Safe oder Tresor …«

»Huawa, wo bleibt Frau Toledo?«, rief er ungeduldig in der Polizeidirektion an. »Und erkundige dich, ob wir den Anrufer schon haben.« Nicht nur wollte er wissen, wer den Mord gemeldet hatte. Er hatte auch das Bedürfnis, seine Mannschaft endlich um sich versammelt zu wissen. Disziplin und Teamgeist gehörten zu Rico Stahls Normen.

»Ja, habedehre. Bin scho unterwegs. Mir san glei da. Ich fahr den Tatortkombi selber. Glei sammer bei Eahna.«

Als Chili durch die Tür kam, schenkte er ihr ein freundliches Lächeln, verbunden mit einem vorwurfsvollen Blick auf die Uhr. Huawa kam zehn Sekunden später hereingeschneit.

»Gibt's hier irgendwo ein Glas Wasser? Der Huawa rast wie ein Depp.« Chili wischte sich über die Stirn.

Huawa grinste glücklich.

Chili ging in die Küche und kam sehr blass wieder zurück. Sie hatte die Tote gesehen.

»Jessas!«, äußerte sich Huawa nach seinem eigenen kleinen Streifzug.

»Chili, wir beide werden den Fall lösen«, sagte Rico. »Okay? Sie kümmern sich um Leiche und Wohnung. Ich schau mir derweil die Rimsting-Villa an.« Er richtete den Zeigefinger auf Huawa. »Und du hältst uns die Medien vom Leib. Was ist jetzt mit dem Anrufer?«

»Jawoll, Presse!«, sagte Huawa. »Das mit dem Anrufer hammerglei! Habedehre.«

»Welche Rimsting-Villa?«, fragte Chili.

»Wir können so gut wie sicher davon ausgehen, dass das Clara Gray ist, die dort drinnen liegt. Sie hat, bevor ihr Mann ins Gefängnis gewandert ist, fast ausschließlich dort in seiner Villa gewohnt. Ich werd mich mal umschauen. Haben Sie schon was vom Kollegen Ottakring gehört?«

***

Ottakring hätte nicht gedacht, wie blitzartig dieser kugelige Homacz den Einsatzbefehl für das SEK auf die Beine bekam.

Unterkirchbach war ein Dreihundert-Seelen-Ort ohne Kirche, aber mit Wirtshaus. Bardhyls Handwerker-Kleinbetrieb lag unterhalb dieses Wirtshauses an einer Seitenstraße, die fünfzig Meter weiter in hohen Mischwald führte. Joe Ottakring saß an einem runden blauen Tisch auf der Terrasse vor einem kleinen Braunen und blickte hinunter zu dem Geschäft.

Bardhyl bewohnte mit Frau und Bruder dreieinhalb Zimmer im Wohnhaus darüber. Der blaue Kastenwagen parkte nicht vor dem Haus. Etwas stimmte nicht. Ottakring sah auf die Uhr. Zwei Uhr zwanzig. Ringsum über dem Hochwald sammelte sich das Sonnenlicht und versickerte in den Baumkronen. Aus dem Gesang der Vögel zu schließen, war es für sie ein schöner Tag.

Die sechs Zivilfahrzeuge des SEK kamen lautlos. Sie bogen nicht unauffällig in die Seitenstraße ein, aber vollkommen lautlos. Ebenso unspektakulär umstellten die Männer in ihren furchterregenden Kampfanzügen das Haus und stürmten lautlos das Innere. Findet Lola Herrenhaus, so lautete ihr Auftrag.

»Keine Rufe, keine Schüsse. Ein gutes Zeichen!«

Ottakring fuhr herum. Homacz stand breit grinsend hinter ihm. Er nahm die Sonnenbrille ab und zupfte an seiner Krawatte. Sie war breit und zeigte ein Bergmotiv mit Hirsch und Sonnenuntergang.

»Die sind wirklich spitze, unsere Buam«, lobte Homacz und nickte. »Unauffällig, dabei ungeheuer wirksam. Ich geh dann mal runter.« Mit abgespreizten Armen balancierte er über ein Stück Rasen und die vier Stufen zur Dorfstraße hinunter.

Ottakring hatte den Drang, sich ihm anzuschließen, doch er ließ es bleiben. Er befand sich im Ausland.

»Ein Verlies haben sie gefunden. Unter dem Haus. Unter dem Keller. Offensichtlich bis vor Kurzem noch bewohnt. Es ist leer. Das ganze Haus ist leer. Die Werkstatt auch. Das Auto ist weg.«

Das war die Botschaft, die Homacz mitbrachte. Von Lola keine Spur: Doch Ottakring war felsenfest davon überzeugt, dass diese Bardhyls sehr eng mit ihrem Verschwinden verknüpft waren. Alles sah in diesem Moment nach einem Racheakt aus, aber das würden die weiteren Ermittlungsergebnisse klären. Zunächst musste Lola gefunden werden. Er hoffte nur, dass … Den *worst case* mochte er sich nicht ausmalen.

Homacz hatte ein Bein auf einen gefällten Fichtenstamm gesetzt und beobachtete Ottakring. Beide waren sie ebenso bewegungslos wie der Baumstamm.

»Ich habe sie geliebt«, sagte Ottakring so selbstverständlich, als gäbe er seine Steuerklasse an.

Homacz erhob sich in einem Zug, ohne zu ächzen. »Habe? Vergangenheit? Und jetzt?«

Ottakring riss die Augen auf und hörte sein eigenes Echo. Er reckte die Arme in die Luft. Sein Gesicht war verzerrt. »Lola!«, brüllte er mit aller Kraft. »Lola!« Dann hielt er's nicht mehr aus. Er schlug die Hände vors Gesicht, seine Schultern zuckten.

Tiritiriliiiih! Sein Handy. »Ja! Ottakring!«, blaffte er hinein.

»Ottakring. Deine Frau sitzt im Zug. Lola.«

Das ging zu weit. Wer wollte ihn da verarschen? Er steckte die freie Hand in die Hosentasche und klimperte mit dem Kleingeld.

»Hey! Wer ist dran?«, rief er barsch. »Sie sprechen mit der Polizei!«

»Ja, Chili hier.«

Tatsächlich. Chili, ein ernsthafter Mensch. Und doch. Es musste ihn erwischt haben. Schock. Parkinson. Delirium. Folge seiner alten Schussverletzung? Beginn seniler Verblödung? Das mit dem Zug klang abartig verworren.

»Sie haben sie ohne Fahrkarte in den Zug gesetzt. Sie ist eine halbe Stunde hinter Wien Richtung St. Pölten. Ich hab schon alles veranlasst.« Er hörte, wie Chili sich energisch räusperte.

»Entschuldigung, aber ich muss aufs Klo«, hörte er sich krächzen.

Damit drückte er das Handy weg.

Ottakring saß auf dem Klo, seine Frau im Zug und Hauptmann Homacz an einem blauen Tisch im Garten eines Wirtshauses im tiefsten Sibirien. Was sollte er glauben?

Teil 3
Rico

Ich bin's noch mal, Ihr Schriftsteller auf den Spuren von Joe Ottakring. Ich hab mich aufgemacht und lange nach Unterkirchbach gesucht und nach dem Wirtshaus und dem blauen runden Tischchen im Garten. Aus erster Hand wollte ich erfahren, wie das war mit Lola Herrenhaus.

Oder hätten Sie das für bare Münze genommen, dass sie plötzlich freigelassen und in den Zug gesetzt wurde? Einfach so mir nichts, dir nichts? In keinem Krimi würde man mir das abnehmen. Aber wir sprechen von der Wirklichkeit, und die ist oft brutal ehrlicher als ein Romanstoff.

Eingangs habe ich Ihnen erklärt, die Geschichte von Clara Gray erzählen zu wollen. Diesen Auftrag habe ich erfüllt. Claras Geschichte ist zu Ende. Dass Lola Herrenhaus zwischendurch entführt wurde, konnte ich nicht einfach unter den Tisch kehren. Im Übrigen sind beide Fälle auf seltsame Weise miteinander verknüpft. Einer lässt sich nicht ohne den anderen erzählen.

Die Familie Bardhyl bestand aus Leka, Zamiras Vater, seiner Frau, also Zamiras Mutter, und Lekas Bruder. Sporadisch trat Zamira selbst in Erscheinung. Sie hatten die Jurorin entführt, die ihrer Tochter so große Schande zugefügt hatte. Vermutlich hatten sie zu keiner Zeit Ungeheuerliches im Sinn. Sie wollten ihr Angst machen, ihr drohen und sie mit Ungewissheit foltern.

Nach Lola Herrenhaus' eigener Aussage hatten sie damit in den ersten zwei Wochen Erfolg gehabt. In keiner Minute wurde sie das fortwährende Gefühl los, beobachtet zu werden, selbst bei den intimsten Verrichtungen. Nächtelang konnte sie nicht schlafen und litt unter dem Wahn, lebenslang eingesperrt zu sein. Erst als sich Zamira zum ersten Mal zu erkennen gab, dämmerte ihr der Grund für ihre Gefangenschaft. Gleichzeitig bildete sie sich ein, sich auf eine fremde Art sicher fühlen zu können. Doch das war lediglich ein vages Gefühl, die unbestimmte Angst schwelte weiter.

Einmal hatte Zamira – so berichtete mir Lola Herrenhaus später – ihr das Essen durch die Tür gereicht. Lola packte den Teller mit Fleisch und Gemüse und schleuderte ihn in eine Ecke ihres

Kerkers, sodass er mit lautem Knall zerbrach. Vornübergebeugt stand sie da, die Hände zu Fäusten geballt, das Gesicht hochrot und verzerrt, die Zähne zusammengepresst. Sie nahm die Zeitschrift, die sie ihr vorher gebracht hatten, und warf sie in dieselbe Richtung gegen die Wand, wo sie mit einem dumpfen Geräusch auseinander- und zu Boden fiel. Sie schnappte sich das Kopfkissen vom Bett und überzog es mit einer Salve von Fausthieben wie ein Boxer an den Seilen. Immer und immer wieder holte sie mit beiden Armen aus. Dann packte sie das Kissen, vergrub beide Hände darin und zerfetzte es. Kleine Stückchen der Synthetikfüllung flogen durch den schmalen Raum und setzten sich ihr in die Haare. Tränen stiegen ihr in die Augen, und endlich stieß sie einen lang gezogenen Schrei der Verzweiflung aus, bevor sie zusammenbrach und nur mehr den Namen ihres Mannes stammeln konnte. Von da an glitt sie in eine tiefe Depression hinüber, die nicht mehr endete.

Die Stimmung hielt an, bis Lola schließlich auf diese völlig überraschende Weise freigelassen wurde.

Clara Gray ist tot. Ihr Aufstieg klingt wie aus einem Märchenroman. Ihr Abstieg weist alle Merkmale einer Tragödie auf. Lassen Sie mich im Folgenden schildern, wie der Mord aufgeklärt wurde. War es die Rache der Bardhyls? War es Hummer? Der Franzi? Hat gar ihr geschiedener Ehemann aus dem Gefängnis den Auftrag erteilt, weil er sie keinem anderen gönnte? Oder – für mich die wahrscheinlichste Lösung: Was halten Sie von Gottfried Dandlberg, dem Stalker?

Zunächst aber wollen wir uns für einen kurzen Augenblick den Lebenden widmen.

EINS

Der Kriminalrat a.D. Josef »Joe« Ottakring hatte sein zweites Weißbier in Arbeit und ging damit auf der Terrasse auf und ab, als Lola aus dem Haus trat. Er blieb stehen, hob den Kopf und sah sie an.

»Mein Gott«, sagte er leise. »Was musst du durchgemacht haben. Ich bin so glücklich, dass du wieder bei mir bist. Ein leeres Glas ist wieder gefüllt.«

All die Ängste, die er um sie gehabt hatte, all das Bangen, alles, was er vermisst hatte, all die Sehnsucht, diese Leere, die vielen Tage ohne sie, die doch voller Gefühle waren, voller Suchen, voller Gedanken, in diesem einen Augenblick kam alles zusammen. Eine Welt ordnete sich neu. Er liebte sie so sehr, diese Lola Herrenhaus-Ottakring, seine Programmchefin, die vor drei Stunden aus dem Zug gestiegen war.

»Du siehst« – seine Stimme war etwas brüchig und leicht belegt – »umwerfend aus. Dein Anblick ist so überwältigend, dass ich am liebsten heulend vor Schmerz und Glück durch den Garten und ums Haus rennen möchte. Du bist die schönste Frau der ganzen Welt, meine Lola!«

Sie glaubte ihm jedes Wort. Seine Bewunderung war aufrichtig. Sie überließ sich dem Strudel seiner Wertschätzung, sie badete darin. In jede Pore ihres Körpers drang das Feuer aus den Augen ihres Mannes, den sie vor hundert Jahren verlassen musste und zu dem sie jetzt zurückgekehrt war.

Und genau in diesem Bruchteil eines Augenblicks, als er sein verdammtes Glas abstellte, verliebte sie sich aufs Neue in ihren Joe Ottakring, den alten Grantler. Der diesen bejahrten Porsche fuhr, der den gleichen rostigen Charme ausstrahlte wie sein Herr.

ZWEI

»Neunzehn Uhr dreißig im Präsidium«, ordnete Rico Stahl an. »Chili Toledo, Bruni und ein EDler seiner Wahl, der Staatsanwalt, wenn er erreicht werden kann, der Doktor. Er soll erste Ergebnisse mitbringen. Zeitpunkt, Tatwaffe, Ursache ...«

Er selbst wollte sich bis dahin in der Luger-Villa in Rimsting umschauen. Er nahm Huawa mit. »Huawa, alter Verbrecher, du bist dabei. Du kannst jedes Schloss öffnen, ohne Spuren zu hinterlassen.«

Brennnesseln und Disteln drängten aus allen Ritzen des Pflasters der Zufahrt. Sie stellten das Zivilfahrzeug in einer Seitenstraße ab und trafen sich hangaufwärts seitlich des Stahltors, das den Besitz abriegelte. Es war nur angelehnt, Huawa brauchte nicht einzugreifen.

Sie schlüpften durch den Spalt und genossen einen herrlichen Blick auf den hauseigenen Park mit einem Baumbewuchs, wie er sonst nur in botanischen Gärten zu finden war – schottische Fichten, kaukasische Lärchen, uralte Eichen, rot und weiß blühende Gardakastanien, exotische Hängeweiden mit Zweigen wie Madonnalocken. Die Sonne stand tief, und die Bäume warfen dunkle, kühle Schatten. Alles war still, auch um das Haus herum. Selbst die Vögel schwiegen, man hörte nur das Summen der ersten Bienen an den knospenden Ranken an der Südostwand des Hauses.

»Da unten der Chiemsee«, flüsterte der Huawa andächtig, als sie oben am Haus standen.

Rico nickte ungeduldig. »Und dahinter die Berge. Aber jetzt los, an die Arbeit. Aufmachen, Huawa!« Er verspürte eine leichte Gereiztheit, weil er nicht mit hundertprozentiger Sicherheit sagen konnte, ob nicht doch jemand im Haus war.

Für Rico Stahl war es ein seltsames Gefühl, das Haus eines guten Bekannten zu durchwandern. Die Lugers – Adrian und Clara – hatten ein begehrt offenes Haus geführt, doch er, Rico, war nie eingeladen gewesen. Sein Vater hatte ihm beiläufig von den Festen erzählt. Sie seien großzügig, aber nicht pompös und herzlich, aber nicht aufdringlich gewesen. Hochkarätige Gäste. Und in diesen Räumen bewegte er sich nun.

»Huawa, du bleibst hier unten und passt auf, dass keiner kommt. Setz dich einfach in den Empfangsraum.«

Huawa gehorchte schmollend.

Je weiter er vordrang, desto intensiver fühlte Rico sich an das großbürgerliche Haus seiner Großeltern in Nürnberg-Erlenstegen erinnert. Ein Haus, das – ebenso wie dieses – wie aus einer vergangenen Zeit zu stammen schien. Draußen die Terrassen im Spätnachmittagslicht, im Erdgeschoss zwei Salons, Empfangsräume, eine Bibliothek, ein Musik- und Theatersaal, verschiedene Speisezimmer, ein kleines Labyrinth von Küchen, Adrians Arbeitszimmer, wie einer Frankfurter Bankzentrale entliehen. Ein palaisartiger Treppenaufgang führte nach oben. Dort lagen zwischen Morgenzimmer im Osten und Abendzimmer auf der westlichen Seite eine weitere Bibliothek, ein Billardzimmer, diverse Schlafzimmer und geräumige Bäder. Er hätte wetten können, dass die normale Treppe, über die man zu einer weiteren Etage gelangte, zu den Gästezimmern mit integrierten Bädern führte.

Intensive Erinnerungen stiegen hoch.

Das Haus seines Großvaters hat Politiker wie Franz Josef Strauß gesehen, Filmschauspieler wie Curd Jürgens, Industrielle wie Max Grundig, Schlagersänger wie Vico Torriani, Bankiers wie Jürgen Ponto. Es gibt formelle Empfänge, steife Essen, Heere von Bediensteten.

Großvater ist ein mächtiger, stets korrekt gekleideter Mann mit frühzeitig gelichtetem Haar. Großmutter, eine figürlich zu ihm passende, in ein Korsett gezwängte Frau mit Turmfrisur, die gern errötet, hat Rico unter ihre strenge Obhut genommen. »Halt dich gerade, Rico! Schlaf nicht so lange! Sei pünktlich! Hast du deine Schularbeiten schon gemacht?« Doch Großmutter hat ein großes Herz und ist lieb. Der junge Rico von Stahl fühlt sich bei ihr geborgen wie bei niemandem sonst.

Was er von Heinrich von Stahl, dem eigenen Vater, nicht sagen kann. Vater ist viel auf Geschäftsreisen und hat nie Zeit für seinen Sohn. Und nie Zeit für seine Frau, die sich von ihm scheiden lässt, als Rico vier ist. Wenig später bricht die Mutter den Kontakt zur Familie ab.

Rico marschiert mehr oder weniger allein durch seine Jugend.

Unternimmt vieles, verschweigt ebenso viel, vor allem seine Frauengeschichten, die sich häufen, je älter er wird. Dennoch schließt er in Mindestzeit sein Studium ab und promoviert mit Auszeichnung über das Thema »Verfassungsmäßigkeit einiger Maßnahmen zur Bekämpfung des internationalen Terrorismus«.

Zum BKA geht er, um möglichst weit vom Vater und dessen Adelsallüren weg zu sein. Eine Zeit lang verdrängt er ihn ganz aus seinen Gedanken. Dass er ihm damit unrecht tut, merkt er erst, als er eines Tages eine Bemerkung Heinrich von Stahls gegenüber einer Geschäftspartnerin aufschnappt: »Sie glauben gar nicht, wie stolz ich auf meinen Sohn bin«, gibt sein Vater mit geschwellter Brust bekannt.

Daran musste Rico denken, als er nachdenklich die Palaistreppe hinabschritt und den schlafenden Huawa weckte. Er hatte sich einen Eindruck verschaffen wollen, wie Clara über Jahre hinweg gelebt hatte. Wollte ihren Duft spüren, ihr Leben atmen. Sich aus ihrem Stil ein Bild von ihr machen. Denn eigentlich, wenn er es realistisch betrachtete, hatte er Clara nur oberflächlich gekannt. Sehr genau erinnerte er sich noch an die zweite Begegnung mit ihr nach der Kitz-Party bei Uly Hummer.

Ein kalter, stürmischer Tag, Nieselregen ohne Ende. Rico will mit seiner Freundin, einer persischstämmigen InStyle-Redakteurin namens Azadeh zum Fußball in die Arena nach München.

»Ich hol schon mal den Wagen«, ruft Rico ins Haus. Er fährt einen knallroten Roadster.

Es ist Samstag, später Vormittag.

»Okay, ich komm raus«, gibt Azadeh zurück.

Er legt die Eintrittskarten aufs Armaturenbrett und fährt vor.

»Wieder mal Stau auf der Autobahn«, meldet Aza. »Wenn Bayern 3 das meldet, stimmt's.«

Sie nehmen den Weg über die gewundene Landstraße. »Die Todesstrecke«, sagt Rico im Scherz.

Es herrscht wenig Verkehr. Sie verlassen Bad Aibling, passieren Götting, brettern den kurvenreichen Irschenberg hinauf. Oben angelangt, lässt Rico den Roadster ausrollen Richtung Autobahn.

»Vorsicht«, kreischt Azadeh im Ton des Entsetzens.

Doch es ist zu spät. Das schwere Motorrad kracht gegen den vorderen Kotflügel, der Fahrer fliegt in hohem Bogen über die Kühlerhaube, der eigene Wagen schlittert über den Asphalt. Rico hat Mühe, den Roadster in der Spur zu halten und am Straßenrand in Höhe eines Gasthofs zum Stehen zu bringen.

Aza hängt käseweiß neben ihm im Gurt.

Rico nimmt darauf keine Rücksicht. »Benachrichtige Polizei und Notarzt«, sagt er. »Bitte.«

Unbemerkt hat ein weiteres Motorrad hinter ihnen angehalten. Der Fahrer trägt Jeans und Lederjacke. Er klappt das Visier auf, eilt auf den reglosen Körper zu, spricht dabei in sein Handy und würdigt Rico Stahl und Azadeh keines Blickes. Er geht in die Hocke, legt kurz die Hand auf den Oberkörper der gestürzten Person. Dann erhebt er sich langsam, dreht sich um und kommt in gewichtigen Schritten auf Rico zu.

»Wenn sie stirbt, sind Sie dran«, sagt er halblaut.

»Helfen Sie mir wenigstens …« Weiter kommt Rico nicht. … die Maschine zur Seite zu schieben, hatte er sagen wollen. Doch der andere hat sich bereits wieder auf sein Motorrad geschwungen und rast davon.

Aus alter Gewohnheit prägt Rico sich das Gesicht ein.

Aza war ausgestiegen. Gemeinsam schieben sie das Motorrad an die Böschung und legen es behutsam ins Gras.

Der Motorradfahrer ist eine Frau. Aza kümmert sich um sie, und Rico begutachtet den Schaden. Die rechte Vorderseite sieht aus, als habe ein Maulwurf darin gewühlt. Rico, der seinen Roadster wie einen Schatz hütet, fühlt sich wie amputiert.

»Scheiße!«, flucht er und tritt mit dem Fuß gegen den Reifen.

»Atem und Puls normal«, ruft Aza über die Straße.

Rico beobachtet, wie seine Freundin vorsichtig den Helm vom Kopf des Opfers zieht. Eine abrupte Veränderung geht mit ihr vor. Mitsamt dem Helm springt sie auf. »Verdammt, das ist ja Clara Gray!«

Das sollte Rico Stahls zweite Begegnung mit Clara Gray sein. Der Unfall ist weniger schlimm, als er zunächst aussieht, Clara kommt kurz zur Beobachtung ins Klinikum.

»Sie ist mit Adrian Luger verheiratet«, erklärt Azadeh, »dem berühmten Star der europäischen Finanzwelt, Berater der bayerischen

Staatsregierung. Er bringt ihr grade bei, wie man in Sibirien Bären, in Afrika Löwen und in Indien Tiger jagt. Im letzten Jahr bin ich ihm bei einer Pressekonferenz der Deutschen Bank begegnet. Da haben sich Ackermann und Luger geduzt.«

Rico hustet kurz vor Schreck. Azadeh muss es wissen. Näher als sie ist kaum eine Gerüchteköchin dran.

Sie lächelt ihn breit an. »Und mit Lugers Frau sind wir gerade kollidiert.«

Dass es sich bei dem fremden Motorradfahrer um Gottfried Dandlberg gehandelt hatte, sollte sich erst später herausstellen.

***

»Wir werden auf breiter Front vorgehen«, kündigte Rico Stahl an. Punkt halb acht hatte das Meeting im Präsidium begonnen. »Ohne vorgefasste Meinungen, aber konsequent. Das Motiv für diesen Mord steht an erster Stelle. Merken Sie sich: Motiv, Motiv, Motiv. Warum liegt diese lebenslustige Frau tot in ihrem Blut? Wir müssen ergründen, welche Feinde sie hatte. Die Tötungsart lässt auf Hass schließen, abgrundtiefen Hass. Siebenunddreißig Stiche, Doc? Vier davon sofort tödlich!

Es könnte natürlich auch ein Mord aus Eifersucht sein, der Hass nur vorgetäuscht, aber das würde allergrößte Kaltblütigkeit erfordern. Habgier kommt kaum in Frage, da nichts zu fehlen scheint. Die Tatsache, dass sie mit ihrem Vater verheiratet war, ohne dass es einem der beiden Partner bewusst war – gibt es da eine Verbindung? Stand sie jemandem im Weg? Wollte dieser Jemand sie einfach loswerden? Am besten, wir rollen ihr Leben von Beginn an auf.«

Sie hatten sich locker im Besprechungsraum aufgereiht. Huawa hatte Butterbrezen geschmiert und für frischen Kaffee gesorgt.

Eine undeutliche Erinnerung tauchte in Ricos Kopf auf, ohne dass er sie festhalten oder eine Verbindung herstellen konnte.

»Hat jemand einen Kommentar abzugeben?«, fragte er in die kleine Runde.

»Ja klar«, meldete sich Chili. »Todeszeitpunkt irgendwann in der Früh, sagt der Doc. Nicht wahr, Doc?«

Der Doc hatte sich in der Ecke auf einem Besucherstuhl niedergelassen. Er war lang und mager, um die fünfzig, mit schmalem Gesicht und dünnem Mund, und sein Blick hinter einer ovalen Nickelbrille flackerte unruhig.

»Ich?«, schreckte er hoch. »Der Zeitpunkt, jaja, irgendwann um Mitternacht. Ziemlich sicher. Zwischen dreiundzwanzig Uhr am 25. und ein Uhr am 26. Nach der Obduktion kann ich natürlich Genaueres sagen. Dann werden wir auch mehr über die Tatwaffe und die Stichkanäle erfahren.«

»... und da frag ich mich«, fuhr Chili fort, »was die Dame um diese Zeit bei Dunkelheit mitten in der Nacht komplett bekleidet in ihrer Wohnung macht. Jeans hatte sie an, eine karierte Flanellbluse, einen festen Pulli und darüber eine Jacke. Wo wollte sie hin? Oder wo kam sie her? Welche Gewohnheiten hatte sie? Ich bleibe dran. Ich werd's rausfinden.«

Rico nickte anerkennend. Aber da war noch etwas. Er kam schon noch drauf.

»Gibt es Angehörige? Clara Gray hatte zwei Väter, wie wir wissen. Einen offiziellen, bei dem sie aufwuchs, und einen leiblichen, mit dem sie verheiratet war, Adrian Luger. Wer informiert die beiden über den Tod ihrer Tochter? Weitere Angehörige sind meines Wissens nicht vorhanden. Jemand muss Adrian Luger die traurige Nachricht ins Gefängnis überbringen und kann gleichzeitig ein bisschen nachforschen.«

Rico ließ den Blick schweifen und blieb an dem Mann im poppigen T-Shirt und den ausgefransten Jeans hängen.

»Herr Goldner, wie wär's, wenn Sie ...? Sie haben Zwillinge daheim und wissen mit Kindern umzugehen. Wie geschaffen für Sie, der Job.«

Der Staatsanwalt schob die Baseballkappe aus der Stirn und den Kaugummi in die andere Backenhöhle.

»Den Zusammenhang versteh ich zwar nicht gänzlich«, sagte der Staatsanwalt. »Aber klar, mach ich. Kann ich meinen Enkeln noch davon erzählen.«

Rico Stahl nickte und fing nebenbei eine Fliege, die sich auf dem Ärmel seines blauen Blazers niedergelassen hatte. Er öffnete das Fenster und ließ sie hinaus.

Huawa deutete Beifall an.

»Huawa!«

Der Name schoss wie eine Pistolenkugel aus Ricos Mund.

»Huawa! Was ist mit dem Anrufer? Alles, was wir wissen, ist, dass er das Handy der Ermordeten benutzt hat. Lewandowski hat die Meldung um neun Uhr zwei entgegengenommen. Seither sind über sieben Stunden vergangen. Wann finden Sie endlich heraus, wer es war? Er ist unser wichtigster Zeuge!«

Huawa brach weder zusammen, noch rafften ihn die harschen Worte des Meisters hin.

»Hammerglei, Herr Stahl. Keine sieben Stunden mehr, dann hammer den!«

Ein Gedanke durchzuckte Ricos Hirn wie ein Blitz.

»Ist keiner hier im Raum, dem noch etwas Besonderes aufgefallen wäre?«, fragte er. Es klang wie eine unverhüllte Drohung. »Nein? Ich will euch sagen, was euch entgangen ist, ihr Anfänger. In das Haus wurde nicht eingebrochen. Keine Öffnungsspuren, keine Spuren eines Raubs. Es ist doch recht ungewöhnlich, dass eine Frau mitten in der Nacht einem Verrückten die Tür öffnet und sich von ihm erstechen lässt, oder?«

Draußen hatte der Wind zugenommen, von Westen zog eine Wolkenbank heran. Als Rico Stahl mit Chili Toledo an der Hand über den Parkplatz zu seinem Auto hastete, musste er für Sekunden an Lola Herrenhaus' Entführung denken. Wusste man, was in den Köpfen dieser Albaner vorging? Er durfte die Möglichkeit nicht ausschließen, dass sie mit dem Mord an Clara zu tun hatten.

Für den Moment konnte sich Rico kein stärkeres Motiv vorstellen. Auch die Tötungsart könnte passen. Doch die Albaner saßen nach seiner Kenntnis in ihrem Land. Und auf diesen Staat hatte niemand Zugriff. Dort konnte nur verdeckt ermittelt werden. Er musste seine Verbindung zum BKA nutzen. Eine Person hatte er bereits im Sinn.

»Es fängt an zu regnen, Chili«, sagte er, während sich sein Golf Plus forsch durch die dichter werdenden Tropfen pflügte. »Ich hab keine Lust, einen Umweg zu machen. Wir fahren direkt zu mir. Okay?«

Rico hörte, wie Chili tief Luft holte und sich wunderte. Sie erwiderte nichts. Sie fügte sich ganz einfach. Das wunderte ihn. Denn das war bestimmt ganz gegen ihre Art.

DREI

Vamos war tot. Gestorben durch eigene Hand. Er hatte sich im Übermut eine Kugel in den Kopf geschossen.

Das war die offizielle Version seit der spektakulären Aktion bei Ricos Dienstantritt im Rosenheimer Polizeipräsidium. Dass die ganze Sache getürkt war, wussten nur vier Menschen: Vamos selbst. Der Präsident des BKA. Der Gruppenführer von Vamos. Und Rico Stahl, der dabei war. Selbstverständlich wäre es einem Profi wie Vamos niemals passiert, sich versehentlich umzubringen. Die Nachricht über seinen Tod aber machte in Windeseile in allen einschlägigen Kreisen die Runde. Offiziell gab es Vamos nicht mehr. Das BKA hatte ein Interesse daran gehabt, ihn aus dem Verkehr zu ziehen.

Wenige Tage nach seinem Tod stand er quicklebendig unter anderen Vorzeichen wieder für Spezialoperationen zur Verfügung. Die erste betraf Leka Bardhyl, Zamiras Vater, der die Entführung von Lola Herrenhaus nach Wien in die Wege geleitet und angeführt hatte.

Nun war Vamos nach Albanien aufgebrochen und sollte Bardhyl mit Hilfe der US-Drogenverfolgungsbehörde DEA, zu der Rico Stahl besten Kontakt pflegte, nach Deutschland locken. Möglicherweise schlugen sie sogar zwei Fliegen mit einer Klappe, wenn sich herausstellen sollte, dass die Albaner bei dem Mord an Clara Gray tatsächlich die Hand im Spiel hatten.

Rico war vollkommen in diese Gedanken versunken, als er sich mit Chili an der Hand durch Schneetreiben zu seiner Wohnung durchkämpfte.

Erst im Entree seiner Wohnung machte sie den Mund auf.

»Ganz schön blöd«, sagte sie.

»Was?«

»Dass keinem aufgefallen ist, dass nicht eingebrochen wurde.«

»Stimmt«, sagte Rico Stahl.

Sie halfen sich aus den Kleidern und sie liebten sich. Danach ging er an den Kühlschrank und kam mit einer Flasche Champagner zurück.

»Okay?«

Chili lächelte und nickte. Sie beobachtete ihn, wie er die Goldfolie ablöste, den Draht, der den Korken festhielt, aufdrehte, die Flasche zwischen die nackten Beine nahm, den Korken ruckweise lockerte, aufdrehte, ihn so weit öffnete, dass der Druck langsam unter sanftem Zischen entweichen konnte, ihn wie einen Mörser gegen die Wand richtete, die Folie vollends entfernte, den Korken knallen ließ und die beiden Champagnergläser füllte. Er tat es mit der Übung und der Eleganz eines Profis. Als hätte er ein Leben lang nichts anderes getan. Wer weiß, sie kannte Rico ja nicht näher. Vielleicht war er in einem früheren Leben Kellner oder Barkeeper gewesen.

»Auf dein Wohl!«

»Prosit!«

Sie küssten sich zum x-ten Mal.

Chili wachte mitten in der Nacht auf. Es war kalt in der Wohnung. Rico lag mit ausgebreiteten Armen quer im Bett, ganz Mensch, der es gewohnt, war, allein zu schlafen. Auf seinem Nachttischchen standen zwei Champagnergläser, ein leeres und ein halb leeres. Eine Stehlampe mit Stoffschirm verbreitete noch immer gelbliches Licht. Das Badezimmer fand sie problemlos.

Als sie zurückkam, hatte er sich umgedreht, die Arme noch immer ausgebreitet. Er lag in tiefem Schlaf. Sie löschte das Licht und schlüpfte zu ihm unter die Decke. In der Ecke des Zimmers glimmten rote und grüne LEDs. Es war halb vier.

Chili schloss die Augen, holte seine Hand zu sich und gestand sich endlich ein, was sie schon seit einiger Zeit geahnt hatte: Sie hatte sich in diesen unnahbaren, arroganten großen Jungen verliebt.

»Habedehre, Herr Stahl! Die sieben Stunden san no net um! Woin S' trotzdem wissen, wer der Anrufer war?«

Glücklicherweise machte der Huawa nach seiner Frage eine Pause, sodass Rico die Augen öffnen und ruckartig wach werden konnte. Er hatte über Chili hinübergreifen müssen, um an sein Handy zu kommen.

»Ein gewisser Gottfried Dandlberg, wohnhaft in Kolbermoor. Die SpuSi hat no koa endgültigs Ergebnis.«

Noch eine Pause. Chili rappelte sich auf und machte ein fragendes Gesicht.

»Der Huawa«, erklärte Rico lautlos und schaltete auf Mithören.

»Und wissen S' wos? Der is scho grichtsmassig bekannt. Und wissen S', mit wos? Halten S' Eahna fest! Wegen Stalking. Und woin S' wissen, bei wem?«

Diesmal ließ Rico keine Pause zu.

»Spuck's aus, Huawa! Mach net so lang rum!«

»Bei der Frau Gray, Herr Stahl. Gell, da haut's Eahna um? Soll ich was unternehma? Ringfahndung oder so?«

»Nein!«

Rico sprang auf seiner Seite aus dem Bett, Chili auf der anderen.

Huawas Stimme quäkte weiter auf Mithören.

»Woin S' no mehra wissen, Herr Stahl? Was Neus von dem Herrn Luger?«

Rico riss das Handy an sich, während er in die Hose sprang.

»Verdammt, was hast du mit dem Luger zu tun? Den hat doch der Goldner angehört.«

»Ja eben. Und der hat angeordnet, dass i Eahna fragen soll, ob der Herr Goldner Eahna mitten in der Nacht oruafa darf. Darf er?«

Der gelernte Einbrecher und Polizeipförtner Artur Josef Huber, genannt Huawa, war wohl nicht ganz der ideale Mordermittler. Und der Schnellste war er auch nicht.

»Weißt was, Huawa. Danke für deine Meldung. Großes Lob. Aber jetzt gib a Ruah. Ich mach den Rest schon.«

»Ja, und der Herr Goldner? Darf der Eahna …«

»Vergiss es, Huawa. Ich ruf ihn selber an.«

Rico wischte sich Schweißtropfen von der Stirn. »Ts, ts, ts.«

»Betrachte ihn als Maskottchen«, sagte Chili.

Auch voll angezogen sah sie süß und sexy aus. »Er wird uns beiden Glück bringen.«

Staatsanwalt Goldner konnte Huawas Aussage bestätigen.

»Im Gefängnis war bereits das Gerücht von dem Mord an Clara Gray in Umlauf«, sagte er. »Adrian Luger wusste also davon und war am Boden zerstört, als ich kam. Nur einen direkten Verdacht bezüglich des Täters hat er nicht.«

Zweifel, etwas Unausgesprochenes lag in seiner Stimme. Rico sagte nichts. Er wartete, bis er weiterredete.

»Ein Mann, der sich Nachtigal nannte, hat Clara Gray, als sie noch Lugers Frau war, in typischer Stalker-Manier übel belästigt. Wir kennen den Mann, er heißt Gottfried ...«

»... ist vorbestraft und hat den Mord gemeldet. Er wird gerade aus dem Bett geholt. Wissen wir, Herr Goldner. Wir wissen auch, wie seine Identität festgestellt wurde. Einer von den Klugscheißern, die ihre Handynummer auf anonym schalten und keine Ahnung davon haben, dass das Unterdrücken bei einem Anruf bei der Polizei nicht funktioniert. Hatte Luger sonst einen Verdacht? Hatte Clara Feinde? Liebhaber?«

Rico räusperte sich und zögerte. Dann entschloss er sich, die nächste Frage sofort hinterherzuschießen. »Sie haben doch Menschenkenntnis, Herr Goldner. Halten Sie Luger für fähig, selbst den Mord in Auftrag gegeben zu haben?«

Goldner schien einen Moment zu überlegen. »Welches Motiv sollte der Mann haben? Er liebte die Frau doch. Das hat er mehrmals betont.«

Rico verzog das Gesicht. Man hat schon Pferde kotzen sehen, wollte er entgegnen. Doch er ließ es bleiben.

VIER

Sie umarmten sich flüchtig. Erst als Rico Chili zu ihrem Auto bringen wollte, fiel ihnen wieder ein, dass sie am gestrigen Abend mit ihm mitgefahren war.

»Du autolose Frau«, scherzte er, »was mach ich bloß mit dir?«

Es hatte aufgehört zu regnen, doch die Temperatur war gefallen. Auf dem Weg zur Garage zog Chili die Schultern gegen die Kälte ein. Rico legte den Arm um sie.

»Bring mich bitte nach Brannenburg zu Clara«, sagte sie mit klappernden Zähnen, »ich will mich umsehen. Oder du fährt mich an die Bahn, aber das dürfte umständlich werden. Und du wirst auch selbst genug zu tun haben, schätze ich.«

Die Tür zu Claras Wohnung war versiegelt. Chili riss das Siegel auf. Rico hantierte sekundenlang vorsichtig an der Tür. Dann ließ er Chili öffnen. Sie drückte den Lichtschalter.

Als würden sie vermeiden wollen, jemanden zu wecken, schlichen sie durch den Flur ins Wohnzimmer. Polizeitäfelchen standen dort, wo vorher die Leiche gelegen hatte.

»Guten Morgen!«

Bruni in seiner ganzen Hagerkeit stand mit hängenden Schultern vor ihnen und rieb sich die verquollenen Augen. Sein Haar war wirr, und das Hemd hing ihm aus der Hose.

»Meine Leute müssen mich versehentlich eingeschlossen haben. Wir haben bis halb fünf durchgemacht, und ich war eingeschlafen. Sie wollen sicher Ergebnisse wissen? Ist noch zu früh dafür. Es war eine echte Fisselarbeit, kann ich Ihnen sagen. Wir haben alles auf den Kopf gestellt.«

Er wies auf ein paar Kisten und Kästchen in der Ecke.

»Das ist der Rest. Wir werden sicher noch mal herkommen müssen.« Er begann sich am Rücken zu kratzen. Die kratzende Hand wanderte nach unten.

»Ach ja«, sagte er und verlegte sein Kratzen zum Scheitel. »Wir haben eine ganze Schachtel Fotos sichergestellt. Auf den ersten Blick würde ich sagen, da ist interessantes Material dabei.«

Er warf die langen Haare nach hinten, sah Rico mit stierem Blick an. »Ach so«, sagte er. »Noch was. In ihrem Schrank hingen Männerklamotten. Wir haben sie mitgenommen.«

Bruni machte einen Seitschritt und sah zum Fenster hinaus. Dann warf er sich herum. »Na, Sie werden gleich Augen machen«, sagte er betont beiläufig. »Ach ja, übrigens …«

Rico war gespannt, was jetzt noch kam.

»… Sie haben nicht zufällig eine Wurstsemmel dabei? Oder ein Marmeladebrötchen?«

Bevor Rico noch eine flapsige Antwort geben konnte, klingelte es. Bruni stand schon bereit, ließ die Tür aufschwingen und verbeugte sich übertrieben höflich.

»Grüß Gott! Stören wir?« Eine vertraute Stimme.

Ottakring! »Wie kommen Sie denn hierher?«, fragte Rico verblüfft.

Sehr bewusst umsteuerte Kriminalrat a.D. Joe Ottakring das Klischee der Antwort »Zu Fuß«. Er sagte ganz einfach: »Mich trugen die Engel hierher. Und meine Frau gleich mit.« Galant wies er auf Lola Herrenhaus. »Wir wohnen schließlich in der Nachbarschaft.« Mit dem Handrücken wischte er den Schweiß ab, der sich über seiner Lippe gebildet hatte.

Lola Herrenhaus trat aus dem Schatten ihres Mannes.

»Wo kann ich sie noch mal sehen?«, sagte sie. »Ich war schließlich mit Clara befreundet.«

Rico nickte. Wäre stümperhaft, wenn er das nicht wüsste. Der Frau war nicht anzusehen, was sie durchgemacht hatte. Sie sah aus, als käme sie gerade von einem Mittelmeerurlaub zurück.

»Grundsätzlich ja«, sagte er und trat einen Schritt zurück. »Empfehlen würde ich es dagegen nicht.«

Ottakring verzog sein Gesicht zu einer schmerzlichen Grimasse. »So schlimm?«

»Jedenfalls so schlimm, dass der Anblick einem pensionierten Mordler den Ruhestand vergraulen würde. Und seiner Ehefrau die Zukunft.«

Er wandte sich ab. Damit war für ihn der Besuch beendet. Doch dann drehte er sich doch noch einmal um.

»Frau Herrenhaus, bitte halten Sie sich zur Verfügung. Könnte gut sein, dass wir noch ein paar Auskünfte von Ihnen benötigen.«

Er legte die Stirn in Falten. »Eben weil Sie die Tote so gut gekannt haben.«

***

Der Alltag war für die Ottakrings wieder eingekehrt. Ottakring war sauer. Sauer auf Rico Stahl, auf sich, auf die Welt. Mit geballter Faust marschierte er ins Bügelzimmer und bügelte zwei Oberhemden von sich und zwei Blusen, die er aus Lolas Wäschefach gezogen hatte. Nur mit Bügeln, Garteln, Berggehen und ohne Hund würde er auf Dauer eingehen, das ahnte er.

Lola war tagsüber und oft auch abends wieder im Sender beschäftigt. Der herrenlose Hund, den er im vergangenen Jahr an einem Parkplatz aufgesammelt hatte, war ihm nach kürzester Zeit auf dem Weg zur Hochsalwand mitten im Bergwald weggelaufen und nicht wiedergekommen. Lola hatte ihn daraufhin gebeten, eine Zeit lang zu warten, bevor sie wieder ein Tier anschaffen würden.

Bügeln hätte er auch im Schlaf können. Jedenfalls beging er keinen Kunstfehler, wenn er bei dieser Art von Arbeit aus dem Fenster auf die wogenden Zypressen und Thujen im Garten blickte und nachdachte.

Er brauchte sich nichts vorzumachen. Über Jahre hatte er den Ruhestand herbeigewünscht. Er hatte einfach die Nase voll von jeder Art menschlicher Leichen. Das beste Beispiel hatte wenige Häuser weiter kalt, zerfleischt und tot auf dem Boden ihrer Wohnung gelegen und ruhte jetzt in einer lebensgroßen Schublade in der Frauenlobstraße in München. Es gelang ihm sogar, nicht an Lola und das Grauen im Zusammenhang mit ihrer Entführung zu denken. Dennoch vermisste er seinen Dienst, das ließ sich nicht leugnen.

Ein Zischen, verbunden mit dem typischen Duft von Lagerfeuer, ließ ihn aufmerken. Er hatte eine von Lolas Lieblingsblusen – von Picci? Rucci? Gacci? – sinnlos zerstört.

Doch wie so oft im Leben scheint nach Regen die Sonne. In diesem Fall in Form einer Idee, die, wie ihm augenblicklich klar wurde, sein zukünftiges Leben revolutionieren könnte. Lange schon war der Plan in den unergründlichen Tiefen seines Hinterkopfs herumscharwenzelt. Nun aber schoss er als plötzlicher Geistesblitz an die Oberfläche.

Ein Buch! Er würde ein Buch schreiben. Keinen Kriminalroman, sondern etwas Authentisches aus seiner langjährigen Praxis als Mordermittler.

»Lola!«, rief er, »Liebes, ich hab's!« Er rannte ihr entgegen.

Amüsiert hörte sich Lola seinen Plan an.

»Toll!«, sagte sie. »Dann kannst du endlich dieses blöde Bügeln wieder aufgeben. Das nervt.« Sie saugte Luft in die Nase. »Was riecht hier so?« Vielsagend wedelte sie mit dem Zeigefinger.

Ottakring war die pure Demut. Er tat, als würde er sich in sein Schicksal fügen. Er fluchte leise.

Bevor Lola das Bügelzimmer verließ, legte sie ihm beide Arme um den Hals. »Schreib du mal an deinem Buch herum! Am besten, du fängst gleich an.«

***

Bei dem winzigen, gestylten Szenecafé in der Turiner Straße nahe dem Auerbräu machten Rico und Chili halt für eine kurze Lagebesprechung. Ihr gemeinsames nächtliches Erlebnis blieb tabu.

»Würdest du dich bitte um diesen Dandlberg kümmern, Chili?«, bat Rico, noch bevor die dunkelhäutige Bedienung Teller, Servietten, Butter, Konfitüren, Croissants und zwei Tassen Cappuccino auf ihrem Stehtisch ablud. »Ich werde noch mal mit dem Staatsanwalt reden, mir notfalls Luger selbst vornehmen. Das am Telefon war mir zu dürftig.«

Chili hatte bei seinem langen Blick in ihre Augen zu atmen vergessen. Jetzt holte sie tief Luft.

»Und?«, fragte sie mit erhobenen Brauen. »Was erwarten wir von Dandlberg? Wir kennen seine Vorgeschichte. Als harmlos kann man ihn bestimmt nicht abtun. Aber taugt er zum Mörder?«

»So weit würde ich vorerst auch nicht gehen. Aber wie kommt er in Claras Wohnung, ohne sie aufzubrechen? Warum ist er geflüchtet, nachdem er bei uns angerufen hat? Und so weiter. Wird bestimmt spannend.«

Rico sagte das, bevor er ein Croissant halbierte, es dünn mit Butter und dick mit Konfitüre bestrich und bevor er sich davon einen hässlichen roten Fleck auf der ocker grundierten Krawatte mit gelben Punkten holte. Für ihn eine schlimmere Katastrophe als für Chili, wenn ihre Monatsregel ausblieb.

Er lud Chili am Präsidium ab, warf die versaute Krawatte achtlos auf den Rücksitz und legte im Fahren den in schlichtem Anthrazit gehaltenen Reservebinder an, den er für solche Fälle in einem Seitenfach der Fahrertür bereithielt. Da klingelte sein Handy. Er warf einen Blick aufs Display. Sein Vater!

Ein Gefühl überfiel ihn, das er spontan als unerfreulich, jedenfalls als unangenehm einstufte. Sein Vater rief ihn so selten an, dass er, wie jetzt, fast erschrak, wenn er es tat. Das gleiche Gefühl hatte er, der Oberpolizist, wenn er einer Streife begegnete und automatisch überlegte, ob er falsch geparkt hatte, zu schnell gefahren oder sein TÜV abgelaufen war.

»Vater?«

»Guten Morgen, mein Sohn. Wie geht's dir?

»Ich arbeite. Also gut. Und dir?«

»Danke. Ich denke. Dieser Mord an Clara Gray hat mich einfach umgehauen. Zuerst diese Vater-Tochter-Sache zwischen ihr und Luger. Und jetzt das. Du wirst den Fall an dich gezogen haben, hab ich recht? Habt ihr schon etwas rausbekommen?«

Was will er nur? Deswegen ruft er mich doch nie im Leben an.

»Und deswegen rufst du mich beinah mitten in der Nacht an?«

»Na ja, ich hab mir eben vorgestellt … der eine oder andere Hinweis könnte dir ganz nützlich sein. Der Fall ist doch noch nicht gelöst, oder?«

Na, spuck's schon aus! Was willst du? Oder hast du einen Tipp für mich? Einen aus der großen, weiten Welt?

»Ähäm, ich hab ja von Berufs wegen sehr viel mit dem FC Bavaria zu tun. Ähäm. Und mit dem Präsidenten, dem Uly Hummer, ähäm …«

Aha, daher weht der Wind. Wir kommen der Sache schon näher …

»… und da fiel mir auf, dass ich den Uly … ich meine, nach der Scheidung von Luger, hrrmm, also nach Claras Scheidung von … Ach, so ein Scheiß, was drucks ich nur so vor dir rum. Ich hatte den Eindruck, dass mit Uly Hummer und der Clara was gelaufen ist. Sie hingen dauernd zusammen. Allein dreimal bin ich ihnen bei offiziellen Anlässen begegnet. Bis dahin ist Hummer bei solchen Gelegenheiten ausschließlich mit seiner Frau aufgetreten, mit Mariele.«

Im Geist sah Rico seinen Vater in seinem gewaltigen Büro auf und ab gehen. Er wusste, die Botschaft war noch nicht komplett.

»Ich will keinesfalls etwas andeuten«, fuhr Heinrich von Stahl fort. »Doch die Tatsache könnte für deine Ermittlungen nicht unwichtig sein. Das wollte ich dir sagen, Rico.«

»Danke, Vater. Aber das hätte ich doch sicher aus den Medien erfahren, oder? Das wär für die ein gefundenes Fressen gewesen. Und der Hummer weicht doch keinem Blitzlicht aus.«

»Das wurde wie üblich alles unter der Decke gehandelt. ›Wenn ihr nicht darüber schreibt, seid ihr die ersten, die die Meldung vom nächsten Spielertransfer bekommen‹. Verstehst du?«

Ja, er hatte verstanden. Inzwischen war er allerdings an der Staatsanwaltschaft angekommen.

»Vater, vielen Dank. Was machst du heute Abend?«

»Ich treffe Hummer. Warum?«

Staatsanwalt Goldner ließ sich entschuldigen. Er musste überraschend nach München, hieß es. Er wünsche dem Herrn Stahl viel Erfolg bei den weiteren Ermittlungen. Rico ließ sich einen Kaffee bringen.

Chili hatte ihm eine SMS geschickt. *Gespräch mit D. positiv. liebt »seine« clara noch immer, bisschen wirr im kopf. habe nicht den eindruck, dass er der täter ist. schließe aber auch nicht aus. wann sehen wir uns wieder?*

Rico verschluckte sich. Erst stoppte er den Husten, dann zückte er das Handy.

»Macht einen Termin mit Herrn Hummer für mich irgendwo in München. Heute Abend oder morgen. Am liebsten in seinem Privathaus. Selbst wenn's in der Nacht ist.«

»Der dürfte schwerer erreichbar sein als Barack Obama.«

»Euer Problem. Wenn er Zicken macht, ladet ihr ihn nach Rosenheim vor. Morgen Nachmittag.«

Um Mariele Hummer und ihre Meinung zu dem Mord und den sensiblen Vorgängen wollte er sich selbst kümmern.

Chili saß bereits in der Besucherecke, und die Tür stand offen, als Rico Stahl sein Büro betrat. Auf dem rechteckigen Tisch vor ihr lag ein Stapel Fotografien. Der Blick, mit dem sie ihn bedachte, kaum hatte er sich zu ihr gesetzt, sprach Bände. Er konnte sich auf Neuigkeiten gefasst machen.

»Wie weit bist du?«, fragte er.

»Zuerst noch mal zu Dandlberg«, sagte Chili. Sie schob den Stapel zur Seite und hielt ihm ein einzelnes Foto hin. »Nur zur Erinnerung, das ist er, unser Hendlverkäufer.«

Ja, dachte Rico, sieht überdurchschnittlich gut aus. Rote Haare, modisches Bärtchen, sonst nichts Besonderes an ihm. Bisserl kurz geraten ist er. Erneut richtete er den Blick auf Chili. Ob sie ebenso angespannt war wie er? Die vergangene Nacht, so liebenswert die Kollegin war, erschien ihm weit weg und unwirklich. Beide nagten noch an ihren Spuren, keiner sprach darüber.

»Die Hauptfragen, die ich ihm gestellt habe, waren natürlich das Wie, das Wann und das Warum. Warum ist er mitten in der Nacht in Claras Wohnung eingedrungen, auf welche Weise hat er es getan, und wann war es gewesen.«

Rico zupfte sich die lindgrün gemusterte Krawatte zurecht, stand auf, lupfte zunächst ein Hosenbein, dann das andere, um die Bügelfalten zu schonen, und setzte sich so mit durchgedrücktem Kreuz halb auf seine Schreibtischplatte, dass er Blickkontakt mit Chili behielt.

»Mit diesem Schlüssel kam er rein.« Sie schwenkte demonstrativ eine Kunststoffhülle. »Er besaß einen Zweitschlüssel, den er sich schon früher – natürlich illegal – hatte anfertigen lassen. So konnte er ungehindert in ihrer Wohnung ein und aus gehen.«

Rico schüttelte den Kopf. »Zu welchem Zweck? Wie oft?«, fragte er etwas ungläubig.

Chili lachte auf. »Er liebt sie, beteuert er immer wieder ...«

Sie erläuterte, dass Gottfried Dandlberg regelmäßig in Claras Wohnung gewesen war, auch als sie die meiste Zeit in Rimsting bei ihrem Mann gelebt hatte. Er habe nichts angestellt, nur ihre Luft atmen wollen. Das sei auch am Abend des 26. so gewesen. Er wollte einfach nur, wie sonst auch, durch Claras Räume schlendern, in ihrem Sessel sitzen, und da habe er sie entdeckt. Eine halbe Stunde habe er an ihrer Leiche geweint – aber nichts angerührt –, dann habe er die Polizei angerufen.«

»Und wann war das genau? Deckt sich das mit der Aussage im Protokoll?«

»Doch. Ja. Neun Uhr zwei am 26. September. Er hat sich die Zeit gemerkt.«

Nebenbei erwähnte sie ein weiteres Geständnis von Gottfried: seine Daueraffäre mit Lisbeth Gruber. Aus ihrer Sicht Sex mit Abhängigen. Aber das war wahrhaftig nicht das Thema der Mordkommission.

»Der Dandlberg hat einen total verzweifelten Eindruck gemacht. Und das Schlimme ist: Ich glaube ihm sogar«, beendete Chili ihren Bericht.

Rico fasste sich kurz. »Haftbefehl?«, fragte er.

Sie musste nicht überlegen. »Nein.«

Er nickte, streifte Handschuhe über, griff über den Tisch und zog den Fotostapel heran.

»Die Fotos, die Bruni eingesammelt hat?«, sagte er.

Sie nickte. »Ja, sie hatte eine eigene Kassette dafür. Hier.« Zwischen den Fingerspitzen hielt sie ihm das oberste Bild hin. »Kennst du den?«

Rico hatte nichts anderes erwartet. »Klar. Hummer«, sagte er. Wer sonst?

Mit der Geschicklichkeit eines Kartenmagiers ließ sie ein Bündel Fotos durch die Finger auf den Tisch rieseln.

»Alles Hummer«, sagte sie. »Alle aus den vergangenen fünf Monaten.«

Er sah sich die Fotos aufmerksam an. Sie bestätigten das, was er schon von seinem Vater wusste. Er war gespannt, was Hummer dazu zu sagen hatte. Und seine Frau. Doch da waren noch zwei Fotos ... er blätterte weiter ... nein, drei weitere Fotos von Clara Gray mit einem anderen Mann als Hummer.

»Das ist Franz Weesmüller«, meinte Chili, »ihr erster Ehemann.«

»Stammt das Foto aus der gleichen Zeit? Nach der Scheidung?«

»Ja. Eindeutig.«

Rico Stahl ordnete per E-Mail eine Überprüfung an. Die Alibis für die gesamte Nacht vom fünfundzwanzigsten auf den sechsundzwanzigsten September sollten überprüft werden für

- Gottfried Dandlberg
- Ulrich Hummer
- Zamira und Leka Bardhyl (verdeckt)
- Franz Weesmüller und vorsorglich
- Dieter Smissek
- Mariele Hummer
- Heinrich von Stahl

Sie alle hatten Clara Gray gekannt und möglicherweise ein Motiv. Seinen eigenen Vater hätte Rico gern ausgeschlossen. Doch auch er war Teil der Clique um Luger und Clara gewesen.

FÜNF

Am selben Abend fand Rico Stahl die Kraft, allein in sein Schlafzimmer zurückzukehren, sich auszukleiden und im Morgengrauen des nächsten Tages erschöpft in einen leichten Schlaf zu fallen. Chilis grauer Pulli hing noch über dem Stuhl, sie hatte ihn vergangene Nacht vergessen. Aus der Ferne winkte der schneebedeckte Gipfel des Wendelsteins durchs Fenster herein.

Um kurz vor halb acht wurde er vom Telefon geweckt. Zuerst griff er daneben, warf den Hörer zu Boden und fluchte leise. Huawa war dran und wünschte unerträglich fröhlich einen guten Morgen. Unerträglich fröhlich.

»Habedehre, Herr Stahl. Der FC Bavaria lässt grüßen«, begann er. »Und sein Präsident. Sie wollten informiert werden, sobald mir wos wissen wegen den Alibis. Jetzt wissmer wos.« Erwartungsvolle Pause.

»Ja und?«

»Die hatten am 25. Hauptversammlung, und die hat bis fast ummerer oans dauert.«

»Und? Was ist mit Hummer?«

»Ja, der war bis zum Schluss da.«

»Und dann? Was ist mit dem Rest der Nacht?«

»Ja, da war er dahoam.«

»Wer sagt das? Ist das überprüft?«

»Freili!«

Obwohl Huawa nur der Übermittler der Botschaft war, sah Rico Stahl ihn mit stolzgeschwellter Brust vor sich.

»Mir ham doch seine Boddigards interviewt. Und die wissen sowas oiwei. Und seinen Assistenten, den Pit Vogel. Der hat in der Früh sogar mit ihm telefoniert, sagt er. Der Herr Hummer war zweifellos die ganze Zeit dahoam.«

Vom gekippten Fenster zur Gartenseite zog es kalt herein. Rico zog trotzdem die Bettdecke zurück. Er wollte schon auflegen, doch Huawa ließ sich noch mal hören.

»Ach ja, hätt ich fast vergessen: Um siebzehn Uhr würd Sie der

Herr Hummer gern empfangen. In seiner Villa.« Er hüstelte aufgeregt. »Soll ich Sie fahren?«

»Nein, nicht nötig. Besorg mir lieber ein Fahrzeug mit Navi.«

Die weiteren Alibi-Überprüfungen tröpfelten im Laufe des Tages ein. Alle gingen davon aus, dass es sich um kein Zufallsverbrechen handelte. Zu schillernd war Clara Grays Vergangenheit gewesen, zu unstet ihr Erwachsenenleben, als dass es nicht irgendwann zu Begegnungen der unsanften Art hätte kommen können. Mit mächtigen, beherrschenden Männern hatte sie sich eingelassen, deren Arm rund um den Globus reichte. Sie war deren Ehefrau, Geliebte, Mätresse gewesen. Claras Spuren lagen frei wie die Fährten einer Herde im Sumpfgras einer Almwiese.

So hatten die Rosenheimer herausgefunden, dass Franz Weesmüller, Claras erster Mann, ihr eine Menge Geld schuldete. Doch er befand sich auf Auslandsreise in Asien, um sich neue Tiere zu besorgen. Ein dichteres Alibi gab es nicht.

Gottfried Dandlberg hatte sich durch Chilis Vernehmung und die Indizien der Spurensicherung mehr oder weniger vom Verdacht reinwaschen können.

Dieter Smissek, Claras Produzent – warum hätte er sein bestes Pferd im Stall opfern sollen? Er war am fraglichen Abend zu Aufnahmen im Sender gewesen. Hinterher hatte er in der Maximilianstraße gespeist, im Hotel übernachtet und spät gefrühstückt. Auch er war wasserdicht.

Vamos war es – wie nicht anders zu erwarten war – gelungen, Leka Bardhyl von Albanien nach Deutschland zu bringen. Zamira hatte ihn freiwillig begleitet. Die Hauptschuld an dem Menschenraub hatte er gestanden. Mit dem Mord an Clara wollte er nichts zu tun haben.

Und Ricos Vater? Rico hatte ihn wieder von der Liste nehmen lassen und selbst angerufen.

Die Frage belustigte Heinrich von Stahl.

»Hahaha, mein Sohn, gelte ich nun bei dir schon als potenzieller Mörder? Na ja, könnt ja sein, dass ich ein Verhältnis mit Clara hatte, sie ein Kind von mir erwartet …«

»Ach Vater, hör auf! Claras Tod verträgt solche Scherze nicht.«

»Okay, du hast recht. Du tust deine Pflicht. Also: Ich habe das gesamte Wochenende bei deinen Großeltern in Erlenstegen zugebracht. Meine gute Tat des Jahres, Großmutter geht's nicht so besonders. Gemeinsamer Gang ans Familiengrab und so weiter, du weißt schon. Bin ich damit entlastet?«

Rico nutzte die Gelegenheit, in Nürnberg anzurufen.

»Nein, mir geht's prächtig«, hörte er Großmutter in alter Frische. »Hat Heinrich etwas anderes berichtet, der gerissene Schlingel? Er hat uns neulich mal wieder besucht, und da war ich tatsächlich kreislaufmäßig nicht besonders gut drauf.«

»Aber mehr vom Rotwein als vom Kreislauf!«, rief Großvater im Hintergrund.

Es stellte sich heraus, dass es sich in der Tat um das Wochenende um den 26. handelte.

Auch Vater hatte ein Alibi. Er war gespannt, was Uly Hummer zu sagen hatte.

Die Dimension von Uly Hummers Anwesen erfüllte nicht ganz Rico Stahls Befürchtungen. Doch es entsprach dem Stil, dem man einem erfolgreichen Profifußballmanager von Hummers Bedeutung zubilligt. Ein weit ausladendes Wohnhaus im Schweizer Chalet-Stil mit viel Grund drum herum in teuerster Lage Münchens. Jedenfalls konnte man deutlich erkennen, wo das Geld saß.

»Klar, kann ich doch verstehen«, erklärte Hummer. Er trug Jeans und ein waldgrünes Bogner-Jackett mit weinroten Aufschlägen. »Ich unterstütze diese Ermittlung aufs Äußerste. Deshalb hab ich auch meine beiden Termine für den Nachmittag gecancelt. Weil ich's eben wichtig find, den Fall aufklären zu helfen.«

Nicht nur, dass er seine Liaison mit Clara Gray nicht abstritt. Er vertiefte sie sogar.

»Ich hab sie heiraten wollen. Natürlich erst nach meiner Scheidung. Ich hab Clara von Beginn an geliebt.« Er sei zu Tode bestürzt, der Mord an ihr bewege ihn sehr. Man sah es ihm auch an.

Ein sportlicher Typ in Skihütten-Outfit kam herein und servierte Kaffee.

Rico, der in einem tiefen Sessel saß, musste sich vorbeugen. »Du warst an dem fraglichen Abend in einer Sitzung, die lange gedauert hat?«, fragte er wie nebenbei.

Hummer sah ihn von der Seite an. Der gleiche verschmitzte Blick wie einst Cary Grant, musste Rico denken.

»Aha, mein Alibi. Das hat mich schon mal jemand von euch gefragt. Ja, und den Rest der Nacht war ich zu Hause.« Er ließ kurz den linken Arm kreisen. »X Leute, die das bezeugen können.« Es war eine komische Geste.

Rico hatte Hummers Hände beobachtet. Sie waren ständig unterwegs und mit seinem Handy beschäftigt.

»Dein Assistent hat dich angerufen«, stellte Rico nach einer Weile nüchtern fest. »Vogel. Am Morgen des Mordtags. Am 26. in der Früh. Kannst das bestätigen?«

»Äh, der Pit, äh, ja, der hat wohl angerufen. So genau weiß ich das nicht mehr. Der ruft schließlich öfters an.«

»Als was hast du ihn gespeichert?«

»Als Vogel«, kam es mürrisch zurück.

»Okay. Darf ich mal sehen?«

Wie selbstverständlich nahm er Hummer das Handy aus der Hand und checkte die eingegangenen Anrufe.

»Kein Vogelanruf zur fraglichen Zeit aufgezeichnet«, stellte er stirnrunzelnd fest. Er sah Hummer nachdenklich an. »Hat deine Frau eigentlich von dem Verhältnis mit Clara gewusst?«

»Nein. Jedenfalls hat sie mich nie darauf angesprochen.«

Hummers Frau sagte später das Gegenteil. Auch sie war daheim gewesen. Im anderen Trakt des Hauses. Die Bodyguards bestätigten ihre Aussage.

Hätten die Hummers nicht bombenfeste Alibis gehabt, wäre Rico ins Grübeln gekommen.

SECHS

Clara Grays frühere Arbeitsstätte lag in unmittelbarer Nähe zum Münchener Hauptbahnhof. Lola Herrenhaus, die Programmdirektorin des Bayerischen Rundfunks und Claras Vorgesetzte, war hier im Funkhaus wie zu Hause.

Rico Stahl wurde von einer langbeinigen Brünetten am Empfang abgeholt. Sie war trotz der Temperatur tief ausgeschnitten und hatte eine Stimme wie Loretta di Palizzi. Im Aufzug erzählte sie ihm ihre Geschichte.

»Ich heiße Stella, bin neunundzwanzig Jahre alt, katholisch und ledig. Ich wohne in Waldtrudering und bin Eigentümerin einer großen landwirtschaftlichen Nutzfläche am Simssee, Landkreis Rosenheim, mit dazugehörigem Bauernhaus, das gerade renoviert wird. Das ist doch in Ihrer Nähe, nicht? Ich hab zwei Autos, eine A-Klasse und einen nagelneuen Fiat Punto, und eine siebenhundertfünfziger Cruiser. Aber hierher fahre ich mit dem Zug.«

Ihre Lippen waren nie ganz geschlossen. Sie standen einen Spalt auseinander, auch wenn sie nicht sprach.

»Die Clara Gray hab ich übrigens gut gekannt. Hübsche, kleine Schlampe, die. Trotzdem schade, dass sie nicht mehr kommen kann. Ich hab zwei Kinder, Alexa und Filippo, die leben bei meinem Exi in Kalabrien, ist auch gut so. Adriano ist so süß zu den Kids. So hab ich mehr Zeit für mich und so, weißt du? Am Wochenende bin ich immer draußen auf dem Bauernhof. Heute ist Mittwoch. Am Wochenende soll klasse Wetter sein. Ich fahr mit dem Cabrio. Hier ist meine Handynummer.«

Sie kritzelte die Nummer auf ein Programmheft des Münchener Symphonieorchesters und reichte es ihm. Mit einer Schnute deutete sie einen Kuss an, als die Tür auffuhr.

»Wir sind da. Wenn Sie mir bitte folgen wollen.«

Stella schlich dahin wie eine Katze, eine schmale Gestalt mit wohlgeformtem Hintern, die sich mit kleinen Schritten und auf geschlossenen Füßen fortbewegte. Dazu ein lasziver Hüftschwung, die Ellenbogen nah an der Taille und ein Oberkörper, der sich kaum zur Seite bewegte.

»Catwalk!«, rief er.

Im Gehen wandte sie sich aufreizend lächelnd um.

Erst jetzt merkte er, dass er laut gesprochen hatte, und lächelte, gar nicht peinlich berührt, zurück, ohne rot zu werden. Der Zettel ruhte tief in seiner Seitentasche.

Etwas störte ihn: »Die kleine Schlampe.« Damit hatte sie Clara gemeint.

Lola Herrenhaus traf er auf der siebten Etage im Café Funkania. Er war überrascht, dass auch ihr Mann, Joe Ottakring, dabei war.

»Ich möchte mir die Aufzeichnung auch ansehen«, sagte Kriminalrat Ottakring mit sonorer Stimme und unbewegter Miene.

»Aufzeichnung?«, gab Rico zurück.

»Aufzeichnung!«, sagte Lola Herrenhaus. »Hier entlang.«

Sie landeten in einem Übertragungsraum. Zwei Operateure saßen vor einer Reihe von Bildschirmen. Lola nickte einem zu und gab ihm ein Zeichen.

Rico rollte einen Bürostuhl heran und setzte sich. Das schien länger zu dauern. Die Ottakrings würden schon wissen, warum sie ihn hergebeten hatten. Er war gespannt.

Ein Boxkampf. Eine Übertragung aus dem Münchener Olympiastadion. Rico hatte flüchtig von dem Großkampf gelesen.

Scheinwerfer auf den Boxring gerichtet. Werbung auf dem grünen Mattenboden. Glitzernde Figuren überall im Ring und in den ersten Zuschauerreihen. Rico konnte Lothar Matthäus erkennen, Verona Pooth, den dicken Calmund, Roberto Blanco, Hansi … Eine Treppe, die in den Himmel zu führen schien. Ein eitler Mann im Smoking, der ein Mikrofon hielt. Seine Stimme, die mehr sang als sprach.

»Meine Damen und Herren, *here comes der fight* um die Europachampionship in Cruiserweight.«

Er stellte den Herausforderer vor, einen dunkelhäutigen, glatzköpfigen Briten, der wie ein Pfau die Treppe heruntertänzelte, umgeben von einem Dutzend finster blickender Gestalten.

»*And here comes* der amtierende Champion – Bagrat Rooobinsoooon«, tönte es aus vollem, schmachtendem Hals in mächtiger Dur-Tonlage.

Ottakring wandte sich an Rico. »Um ihn geht's«, sagte er. »Bagrat Robinson. Er boxt unter deutscher Flagge im Hamburger Bitterfeld-Stall. Hat eine wilde Vergangenheit …«

Rico unterbrach. Er kannte Robinsons Vergangenheit. »… die ich kenne«, sagte er bescheiden und schlug die Augen nieder. »Georgier. Eigentlich Bagrat Kavashi, zuerst Wackerhoff-Security, dann von Bitterfeld eingefangen, neunundzwanzig Kämpfe, siebenundzwanzig K.o., zwei Unentschieden.« Rico richtete die Augen wieder auf Ottakring. »Mich würde freilich interessieren …«

»Warum Sie hier sind? Warten Sie!«

Ottakring stellte sich hinter den Operateur und sprach leise mit ihm. Das Bild verschwamm, wanderte weiter, stoppte.

»Da!«, rief Lola Herrenhaus. Das Haar fiel ihr über die Augen. Mit einer entschlossenen Bewegung warf sie es nach hinten und deutete auf das stehende Bild. Es zeigte die erste und zweite Reihe am Ring, eingeblendet in die Pause zur vierten Runde.

Clara Gray saß in der ersten Reihe. Sie warf die Hände über den Kopf und jubelte.

Rico Stahl stieß mit gespitztem Mund einen Pfiff aus.

»Alles klar?«, sagte Ottakring und sah Rico belustigt an. »Weiter. Spielt mal die neunte Runde ein. Direkt nach dem K.o.«

Nun war die Kamera direkt auf Bagrat Robinson gerichtet. Im selben Augenblick, als er in Großaufnahme als Sieger verkündet wurde, warf er einen Handkuss ins Publikum. Die Kamera schwenkte in die erste Reihe auf …

»Clara Gray!«, rief Rico Stahl. »Und sie schickt ihm den Handkuss zurück!«

Ottakring nahm rittlings vor Rico Platz. In seine Augen oberhalb der schweren Tränensäcke trat ein eigentümlicher Ausdruck. Mit einem schwachen Lächeln versuchte er, der Sache einen scherzhaften Anstrich zu verleihen.

»Absolut«, sagte er behäbig, »Clara Gray wurde ermordet. Ich vertrete die existenzialistische Auffassung, dass jeder Mensch den Weg, dem er in seinem Leben folgt, selbst wählt und zu verantworten hat. Dieses Video stammt vom 9., gut zwei Wochen vor ihrem Tod.«

Zuerst musste sich Rico Stahl durch den Münchener Innenstadtverkehr kämpfen.

Kurz vor der Autobahnauffahrt in Ramersdorf stritten sich mitten auf der Rosenheimer Straße drei Hunde um ein undefinierbares Bündel. Aus einem Wohnwagen mit italienischer Nummer, der am Straßenrand parkte, kam ein kurzer, dicker Mann gerannt und riss das Bündel an sich. Es entpuppte sich als ein verdreckter Teddybär ohne Kopf und mit nur einem Arm. Die Hunde folgten ihm knurrend und schimpfend und räumten die Fahrbahn.

Endlich gelang es Rico, die Hände vom Lenkrad zu lösen und eine Ad-hoc-Konferenz im Präsidium zusammenzurufen. Bruni hatte ihn informiert, es gebe Fakten. Er war froh, wieder den schneebedeckten Rundungen und Zacken der Tiroler Alpen entgegenzufahren. Gegen Mittag öffnete sich der Schlagbaum zum Innenhof des Polizeipräsidiums.

Der Besprechungsraum, noch immer nicht ausgesprochen üppig ausgestattet. Zwölf mal dreieinhalb Meter, drei Fenster, Tische, Stühle, Pult, alles aus heller Kiefer, moderne Projektionsanlage, Espressomaschine.

Obwohl keiner von ihnen eine ausreichende Nachtruhe gehabt hatte, wirkten alle entschlossen und energiegeladen. Allen war klar, dass der Fall kompliziert war. Jede Person, die sie als verdächtig eingestuft hatten, hatte ein Alibi für die Tatzeit. Es kam also vorerst im Wesentlichen auf Indizien an.

Rico Stahl machte einen entschlossenen Eindruck. Seine Lippen waren ein Strich. Der Anzug war der Bedeutung des Anlasses entsprechend dunkelgrau, die Krawatte von einem eisigem Blau.

»Toledo!«, bellte er. »Bruni. Herr Huber. Was gibt's Neues? Wichtiges? Entscheidendes?«

Die Andeutung, die sexy Stella im Aufzug des Funkhauses gemacht hatte, saß ihm noch immer in den Knochen. »Kleine Schlampe«. Hing ihre Bemerkung mit dem Boxer zusammen, diesem Robinson? Es war offensichtlich, dass Robinson und Clara sich kannten, sehr gut sogar. Diese Info wollte er jedoch für sich behalten, bis er die Sachlage recherchiert hatte oder bis sich während der Besprechung etwas Neues ergab.

»Was die Ermordete, Clara Gray selbst, alles in ihrem Leben erlebt hat, können wir nur vermuten«, begann Chili. »Doch aus den bisherigen Gesprächen, den Fakten und den Akten kann ich es mit etwas Phantasie nachvollziehen, ohne rot zu werden.«

»Es gibt erstaunlich wenige Hinweise«, sagte Bruni mit Bedauern. »Die Männerkleidung, die wir gefunden haben, ist eindeutig von Luger. Auf den sichergestellten Fotos ist entweder Luger oder Hummer zu sehen. Mit alldem kommen wir nicht wirklich weiter.«

Er tippte auf den Inhalt des Aluminiumkoffers, der mit aufgeklapptem Deckel neben ihm am Tisch lag, und äußerte sich über ihre Routineergebnisse wie Fingerabdrücke und sonstige Spuren.

»Alles unauffällig. Es gibt natürlich eine Anzahl Fußspuren, eigene und fremde. Eine ist uns besonders ins Auge gefallen. Sie ragt im wahrsten Sinn des Wortes heraus. Ein Männerfuß mit Schuhgröße siebenundvierzigeinhalb bis achtundvierzig. Bemerkenswert.«

Bruni gab das Wort an Huawa weiter, der aufgeregt pumpte wie ein Käfer vor dem Abflug. Erst jetzt fiel Rico zum ersten Mal auf, dass der Huawa auffallend große, abstehende Ohren hatte.

»Absolut«, sprach Huawa. Er musste den Ausdruck von Ottakring adoptiert haben. »Wir haben alle bisher Verdächtigen überprüft. Keiner hat solch große Füße.« Huawas Ohren klappten um Millimeter vor und zurück, als er sich geheimnisvoll räusperte. »Es könnte natürlich auch eine Frau mit dieser Schuhgröße geben.«

Bruni breitete in einer hilflosen Geste die Hände aus und ging nicht näher darauf ein.

»Kratzspuren«, erwähnte er, »wir haben überall Kratzspuren gefunden. Am Parkett, am Türrahmen, an den Bettpfosten. Und Katzenfutter. Selbstverständlich haben wir sofort an eine Katze gedacht. Sie muss eine Katze gehabt haben. Doch das haben wir wieder verworfen. Erstens war die Wohnung verschlossen. Kein Spalt für eine Katze, kein Schlupfloch, was für Katzenhalter sehr unüblich wäre. Kein Katzenklo. Und doch lagen überall kleine Kotbröckelchen herum. Nicht von einer Katze. Wie von einer Ziege oder einer Gämse, nur wesentlich kleiner. Und geruchlos. Hier.«

Er entnahm dem Koffer ein in Folie geschweißtes Plättchen, auf dem die winzigen ballförmigen Kügelchen aufgetragen waren.

Rico nickte wie abwesend. Er wusste nicht recht, was er mit diesem Indiz anfangen sollte.

»Dandlberg!«, platzte Chili dazwischen. »Wenn da ein Tier war, egal was für eines, und es gab keine Öffnung in der gesamten Wohnung, dann war er der Letzte, der es gesehen haben muss. Er hat mir nichts davon gesagt.« Sie blickte Rico nachdenklich an. »Ich denke, ich nehme ihn mir noch mal vor.«

War es wirklich nur Nachdenklichkeit, die in ihrem merkwürdig befangen machenden Blick lag? In der Kürze des Augenblicks war Rico sich nicht sicher, ob es nicht schlecht vertuschte Verliebtheit war. Er musste sich hüten. So schön die Nacht mit ihr war, eine anhaltende Affäre mit einer Mitarbeiterin war nicht das, wonach er strebte.

»Des Viech könnt sich zur Tatzeit natürlich auch draußen aufgehalten haben«, wandte Huawa überlegen ein. »Es hat reinwollen, aber alles war zu.«

Rico Stahl wusste nicht, wohin die ganze Diskussion führen sollte. Doch es war wichtig, jeder noch so kleinen Spur nachzugehen. Dunkel meinte er sich zu erinnern, dass Clara einmal ein Tier erwähnt hatte. Er wusste nur nicht, welches. Sollte Chili ruhig noch einmal nachforschen.

»Jetzt nur noch eine Sache«, sagte er zum Schluss der Sitzung. »Der Mord hat schon großes Aufsehen in den Massenmedien erregt. Doch was wir bisher erlebt haben, dürfte erst der Anfang sein. Der Pressesprecher des Präsidiums kann es alleine gar nicht schaffen. Die Journalisten wollen den direkten Kontakt. Es wird am einfachsten sein, wenn Chili Toledo und ich das mit übernehmen.«

Als die anderen den Raum verlassen hatten, sprach Rico noch eine Weile mit Chili. Beide fühlten sich nicht wohl im Zweiergespräch, das nur Dienstliches behandelte. Sie kamen überein, am nächsten Morgen eine Pressekonferenz abzuhalten. Er hoffte, bis dahin mehr Klarheit zu haben. Weit mehr Klarheit.

Kaum war Rico in seinem Büro, griff er zum Hörer und drückte die Taste mit dem Kürzel für seinen Vater.

»Ich falle gleich mit der Tür ins Haus«, sagte er. »Du hast mir freundlicherweise einen Tipp gegeben, dass Hummer sich heftig um Clara bemüht haben soll ...«

»Genau«, wurde er unterbrochen. »Ich hab nach unserem Gespräch in meinem Gedächtnis nachgekramt. Der Uly muss ihr nach ihrer Scheidung von Luger sogar einen hohen Geldbetrag dafür geboten haben, dass sie ihn heiratet. Mit Geld meine ich richtig Geld. So was wie zehn Millionen Dollar. Erst seine Scheidung, hat er ihr vorgeschlagen, und dann die Heirat. Hat er mir selbst bei einem Glas Wein verraten.«

Der Redefluss stoppte. Rico hörte seinen Vater schwer atmen.

»Irgendwann waren wir in der Arena und haben nach einem Spiel feudal gespeist. ›Du bist ganz blass‹, hab ich ihm gesagt. ›Hat dich das Spiel so mitgenommen?‹ Er hat mich böse angeschaut und nur gesagt. ›Ich hab ihr viel Geld geboten. Doch sie hat mich ausgelacht. Sie will ihre Freiheit haben, hat sie gesagt.‹«

Heinrich von Stahl erstickte am anderen Ende fast unter einem Hustenanfall.

»'tschuldigung. Mein Asthma. Weißt du, was der Uly gesagt hat? ›Zehn Mio‹, hat er zu mir gesagt, ›viel Geld für eine verdammte Hure‹. Musst du dir einmal vorstellen, Sohn, er nannte Clara Gray eine verdammte Hure. Ich glaube, er hat vermutet, dass sie einen anderen hat. Dabei hat er sich so sicher gefühlt mit ihr.«

»Und du hast nicht die leiseste Ahnung, wer dieser andere sein könnte?«

»Nicht die Spur. Es war nur so ein Gefühl von mir. Gesagt hat er nix. Ich hab mir allerdings auch nie große Gedanken darüber gemacht.«

Rico beendete das Gespräch möglichst rasch. Das war genau die Frage gewesen, die er hatte stellen wollen. Und die Antwort, die er erwartet hatte.

SIEBEN

Er nahm den Hörer zur Hand, um Loni Lorenzen anzurufen, seinen Kollegen in Hamburg. Da platzte Bruni herein, ohne anzuklopfen.

»Freilich haben wir jede Menge fremde DNA gefunden. Wir können vorläufig damit nichts anfangen, solange wir keine Bezugsperson haben. Doch eine Spur interessiert uns besonders. Der Täter scheint sich im Badezimmer die Hände gewaschen zu haben, im Waschbecken waren winzige Partikelchen vom Blut des Opfers. Wie sonst sollten sie dorthin kommen? Fremde DNA an der Seife. Auch ein paar Haare haben wir mitgenommen, die dort nicht hingehören.«

»Bruni!« Rico holte seinen Scharfrichterblick hervor. »Warum haben Sie das nicht früher gemeldet? Wir hatten schließlich eine Besprechung.«

»Ich hab's selber grad erst aus dem Labor bekommen. Ihr Laien denkt immer, so eine Analyse sei im Nu erledigt. In Wirklichkeit hat man am besten ein Verhältnis mit der Laborchefin, um das Ergebnis zu beschleunigen.«

Mit Loni Lorenzen, Kripochef in Hamburg, hatte Rico vor Jahren in einer BKA-Angelegenheit zu tun gehabt. Auf Wanderwegen in dicht bewaldeten Berggegenden zwischen Karwendel und Watzmann ereignen sich rätselhafte Mordfälle. Manuela Strong, eine vierundvierzigjährige Steuerberatergehilfin aus Geesthacht bei Hamburg, verschwindet, während sie an einem Septemberwochenende allein den Breitenstein besteigen will. Von dort aus hat man einen herrlichen Blick über das ganze Voralpenland mit seinen Dörfern, Kirchen und Seen und hinüber zum Wendelstein. An diesem Samstag ist die Sicht so klar, dass man den Münchener Olympiaturm in der Ferne ausmachen kann.

Als Manuela bei Einbruch der Dunkelheit noch nicht zu Hause in der Riederinger Ferienwohnung ist und sich auch am Handy nicht meldet, verständigt ihr Mann die Polizei. Am nächsten Nachmittag findet ein Suchhund die Leiche der Frau, nackt bis auf eine

Socke, das Gesicht zu Boden gewandt, kniend, als habe sie um ihr Leben betteln müssen. Der Rücken und die linke Seite sind überströmt von geronnenem Blut.

Als Todesursache stellt der Gerichtsmediziner einen einzigen Stich mit einer langen Klinge von hinten mitten ins Herz fest. Nichts deutet auf sexuelle Gewalt hin. Der Mörder nimmt zwei Kreditkarten und wahrscheinlich vierzig Euro Bargeld mit. Weitere hundertzwanzig, ihren Ehering und ein bisschen Schmuck lässt er zurück.

Es ist die zweite Tat in einer Reihe ähnlicher Morde. Nach seinem fünften Mord wird Heiner Bischoff gefasst, ein Einheimischer, der bereits wegen verschiedener Sexualdelikte vorbestraft war. Es stellt sich heraus, dass er der Sohn einer äußerst dominanten Mutter ist, die ihn als Kind wieder und wieder körperlich misshandelt hatte, und eines Vaters, der das Gleiche zumindest auf psychische Weise tat. Heiner war ein Junge mit durchschnittlicher Intelligenz gewesen, der wegen seines Stotterns ausgelacht wurde. Seine Kindheit war gezeichnet von chronischem Bettnässen und Tierquälereien. Als Erwachsener verwandeln sich Zorn und Frustration in unberechenbare Wutausbrüche und einen schier unstillbaren Geschlechtstrieb. Warum Manuela Strong vor ihrem Tod unversehrt bleibt, wird nie ermittelt. Der Täter hüllt sich in Schweigen.

»Na denn«, sagte Loni Lorenzen am Telefon zu Rico Stahl, »ein sehr bedauerlicher Anlass für unsere Zusammenarbeit. Aber sie war erfolgreich.«

Lorenzens Waterkant-Akzent war gepflegt. Doch ein wenig fühlte sich Rico an Jan Banane auf dem sonntäglichen Hamburger Fischmarkt erinnert.

Rico erläuterte ihm sein Anliegen. Loni solle bitte herausfinden, ob Bagrat Robinson, wohnhaft in Hamburg-Nienstedten, ein Verhältnis mit der ermordeten Fernsehschauspielerin Clara Gray hatte. Ob dem Boxer ihr Tod bekannt sei, ob er einen betroffenen Eindruck mache, wo er sich zum Zeitpunkt der Tat aufgehalten habe. Und so weiter und so weiter. Das Übliche, was jedem Profi vertraut ist.

»Gut, wir werden ihn ein wenig beobachten. Ein Ergebnis werden Sie selbstverständlich am besten gleich gestern brauchen«, scherzte Lorenzen.

»Absolut«, gab Rico mit Grabesstimme zurück.

***

Chili war erstaunt, dass die Tür zu Gottfried Dandlbergs Wohnung sperrangelweit offen stand.

Zwischen die Türpfosten war ein Rahmen geklemmt, der mit einem engmaschigen Netz bespannt war. Ein Modell, wie es bei der Aufzucht von Hühner- oder Entenküken verwendet wird. Jenseits dieser Sperre lag ein gut halbmeterlanges Vieh platt am Boden, das Chili noch nie gesehen hatte. Weder schlief es, noch wachte es, es tat beides zugleich. Es hob auch nicht den Kopf, als es Chili kommen sah. Nur die schillernden schwarzen Knopfaugen waren auf sie gerichtet. Das Wesen sah aus wie ein übergroßer erdfarbener Tannenzapfen mit Augen und Beinen und war Chili auf Anhieb sympathisch.

Sie beugte sich über den Maschenzaun und hatte das seltsame Bedürfnis, das Tier hinter den Ohren zu streicheln. Doch das plötzlich bis zum Anschlag aufgesperrte Maul, die giftig blaue Zunge und ein feuriges Fauchen hielten sie davon ab. Ein Abkömmling der Komodowarane, die sie im TV gesehen hatte?

»Herr Dandlberg«, rief sie in die Wohnung hinein.

Keine Antwort. Sie rief den Hausflur hinunter, noch einmal in die Wohnung hinein, in voller Lautstärke.

»Herr Daaandlberg!«

Keine Resonanz.

Sie beäugte das Tier. Es könnte sie beißen oder anspringen oder mit Gift bespucken. Ob Dandlberg eine Erlaubnis hatte, dieses Monster zu halten? Und wo war er? Unschlüssig stand sie da und ließ sich bläulich anfauchen.

Da fiel es ihr wie Schuppen von den Augen. Die geheimnisvollen Kratzspuren! Hatte sie es hier mit Claras Haustier zu tun, und sollte Dandlberg es eingepackt und mitgenommen haben?

Sie nahm ihren Mut zusammen und machte Anstalten, über das Gitter zu steigen.

»Halt!«

Dandlberg stand plötzlich im Halbdunkel des Flurs.

»Was wollen Sie, Frau …?«

Sie erklärte es ihm.

»Kommen Sie rein. Der Emil tut nix.«

Sie hatte recht mit ihrer Vermutung. Das Monster war eine Tannenzapfenechse und hieß Emil. Dandlberg kannte Emil von seinen Begegnungen mit Clara und seinen unerwünschten Hausbesuchen. Mit dieser Erklärung konnte Chili sofort etwas anfangen.

»Und als Clara tot dalag, habe ich ihn mitgenommen.« Treuherzig hob Gottfried die Augen zum Himmel. »Erstens hab ich mit Emil ein lebendiges Andenken an Clara. Und zweites: Was will die Polizei mit diesem Vieh?«

Chili glaubte ihm. Nebenbei warf sie einen intensiven Blick auf seine Schuhe. Größe zweiundvierzig, dreiundvierzig, keinesfalls mehr.

Sie rief Huawa an und erklärte ihm die Situation. »Bitte kümmer dich drum.«

»Klar, mach ich. Habedehre«, flötete der Huawa.

***

Rico rang lange mit sich, wie er Stella begegnen sollte. Rein dienstlich oder – seiner Neigung entsprechend – das Dienstliche mit privater Neugierde und erotischem Interesse verbindend. Er wusste vorher, dass er sich für Letzteres entscheiden würde. Schließlich gab er sich der roten Sonne der Begierde hin.

Stella war eine Frau mit Rosenknospenmund, majestätischen Brustwarzen und kompakten Schenkeln. Er schlief mit ihr in dieser Nacht wie seit Wochen mit keiner Frau – Chili inklusive. Beide waren von einer Härte, als wollten sie daran sterben, beißend, krallend, kratzend, keuchend, Widerstand leistend und brechend, überwältigend. Erst gegen Morgen kam er zum dienstlichen Teil.

Es stellte sich heraus, dass Stella und Clara Gray häufig zusammen im Café Funkania gesessen und sich unterhalten hatten. »Ein paarmal sind wir auch miteinander abgehangen«, sagte Stella. »P1, Rossini und so. Ich glaub, ich kenn ihr ganzes Leben. Claras Biografie ist bestimmt interessanter als ihre Autopsie.«

Da konnte Rico Stahl nicht widersprechen. Auch er hatte sich bereits das Puzzle ihres Lebens zusammentragen lassen. Wenn die beiden jedoch so befreundet waren, wie es klang, warum hatte Stella dann ihre Freundin als Schlampe bezeichnet? Und warum hatte sie sich nicht schon früher gemeldet? Was steckte dahinter?

Rico wurde sachlich, soweit ihm das nach dieser Liebesnacht möglich war. Er hüllte sich in einen Bademantel und stieg von Champagner auf Mineralwasser um.

»Habt ihr euch vor ihrem Tod verkracht?« Ihm lag noch die Frage »Hast du sie etwa selbst erstochen?« auf der Zunge, die er aber unterließ. Stattdessen zog er sich auf sein Gefühl für Frauen zurück. »Ist sie dir in die Quere gekommen? Etwa bei einer Affäre mit einem Mann?«

Sie schenkte ihm ein bezauberndes Lächeln, ein zartes, flauschiges Schlitzen der Augen. Ihr nackter Körper war von einem wässrigen Weiß.

»Traust du mir das wirklich zu?«

Ihr Lächeln wirkte aufgesetzt, gezwungen. Es war kein ehrliches Lächeln.

Er musste sie packen. Er ging zum Endangriff über. Er faltete seine Lippen, blies die Backen auf und sah ihr mit seinem tödlichsten Scharfrichterblick in die Augen.

»Stella!« rief er in einem Ton, der jedes Tier in die Flucht gejagt hätte. »Ich muss gleich ins Präsidium, es geht um ein Verbrechen, an dem tausend albanische und kirgisische Kinder beteiligt sind«, phantasierte er, »und ich habe keine Zeit für lange Erklärungen. Was war mit Clara?«

Das schaffte sie. Stella liebte Kinder. Sie brach im Bett zusammen. Mit untrüglichem Gespür fürs Wesentliche gestand sie: »Sie hat mir den Bagrat ausgespannt! Diese verdammte kleine Schlampe, die.«

Er erfuhr, dass Stella es war, die ihre Freundin nach München zum Boxkampf mitgenommen hatte. Vom nächsten oder übernächsten Tag an – so genau wusste Stella es nicht mehr – waren Clara und Bagrat ein Paar.

»Das ist für mich die einzig interessante Baustelle, Stella. Die beiden waren also ein Paar. Hat sich das heimlich abgespielt oder öffentlich?«

»Verheimlichen kann man so etwas nicht. Clara war eine Pop-

Queen, und Bagrat ist der Schwarm von Millionen von Mädchen und Frauen. Also …«

Dummm von ihm. Natürlich hatte sie recht. Er nahm sich vor, Ottakrings TV-Aufzeichnung noch einmal anzusehen. Stella müsste darin zumindest eine Nebenrolle spielen.

»Es spitzt sich zu!«, mahnte Rico Stahl seine Mannschaft.

Zwei Tage nach der Pressekonferenz trafen sie sich am Mittwoch um sieben Uhr dreißig in der Früh im Besprechungsraum. Draußen herrschte regentriefende Düsterheit. Nur hoch droben in den Bergen, das wussten alle, schneite es wie verrückt, und Rico hoffte, den Fall bis zum Wochenende abgeschlossen zu haben. Dann winkten Hochfügen und Skifahren ohne Ende.

Müde und schweigende Polizisten saßen über Kaffeetassen gebeugt. Nur Chili wirkte wie immer putzmunter. Sie sah ihren Chef aus klaren Augen an.

Für eine Millisekunde überlegte Rico, ob er sich ihretwegen Gedanken machen musste, weil er mit Stella im Bett gewesen war. Er entschloss sich zu einem klaren Nein.

»Die Katze ist eine Tannenzapfenechse!«, sagte sie und strich sich eine Locke aus dem Gesicht.

Erst im zweiten Anlauf begriff Rico, was sie meinte, während Bruni sofort aufschreckte.

»Du meinst die Kratzspuren?«, rief er, auf einmal hellwach. »Hat der Dandlberg das Vieh geholt?«

»Ja. Und das Vieh heißt Emil.«

»Nebenschauplatz«, unterbrach Rico. »Ich rechne den Dandlberg nicht mehr zum Täterkreis. Da haben wir im Augenblick einen ganz anderen Hinweis.«

Er hatte das Gefühl, ein paar aufmunternde Worte sagen zu müssen. Doch er sagte nichts. Er nickte lediglich in die Runde und spielte cool. »Den Namen Bagrat Robinson, habt ihr den schon mal gehört?«

Die einen – darunter Chili – nickten, die anderen verneinten.

Rico berichtete von der Aufzeichnung des Boxkampfes mit den Ottakrings im Funkhaus. Er gab wieder, was Loni Lorenzen ihm zur Anhörung Robinsons durch die Hamburger Kollegen zu sagen hatte: Robinson habe sich, ohne zu zögern, zu seiner Liaison mit

Clara Gray bekannt. Allerdings sei er nicht allzu sehr betroffen von ihrem Tod gewesen. Als Täter käme er nicht in Betracht. Er sei zweifelsfrei zum Tatzeitpunkt im Trainingscamp gewesen.

»Clara Gray hat also einen neuen Geliebten. Nachdem der vorherige, Uly Hummer, ihr zehn Millionen Dollar geboten hat, damit sie ihn heiratet. Sie lehnt aber ab. Weist ihn zurück. Gibt ihm einen Korb. Was schließen wir daraus?«

Eine Wolke von Beklemmung breitete sich im Raum aus. Rico blickte in wissende Gesichter. Wortmeldungen vernachlässigte er.

»Richtig!«, sagte er mit gedämpfter Stimme. Er zog die Bügelfalten gerade und setzte sich halb auf einen der Tische. »Uly Hummer hatte einen Nebenbuhler. Wir müssen keine Angst vor diesem großen Namen haben. Vor dem Gesetz ... na ja, ein Klischee. Ich brauch das nicht auszusprechen. Ihr wisst es selbst.«

Er spürte, wie Leben in die müden Körper kam.

»Die Sache hat nur einen Haken«, meldete sich Bruni zu Wort.

Chili nickte.

Rico bekräftigte ihr Nicken.

Bruni stutzte.

»Nur zu«, sagte Rico.

»Eifersucht ... jemanden aus dem Weg räumen zu wollen ... wäre zwar ein Motiv wie im Lehrbuch«, meinte Bruni. »Aber Hummer kann nicht der Mörder sein. Er war in München in der Sitzung. Er hat ein einwandfreies Alibi.«

»Richtig«, lobte Rico. »Doch das Motiv ist so überwältigend stark, dass wir trotzdem unsere Überlegungen darauf konzentrieren sollten.«

Er griff zu einer Flasche Mineralwasser und füllte sein Glas, bevor er fortfuhr.

Unvermittelt stand Chili auf und positionierte sich neben Rico mit dem Gesicht zu den anderen. Sie hätten ein gutes Paar abgegeben.

»Okay. Hummer hat ein Alibi«, sagte sie langsam. »Und er hat Schuhgröße vierundvierzig, keinesfalls achtundvierzig. Er kann nicht in Claras Wohnung gewesen sein. Außerdem bezweifle ich, dass er ein Messer siebenunddreißig Mal in den Körper einer Frau jagen könnte.« Sie sah zu Rico auf. »Und was schließen wir daraus?«

Offenbar verstanden sie sich blind. Er verfolgte dieselbe Spur. Er nickte. »Absolut«, sagte er. »Wir nehmen uns Hummer noch einmal vor.«

Sie kamen überein, dass nicht Rico den Hummer anhören sollte. Er fühlte sich ihm gegenüber befangen. Chili übernahm den Job.

Rico richtete den Blick auf Huawa. »Und du erhältst einen Spezialauftrag.«

Eine Stunde später stand Chili vor Hummers Haus in München. Vom Charme des Anwesens ließ sie sich nicht beeindrucken. Auch der Mann, der sie aufhalten wollte, war für sie kein Hindernis.

Dieser Mann war Ende zwanzig, groß, mager und drahtig. Er gab sich alle Mühe, hinter einem langen Pony, einem dunklen Sechstagebart und einer Sonnenbrille so wenig wie möglich von seinem Gesicht preiszugeben. Eine leichte Nervosität umgab ihn wie schlechter Körpergeruch.

»Ich muss mit Ihnen sprechen«, sagte sie zu Hummer, als sie endlich vorgelassen wurde. »Mein Anliegen kennen Sie.«

»Nein.«

»O doch, Herr Hummer. Wir sprechen von Mord. Immer noch von Mord. Vom Mord an Clara Gray.«

Als sie die Villa wieder verließ, war Chili Toledo zwar hinlänglich davon überzeugt, dass der Präsident des 1. FC Bavaria München den Mord nicht begangen haben konnte. Andererseits hatte sie überhaupt keine Zweifel, dass er sehr wohl in den Mord verstrickt, vielleicht sogar sein Urheber war. Es konnte nur mehr eine Sache von Stunden oder höchstens Tagen sein, das herauszufinden.

ACHT

Am folgenden Tag stieg die Sonne über dem gezackten Gipfel des Heubergs auf wie an jedem Tag. In seinem graugrünen Kanalbett zog der Inn träge nach Norden wie immer. Und es trug der Erler Wind das gleichmäßige Rauschen der Innsbrucker Autobahn zur Ottakring'schen Terrasse hinauf, wie immer dann, wenn klare Tage waren.

Lola und Joe Ottakring saßen eingehüllt in Decken bei ihrem Morgenespresso. Es war ein lieb gewonnenes Ritual, draußen zu sitzen, wenn die Morgensonne die Hauswand wärmte. Büsche und Bäume glitzerten im Frühtau. Lola blätterte in der Broschüre zur kommenden Rosenheimer Landesgartenschau. Dann dachte sie über das Arbeitsprogramm der kommenden Woche im Sender nach. Ottakring las ein ellenlanges Fax.

»Diese Buche da droben«, sagte Lola nach einer Weile und wies den Hang hinauf. »Die ist schon zweihundert Jahre alt und kann mehrere hundert Jahre alt werden, habe ich gehört.«

Sie erwartete eine Antwort, doch ihr Mann schwieg. Aus seinem Gesicht konnte sie ablesen, dass etwas geschehen war. Sie klopfte mit dem Löffel auf das ellenlange Papier in seiner Hand. »Steht was Wichtiges drin?«

Das Fax war in der Nacht eingetroffen. Absender: HK Stahl, PP Rosenheim, VERTRAULICH. Ottakring las es zum dritten Mal.

»Stahl bedankt sich noch mal, dass wir ihn auf die Spur mit dem Boxchampion gebracht haben. Offenbar sind sie damit weitergekommen. Sieht so aus, als sähen sie Land.«

Dass er – gefüttert durch den eigentlichen Inhalt des Fax – der festen Meinung war, sie hätten den Fall bereits gelöst, gab er nicht zu. Seine Frau sollte sich um ihr Fernsehprogramm kümmern.

»Sag mal«, sagte Lola unvermittelt. »Dich hat doch jemand angerufen und auf den blauen Kastenwagen aufmerksam gemacht. Weiß man mittlerweile, wer das war?« Sie bohrte ihre Augen in Ottakrings Augen, als wolle sie sie durchlöchern.

Ottakring faltete die eineinhalb Meter Faxpapier auf DIN-A4-Größe zusammen.

Lola saß nur da.

»Da drüben«, sagte Ottakring und deutete auf das überübernächste Haus. »Der Herr da drüben, wir kennen den nicht. Ein pensionierter Vogelschützler ...«

»... Vogelschützler?«

»... Vogelschützler! Einer, der alles verfolgt. Er hat die Entführung beobachtet, als sie in seinen Augen noch gar keine Entführung war. Erst hinterher kam es ihm, und er hat angerufen und es ein bisserl spannend machen wollen.«

Lola strich sich über den Unterarm. »Wie seid ihr denn darauf gekommen?«

Ottakring unternahm den vergeblichen Versuch, sich zusammenzufalten und damit zu verkleinern. »Er hat mich darauf hingewiesen, dass die Nachbarin es gesehen haben muss. Ich brauchte mich nur unters Haus der Nachbarin zu stellen und herumzuschauen. Danach war's nur mehr ein kleiner Schritt.«

***

Rico fühlte, dass die Jagd zu Ende ging. Die Zeit des Wartens war vorbei. Hummers Widerstand war gebrochen. Er hatte dieses Phänomen schon des Öfteren beobachtet. Es spielte sich immer nach dem gleichen Muster ab.

Hummer hatte sich sicher gewähnt. Er glaubte die kleine Kommissarin an die Wand gespielt und über alle Gefahren triumphiert zu haben. Da kam Rico Stahls unvermitteltes Auftauchen wie aus heiterem Himmel.

Zuerst hatte er Rico angeschrien, er solle sich aus seinem Haus scheren. Doch Rico blieb cool. Er stand ihm gegenüber, die Arme vor der Brust verschränkt, und ließ ihn reden, brüllen und sich aufführen.

Ja, er kannte diesen Mann gut. Uly Hummer, Präsident eines der besten und reichsten Fußballvereine der Welt, selbst Multimillionär mit besten Beziehungen zu Regierungskreisen und zur Werbeindustrie, vernetzt über den gesamten Erdball. Ricos eigener Vater, Heinrich von Stahl, arbeitete so gut wie ausschließlich für ihn und den Verein.

»Sprich es ruhig aus«, sagte er mit leiser, aber fester Stimme zu Hummer, »du hast Clara wirklich geliebt. Deine Ehe existierte nur mehr auf dem Papier. Dein zivilisiertes Benehmen war nur Theater, das wussten wir alle. Du hast Clara Geld geboten, damit sie bei dir bleibt, viel Geld. Du wolltest sie unbedingt haben. Nein, besitzen wolltest du sie. Du bist schließlich gewohnt, dass deine Forderungen erfüllt werden. Doch in jener Stunde musstest du begreifen, dass Geld eben nicht alles ist.«

Rico kniff die Augen zusammen und schwieg eine Weile mit ausdruckslosem Gesicht.

»Eine Zeit lang ging es gut«, fuhr er fort, als Hummer nichts sagte. »Clara machte dir Hoffnung. Ihr hattet tatsächlich eine kurze Affäre. Doch dann gab sie dir den Laufpass. Sie wechselte unvermittelt zu einem Boxer, der jünger, attraktiver, aggressiver war.«

Ein Blick traf ihn, blitzschnell wie ein Gewehrschuss aus dem Hinterhalt.

»Wie gesagt, du warst es immer gewohnt, dass alle auf dein Kommando hören. ›Wenn ich sie nicht haben kann, soll auch kein anderer sie haben.‹ Die altbekannte, blöde Devise. Ihr Todesurteil war jedenfalls gefällt. Vermutlich ging es nur noch darum, ob der andere mit ihr sterben sollte. Aber was nicht ist, kann ja noch kommen, oder, verehrter Uly Hummer?«

Da war sie wieder, jene Arroganz, mit der Familien wie die der von Stahls gesegnet sind. Eine Arroganz, die mehr bewirkt, als Worte ausdrücken können.

Rico strich sich mit der Rechten leicht übers sorgsam gegelte Haar, rückte anschließend die Brille, dann die braune Krawatte mit den dezenten Pinguinmustern zurecht und versenkte die Linke in der Hosentasche.

»Bevor noch mehr passiert«, sagte er dann, »gehen wir auf Nummer sicher. Dein Komplize wird – er warf einen kurzen Blick auf die Uhr am rechten Handgelenk – in dieser Minute verhaftet. Und Sie, Herr Hummer, auch Sie sind festgenommen!«

***

Adrian Luger hatte die Haare geschnitten, war rasiert und hätte wie gewohnt gut ausgesehen, wären da nicht dieses nervöse Zucken um die Augen und die Anstaltskleidung gewesen, in der er steckte. Sie stand ihm nicht besonders gut.

Rico wollte Luger persönlich über die beiden Festnahmen informieren. Er fand, das war der Staat dem Vater und früheren Ehemann der Ermordeten schuldig. Luger saß schließlich nicht als Mörder ein, sondern als Betrüger. Außerdem war er mit beiden Tätern eng bekannt. Rico durfte ihn in seiner Zelle besuchen. Als er ihm die Hand schüttelte, war sie kalt wie eine Totenhand.

Bett, Schrank, winziger Schreibtisch, Sideboard, Spülbecken – für die nächsten Jahre nicht gerade komfortabel. Ein Foto von Clara im Großformat lehnte auf dem Sideboard an der Wand, ohne Glas und ohne Rahmen.

»Sie werden bald Gesellschaft erhalten«, eröffnete er das Gespräch.

Luger fackelte nicht lange. Er war sofort im Bild. Er schien Rico Stahls Gesichtsausdruck von den Quizmastern im Fernsehen zu kennen.

»Hummer?«, fragte er. »Der Uly?« Als er Ricos Blick deutete, hakte er nach. »Und wer noch?«

»Langsam«, meinte Rico. »Immer der Reihe nach. Bleiben wir bei Uly Hummer. Hrrrm. Uly Hummer war pietätvoll. Er hat Ihre Scheidung von Clara Gray abgewartet. Aber quasi am Tag danach hat er sich auf Ihre Tochter gestürzt.« Dass Clara tatsächlich eine kurze Liaison mit ihm einging, wollte er verheimlichen.

»Und Clara hatte auch prompt eine Affäre mit ihm«, sagte Luger.

Rico staunte, erwiderte aber nichts. »Die Liebe ist ein sonderbares, zeitloses Geschenk«, sagte er nur. »Man bleibt immer und überall dafür empfänglich.«

Lugers Gesicht hatte ein üppiges Grau angenommen. »Und danach kam dieser Robinson«, sagte er.

Rico versuchte, seine Überraschung zu verbergen. Er wusste nicht, ob es ihm gelang. Er strich sich übers Haar.

»Ich will ehrlich sein«, sagte Luger. »Es gibt hier in der Anstalt Kanäle, die gegen Geld und Versprechungen, sogenannte Bürgschaften, alles ermöglichen. Auch Infos. Aber die Lösung, die haben wohl nur Sie selbst.«

»Hummer war tödlich eifersüchtig. Er konnte nicht verlieren. Das war alles. Für ihn ein klares Motiv, Clara zu töten. Die einzige Lösung, die Frau, die er ohne Zweifel liebte, für jeden anderen unzugänglich zu machen. Er hat natürlich niemals im Leben damit gerechnet, dass ihm eine reine Absicht auch bewiesen werden kann. Und er hat seinem Helfer blind vertraut – das war sein Fehler.«

»Und? Wer?«

»Pit Vogel! Sein sogenannter Assistent. Das lag natürlich nahe. Doch in einem Mordfall muss in jeder Ecke gekehrt werden. In Claras Wohnung war der Abdruck einer Wahnsinnsschuhgröße entdeckt worden – Vogel hat Größe achtundvierzig. Und seine DNA wurde am Tatort aufgespürt. Nachweislich nach dem Tatzeitpunkt. Eine klare Sache für den Richter.«

Lugers Gesicht war von Schmerz und Grauen verzerrt. Doch seine Augen lechzten nach mehr.

»Ach ja, die Schuhe«, warf Rico ein, »da haben wir einen Volltreffer gelandet. Fanden heraus, dass exakt diese Schuhe in München in einem Geschäft in der Theatinerstraße gekauft worden waren. Mit VISA Card wurden sie bezahlt. Dreimal dürfen sie raten, wem diese Kreditkarte gehörte.«

»Tatsächlich«, sagte Luger mit gerunzelter Stirn. »Etwa auch dem Vogel?«

»Treffer«, sagte Rico. »Natürlich haben wir die Schuhe dann bei ihm gefunden. Das Sohlenprofil passte exakt mit der Spur in Claras Wohnung überein.« Kurze Pause. »Hummer hat ihn übrigens fürstlich entlohnt. Zwei Millionen für den Mord.«

Rico hatte sich beim Sprechen schon halb abgewandt. Als er hinter sich seltsame Laute hörte, drehte er sich um.

Luger stand da, schluchzend, die Schultern gebeugt, das Gesicht mit den Händen bedeckt.

Rico war sprachlos. Alles hätte er erwartet, nur nicht diese Reaktion. Er trat zu Luger und legte ihm die Hand auf den Rücken.

Luger wehrte ihn unter unkontrolliertem Schütteln ab wie ein kleines Kind und hörte nicht auf zu weinen, das Gesicht immer noch in den Händen verborgen.

»Clara! Meine Clara! O wie ich dich liebe … meine Clara!«

Das war nicht gespielt. Die Tränen, der Schmerz, das war alles echt.

Luger sah Rico Stahl an. Sein Gesicht zuckte. Er weinte hemmungslos. Er wischte die Tränen fahrig mit einem Papiertuch weg.

»Ich will zu ihr zurück.«

***

»Oha!«, sagte Ottakring am nächsten Morgen. »Sapperlot! Da schau her, Lola!« Er deutete mit dem Espressolöffel auf den Artikel in der Morgenzeitung. »Dass der Vogel etwas mit dem Mord zu tun hat, war mir klar. Überrascht mich nicht, dass er tatsächlich der Täter ist. Aber …«

Als hätte ihm jemand einen Reißzweck in den Hintern gejagt, sprang er auf die Füße und hielt Lola die Zeitung hin.

»… aber schau dir mal dieses Foto an, Lola! Erkennst du ihn wieder? Dieser Vogel, das ist der Specht! Kevin Specht, mein früherer Stellvertreter im Rosenheimer K 1! Absolut, der hat ja eine saubere Karriere gemacht. Von der Führungskraft bei der Kripo zum Frauenmörder. Sauber!«

»Gegen Geld und Versprechungen, sogenannte Bürgschaften, kann man hier in der Anstalt alles bekommen.« Dieser Ausspruch Lugers ging Rico durch den Kopf, als ihn der Anruf erreichte. Er war mit Chili Toledo auf dem Weg zum Gocklwirt. Er hatte sie zum Essen eingeladen, und vielleicht ging später auch ein bisserl mehr.

Es war ein klarer Herbsttag, das Geräusch des Autos schreckte einen Schwarm Krähen aus einer kahl werdenden Buche auf. Mit majestätischen Flügelschlägen schienen sie über die verschneiten Zacken der Berggipfel dem azurblauen Himmel entgegenzuschweben.

Das Autotelefon! Luger schaltete auf Mithören und blickte Chili vielsagend an.

»Adrian Luger hat sich vor einer Stunde einen Eisenpfahl in den Solarplexus gerammt«, kam es schnarrend aus dem Lautsprecher.

Als hätte er es geahnt. »… kann man hier in der Anstalt alles bekommen«, ging es Rico noch einmal durch den Sinn.

Das Leben ist schon komisch, oder?